세월 歲月

A long time

윤혁 단편소설집

세월歲月 *A long time*

초판인쇄 2022년 05월 16일 **초판발행** 2022년 05월 18일

지은이 **윤 혁**
펴낸이 **이혜숙** 펴낸곳 **신세림출판사**
등록일 **1991년 12월 24일 제2-1298호**

04559 서울특별시 중구 퇴계로49길 14,
충무로엘크루메트로시티2차 1동 720호
전화 **02-2264-1972** 팩스 **02-2264-1973**
E-mail : shinselim72@hanmail.net

정가 14,000원

ISBN 978-89-5800-248-2, 03810

불꽃은 하늘을 수놓았고
종국에는 빛이 바래서
작은 연기 자국으로 변해갔다.
나는 불꽃이 올라가 공중에 머물다가
다시 부드러운 곡선을 그리며
비 오듯 떨어져 사라지는 장면을
서글프게 바라보았다.
어두운 밤하늘의 불꽃 자투리는
허공에서 피다가 흔적 없이 사라지기를
수십 번이나 반복했다.

차례

첫사랑

"여러분, 여자로서 가장 슬픈 경우란 무언지 알아요?"

다소 엉뚱한 질문에 여학생들이 귀를 쫑긋하며 시선을 그녀에게 돌렸다.

"남자에게 잊힌 여자가 되는 경우겠지요."

수녀가 말을 이었다.

"죽은 여자보다 더 가엾은 여자가 잊혀진 여자'라는 시도 있어요."

‡‡‡

그는 심장이
멎을 때까지
마음의
혀를 애써
눌러
끝까지
아멘!
기도를
바쳤다

김소연 詩 – '산 자들을 위한 기도' 중에서

1

토요일 오후, 성당의 고등부 셀Cell 회합 날이었다. 1층 교리실에서 열댓 명의 남녀 고등학생이 커다란 회의 탁자에 둘러앉아 기도를 마친 후 토론을 하고 있었다. 20대 나이 후반의 지도 수녀는 뒤쪽 의자에 앉아 그들이 주고받는 의견을 예의주시해서 듣고 있었다. 30분가량의 토론이 끝나자, 여러 학생이 각각 의견을 말하며 내놓은 내용을 지도 평가하기 위해 수녀가 서두를 꺼냈다.

"여러분, 여자로서 가장 슬픈 경우란 무언지 알아요?"

다소 엉뚱한 질문에 몇몇 여학생이 귀를 쫑긋하며 시선을 그녀에게 돌렸다.

"남자에게 잊힌 여자가 되는 경우겠지요." 수녀가 말을 이었다. "'죽은 여자보다 더 가엾은 여자가 잊혀진 여자'[1]라는 시도 있어요."

그날 학생들의 토론 주제는 요한복음 4장에 등장하는 내용으로, 우물가에서 만난 외로운 사마리아 여인을 변하게 만든 예수 그리스도의 이웃 사랑에 관한 내용이었다.

*

모태신앙을 가진 내게는 어린 시절부터 성당에서 만난 친구들이 있었다. 그들과 나는 초등학교 때는 물론 중학교, 고등학교 시절을 토요일마다 성당 교리실에서 함께 보냈다. 당시에는 교구 내 성당마다 셀(cell)이라는 고등부 모임이 있었다. 명칭 '셀(cell)'은 '고등학생 가톨릭 학생연합회'를 의미했는데 교리 학습과 토론이 주된 활동이었다. 해당 교구 내에서 천편일률적으로 셀을 운영하는 건 아니어서 예외로 '학생회'라는 조직으로 고등부를 운영하는

---

1) 프랑스 화가, 마리 로랑생이 지은 시 '진통제(Le Calmant)'의 한 구절. 마리 로랑생을 사랑하는 친구들이 1922년 그녀의 시를 모아 출간한 [The Fan]이라는 시집에 실려있다.

성당도 몇 군데 있었다.

고등학교를 졸업한 우리 가운데 어떤 이는 대학에 가고, 또 어떤 이는 회사에 취업했다. 이후 남자들은 다들 군대에 입대하여 모래알처럼 흩어져 버렸다. 베이비붐 세대여서 친구들과 성당에서 이어진 인연은 오래가지 못했다. 인구 증가에 따라 우리가 다닌 성당 구역에서 네 개 성당이 더 생겼기 때문이다. 우리는 각자가 속한 집 근처, 새로 생긴 성당에 교적敎籍을 두게 되어 점차 서로의 기억에서 사라져갔다.

대학 2학년 때였다. 어느 날 나는 어머니를 통해 새로 생긴, 우리 동네 성당의 원장 수녀님에게 호출을 당했다. 성당 고등부 셀의 지도 교사가 없으니 맡아달라는 요청이었다. 고등부 교사를 맡게 된 내가 두어 번 모임에 참석하여 현황을 파악해 보니 학생들의 불만이 대단했다. 원장 수녀님이 자신들을 일방적이고 강압적으로 다룬다는 게 주된 이유였다. 오십 줄 나이에 들어선 원장 수녀님의 불만 또한 그들과 비슷했다. 학생들의 버릇없는 행동뿐만 아니라 아까운 시간을 성당에서 의미 없이 희희낙락하며 보내는 것은 물론이고 불량 학생까지 섞여 있다고 한탄했다.

여러 차례 회합을 관찰해보니 양쪽의 의견은 일리가 있었다. 학생들은 고등부 모임을 성경 공부나 신앙심 함양에 비중을 두기보다는 입시 위주의 학교생활에서 받은 압박감을 해소하는 임시방편 정도로만 여기고 있었다. 남학생 몇몇은 성당 내 으슥한 곳에서 음주와 흡연하다가 수녀님은 물론이고 성인 평신도들에게 발각된 적도 있었다. 여학생들은 성당을 또래들과 수다 떠는 장소 정도로 여기며 학생의 본분인 공부를 망각한 채 노는 데만 열중하는 모습이었다. 시드니 포이티에가 주연으로 나온 영화 '마음은 언제나 태양To Sir With Love'에 등장하는 학생들의 모습을 연상시켰다. 문제는 해당 공간이 성당이라는 점이었다.

어느 날 그들은 지도 교사인 내게 보고도 하지 않은 채, 교구에서 제시한 학습 주제를 무시하고 가수 조용필의 노랫말을 주제로 토론을 시작했다. '미련과 착식의 치이는 무엇인가?' 말잗난 같은 문구가 해당일의 토론 주제였으니 성인이 아닌, 생각 있는 청소년의 시각에서도 그들을 이해하기란 어려울 듯했다. 원장 수녀님은 토론이 아닌 주입식 성경 공부를 시행하는 '학생회' 조직으로 만들 테니 셀을 없애는 작업을 내가 해야 한다고 주문했다. 분위기를 눈치챈 학생들과 이미 고등학교를 졸업한 셀 선배들이 완강하게 저항했다. 원장 수녀님과 학생들 중간에 끼인 나는 뭔가 해결책을 찾아야만 했다. 고민 끝에 나는 같은 성당에 다니며 중·고교 시절을 보낸 친구 이재하를 생각해 내었다. 그는 나와 같은 대학에 다니는, 옆 동네 성당의 고등부 지도 교사였다. 나는 그에게 전화를 걸어 문제를 얘기하며 해결책을 부탁했고, 우리는 시내의 어느 다방에서 만나게 되었다.

이재하는 정현석이라는 이를 데리고 와서 내게 소개했다. 호리호리한 외모에 뭔가 지적인 느낌을 주는 청년은 우리가 어린 시절을 보낸 성당의 고등부 지도 교사였다. 내 얘기를 자세히 들은 두 사람은 학생들의 불만을 수렴하여 본당 주임신부님을 만나 직접 해결책을 찾으라고 충고했다. 문제가 꼬일 대로 꼬였으므로 최종 책임자와 대화해야 뭔가 해결 방법이 나오지 않겠느냐는 의견이었다.

다음 주, 원장 수녀님을 만나 문제의 소신 발언을 하다가 나는 즉각 해고 통보를 받고야 말았다. 그들의 조언대로 본당 주임 신부님과 직접 의논하여 문제해결을 하겠다고 주장했기 때문이다. 그때 성당의 주임 신부는, 후일 인권 변호사로 활동하다가 대통령이 되었다가 임기 후 고인이 되고 만 정치인의 사부師父로 알려진 분이었다. 주임 신부님은 민주화 운동에 관심이 많아 싱당의 고등부는 물론, 일반 사목 업무에도 아예 관심 자체를 두지 않았다. 그날, 나는 원장 수녀님에게 '신부님이 성당 일에 무관심하시니 아이들이 싱당을 탈선의 장소로 여기고 수녀님과 어른들에게 반항하는 등 개판 오 분 전의 상태에 이르렀다'라는 논리를 전개했다. 강하면 부러진다고 대학 2학년생이니, 자신만의 논리와 열정이 지나치게 강한 탓이었다. 이후 고등부 교사 자리는 내가 다니는 대학의 군 제대 복학생 선배가 맡았다. 해병대를 제대한 그는 군 생활에서 익힌 혹독한 체벌을 신앙생활을 위해 성당을 찾아온 학생 들에게 가하는 등 자신만이 이해하는 '성聖과 속俗이 분리된' 방식으로 조직 을 이끌어갔다.

어쨌든 시간은 흘렀다. 이후 나는 국민의 의무를 다하기 위해 육군에 입대 했다. 3년 후 제대한 나는 복학했고 학교를 졸업할 즈음에 모든 이가 부러 워하는 직장에 취직하게 되었다. 그리하여 뭔가 불같은 열정을 품고 생활한 나의 20대가 저물어 갔다. 해당 시기를 기념하는 증표證票는 전역 후 복학해 서 만난, 같은 학과의 후배와 사귀다 결혼하게 된 사실과 20대가 끝났다는 정도의 사소한 시간 흐름일 것이다.

2

내가 입사한 국내 굴지의 대기업 무역회사는 대충 근무하게끔 내버려 두지 않았다. 차갑고 냉정하며 최고와 합리주의를 표방하는 '세 개의 별'이라는 명칭의 그룹 회사는 지급하는 급여의 수십 배를 우려내는 느낌이었다. 잦은 근무지 이동은 말할 것 없고 부서 이동, 보직 변경, 해외 근무 등 스트레스 가 많았다. 새벽별을 보며 집을 나가고 늦은 밤의 달을 보면서 퇴근했지만 뭔가 자신이 성장하고 있다는 생각 때문에 세월이 가는 줄도 모르고 몸 바 쳐 일했다. 지난 시절을 회고하면서 내 인생에서 황금기였다고 여기게 되었 다.

세월은 흘러 삼십 대가 쭉 지나고 어느덧 30대 후반이 되었다. 어느 날 퇴 근길에 들른 시내 중심가의 서점에서 고등학교 시절의 성당 절친 이재하와 조우하게 되었다. 무슨 연유인지 우리는 15년 이상 서로 연락을 하지 않은 상태였다.

한때 그와 나는 사제司祭가 될 것인가, 말 것인가를 진지하게 고민하는 친구 사이였디. 이재하는 ㅁ교에서 독문학 박사학위를 받은 후 여러 대학에서 시간 강사로 뛰고 있었다. 그와 함께 포장마차에서 소주를 2시간 동안 마시면서 20년 전에 헤어진 친구들의 각자 다른 삶들을 확인하게 되었다. 그리고 고등학교 시절 내가 셀을 중간에 그만두고 난 후 편지를 주고받던 동갑내기 여학생 A의 안부도 알게 되었다. 이재하는 놀랍게도 A가 성당 고등부 동기와 결혼한 사실을 내게 얘기했다. 내가 대학 2학년 때 고등부 교사를 잠시 맡고 있을 때 신부님과 직접 담판을 봐야 한다고 충고한 정현석이라는 이가 남편이었다.

몇 주 후, 이재하의 주선으로 나머지 성당 친구 여러 명을 한꺼번에 만나게 되었다. 그들은 계를 만들어 정기적으로 모이는 듯했다. 그날 나는 그들과 횟집에서 소주를 마신 후, 홀Hall 형태의 가라오케에 가서 맥주를 마시며 노래를 불렀다. 노래방이 생기기 이전의 시절이었다. 모두 한 곡씩 노래를 부르고 잠시 소강상태일 때였다. 분위기를 살리기 위해 내가 마이크를 잡았다. 그날 나는 조용필의 노래 '사랑은 아직도 끝나지 않았네'를 열창했다.
'그래도 못 잊어어어 나 홀로 불러보네에에... ...'
노래 부르기를 마치고 자리에 앉으니 분위기는 엉뚱한 방향으로 흘러가고 있었다. 누군가 나의 첫사랑 A를 화제로 떠들어 대었기 때문이다. 급기야 함께 자리한 이들의 시선이 모두 내게로 쏠렸다. 내가 당황한 표정을 짓자 맞은 편에 앉은 초등학교 동기가 웃으며 휴대전화기를 꺼내더니 A의 남편에게 전화를 걸었다. 중소기업에 다니는 A의 남편은 20년 전에 잠깐 만난 기억뿐이어서 친한 사이는 아니었다.

"너 지금 올 수 있니?"
30분 정도 지났을까? A의 남편, 즉 정현석이 가라오케에 도착하여 일행과 합류하게 되었다. 일곱 명이 노래 부르고 술 마시던 주점 테이블에는 주문만

해놓고 마시지 않은 맥주가 30병 정도 남아있었다. 빈 병 상자도 두 상자 정도 보였고 다들 엉망으로 취한 상태였다. 게다가 나는 첫사랑의 남편이 온다는 말을 듣고 긴장하여 몇 잔 더 마시는 바람에 그야말로 '떡실신' 직전이었다. A의 남편은 마른 몸매에 날카로운 눈매를 가진, 정중한 몸가짐에다 신사 느낌을 풍기는 능변가였다. 그런데 그도 어디서 마시다가 왔는지 비틀거리는 모습이 상당히 취한 듯했다. 그와 나는 90도로 서로 인사를 하며 명함을 주고받았다. 그리고 다정하게 '원샷'을 시작했다.

"윤 형은 대기업 간부님이시군요." 그가 내 명함을 보며 말했다.

"정 형은 부럽게도 부장님이시군요." 술에 취했지만, 나 또한 정중하게 대답했다.

"집사람에게 윤 형 이야기를 여러 번 들은 적이 있습니다." 예상치 못한 말을 그가 꺼냈다.

"그래요? 어릴 적 친구였지요." 침착함을 유지하려 애쓰며 내가 대답했다.

그때까지 나는 기분이 좋았다. A의 남편이 오늘 만난 윤 아무개라는 인간이 그런대로 멋진 놈이더라는 말을 A에게 전해서 그녀가 나를 좋은 기억으로 간직해주기를 바랐으니까. 그런데 대화를 많이 하다 보니 서로 긴장이 풀어지고 말았다. 술 탓이었다. 그러다가 나는 그의 얼굴을 자세히 보게 되었고 그때 발견한 것은······.

놀랍게도 그의 머리가 뒷부분을 제외하고는 완전 대머리라는 사실이었다. 전두환 유형의 대머리였다. 불행한 사건은 이후 그와 '원샷'을 계속하며 이런저런 얘기를 주고받다가 돌이킬 수 없는 실수를 내가 저지르고 말았다는 사실이다. 왜냐하면, 과도한 음주로 나는 인사불성 직전에 도달해 있었기 때문이다.

"정 형, 정 형, 딸꾹······." 더듬거리다가 갑자기 용감해진 내가 말했다. "딸꾹······."

"무슨 이야기라도 하시죠." 내 표정에 놀란 그가 말했다. "왜 망설이십니까? 아하."

그때 취중에 행한 내 행동은 이후 아무리 생각해도 한심하기 짝이 없는 그 무엇이었다.

"정 형, 내 인생은 왜 이 모양입니까?"

"아니, 왜요?"

"하필이면 왜, 첫사랑의 남편이 이토록 빤짝빤짝 빛나는 대머리이어야 한단 말입니까?"

옆자리에 앉은 친구들은 둘이 무슨 이야기를 나누고 있는지 귀를 쫑긋하며 엿듣고 있었다. 사이, 일행 모두 눈이 휘둥그레졌다. 내 말이 끝나기가 무섭게 모두 "푸핫!" 웃었다. 여러 사람의 박장대소가 너무 커서 나 자신이 놀라는 순간이었다.

*

그다음 날 아침, 출근하면서 전날 밤을 복기復記해보니 밤 열두 시가 다 된 시간에 A의 남편이 일행이 모인 술집에 온 일이며, 그에게 대머리 타령을 계속하며 여러 차례 당혹스럽게 만든 기억이 났다. 양복 주머니를 만져 보니 전날 그에게 받은 명함이 발견되었다. 출근 후 회사의 급한 일을 정리하고 그에게 전화를 걸었다.

"어제 본의 아니게 실수를 많이 했습니다……." 한숨을 쉬며 내가 말했다. "어쨌든 죄송하고……."

"윤 형이 대머리라는 말로 내게 실수했다면…." 내 말을 묵묵히 듣다가 그가 웃으며 말했다. "나도 그에 못지않게 실수를 많이 한 것 같소."

사과한 후 전화를 끊고 생각을 해보니 내가 그에게 실수한 건 맞는데 그가 내게 실수한 내용이 도무지 무슨 얘기인지 기억나지 않았다. 나는 민망함을 무릅쓰고 전날 동석했던 다른 친구에게 전화했다. 친구는 허붓허붓 웃으면서 자초지종을 설명했는데 A의 남편이 나의 대머리 타령에 대응하며 한 말은 다음과 같았다.

'대머리의 정력이 얼마나 센지 당신이 알기나 하느냐……. 보아하니 당신의 그것은 힘이 없을 듯하다. 그리고 대머리의 위력을 모르고 산 당신의 인생은 개떡 같은 거다……. 시저, 히포크라테스, 셰익스피어, 레닌, 처칠, 모택동, 아인슈타인, 아이젠하워, 간디, 이승만, 전두환, 이주일, 마이클 조던……. 이렇듯 인류 역사를 대머리가 움직였다는 사실을 알기나 하는가? 그러니 앞으로는 무식하게 살지 말고 제발 공부 좀 하면서, 대머리를 존경하면서 살아가시라…….'

3

그날을 인연으로 그와 나는 자주 만나게 되었고 술친구가 되었다. 몇 년이 더 지나서 우리가 30대의 언덕을 넘은 후 40대로 접어들 즈음이었다. 정현석은 중소기업을 그만두고 특수 철강 와이어를 제작하는 기계 제작소를 창업했다. 그와 내가 만날 때마다 같은 업종에 종사하는 성당 친구도 한 명 동석하게 되었다. 하대관이었다. 정현석과 하대관은 동종업계 종사자로 틈만 나면 골프와 먼바다 원정 낚시를 함께하는 등 둘도 없이 친한 사이로 소문나 있었다.

하대관과 나는 초등학교 때 성당의 주일학교는 물론 복사단服事團2)에서도 함께 활동했기에 상당한 구면이었다. 그들과 내가 다시 만났을 때 나는 무역회사에서 자리를 옮긴, 새로 생긴 완성차 회사의 자재과장이었다. 그렇지 않다고 그들은 한사코 부인했지만, 두 사람은 나와 친해지면 뭔가 그들의 회사 운영에 도움이 되리라 여기는 눈치였다.

---

2) 복사란 '봉사자'를 말한다. 천주교에서 미사 등 예절이 거행될 때, 주례를 도와 시종(侍從)하는 사람이나 일을 가리킨다.

어느 날, 세 사람이 함께 통음하다가 하대관의 제안으로 정현석의 집을 방문하게 되었다. 20년 만에 첫사랑 A를 만나게 된 날이었다. 나는 그의 집 근처 상점에서 부부의 자녀에게 선물할 과자 종합선물 세트를 여러 상자 샀다. 그리고 긴장감을 해소하기 위해 상점 앞에서 담배를 세 개비나 피웠으며, 옷매무새를 고치고 또 고친 후에 그의 집으로 향했다. 대문 앞에서 A가 일행을 기다리고 있었다.

"아, 20년 만입니다." 그녀를 발견한 내가 정중하게 인사하며 말했다.

"어머, 그러네요." 가로등 불빛 아래에서 능금 꽃과 같은 화사한 웃음을 지으며 그녀가 대답했다.

언덕 위에 자리한 매우 낡은 집이었지만 넓은 마당 옆에 꽃밭과 사랑채가 보였다. 사랑채는 부부가 사용하는 방인 듯했는데 삼면 벽마다 책장이 놓여 있었고 칸마다 꽂힌 책들이 반듯했다. 부부는 흡사 도서관 느낌을 주는 그곳으로 나를 안내했다. 잠시 후 어디선가 걸려 온 전화를 받은 하대관이 자리를 떴고 세 사람이 맥주를 마시며 환담했다. 술이 약해서인지 아니면 나와 A가 주고받는 대화 내용을 엿듣고 싶은 건지 알 수 없지만, 정현석은 얼마 후 취기를 못 이기고 술상 옆에 쓰러져 잠이 들었다.

"이 사람과 결혼한 사실을 정말 몰랐나요?"

"그렇죠." 내가 대답했다. "옆 동네에 살면서도 어떻게 길에서 우연히 마주치지도 않았네요."

"남편이 지난주 윤 과장님 댁에 초대받아 한잔했다더군요." A가 내 이름을 부르지 않고 '윤 과장님'이라고 부르는 점이 특이했다. "부인이 굉장한 미인이라면서요?"

"하. 그건 처음 듣는 얘긴데요……. 저는 미인의 기준이 뭔지 모르겠습니다." 내가 대답했다. "그런데, 부군처럼 좋은 분과 사시니 행복하시겠어요."

한 시간 이상 대화를 나누다 보니 자정이 가까워지고 있음을 알게 되었다. 이윽고 자리를 털고 일어난 나는 그녀에게 다시 깍듯하고 정중하게 인사하고 대문을 나섰다. 정현석은 계속 자고 있었다.

 그날을 계기로 나와 정현석, 하대관 세 사람은 자주 만나는 사이가 되었고 그때마다 술자리를 가졌다. 두 사람은 내게 뭔가를 기대하는 눈치를 계속 보냈으나 새로 생긴 회사의 말단 간부인 내가 둘을 도울 방법이란 많지 않았다. 그때 나는 업무를 어디까지 밀어붙여야 하는지 알고 있었고, 실상 그들이 원하는 일에 경험이 없었기 때문에 무리하게 밀어붙이고 싶지도 않았으며, 무리한 모험으로 손에 잡을 것을 놓치고 싶은 생각도 없었다. 그것을 눈치챈 하대관은 어느 순간부터 내 시야에서 사라졌다. 이후에도 나와 정현석은 가끔 연락하며 만나는 사이가 되었다. 그즈음 그가 운영하는 회사의 영업 사정이 좋지 않아 보였다. 그는 하대관이 운영하는 회사의 빈 곳에다 사무실과 작업장을 옮긴 후 해당 회사의 설비를 빌려 제조와 생산을 운영해나가고 있었다.

 그런데 어느 순간부터 그가 주사酒邪를 부리기 시작했다. 몇 년 동안 알고 지내온 그가 아니었다. 술만 마시면 아무에게나 뜬금없는 인신공격을 해 대고 호의의 덕담에도 말꼬리를 잡아 시비를 걸기 일쑤였다. 그가 평소와 달리 이상하게 행동하는 이유를 알 수 없었다. 아무리 안정된 사람이라도 심각한 위기에서 그리 멀리 있지 않다는 사실을 그때 나는 알았어야 했다. 비극과 같은 시간이 지나고, 소극의 하루를 맞이하는 순간도 주어진 상황을 어떻게 계산하느냐에 달려 있었다. 웃자고 한 얘기에 그가 죽자고 타인에게 달려드는 경우나, 다른 사람의 아픔까지도 자신의 영달을 위해 이용하는 하대관의 비정한 모습을 어렵지 않게 목격했기 때문이다.

 3년이 지났다.

 IMF의 여파로 내가 다니던 회사는 문을 닫게 되었고 드디어 내가 실직자의 무리에 합류하여 새로운 일을 찾기 시작한 사실도 하나의 원인이었을 듯하다. 정현석의 계속된 주사와 폭언이 못마땅한 나는 조금씩 그를 멀리하게 되었다.

고달픈 40대의 언덕을 넘고 50대 중반이 되니 깨닫게 되는 사실이 하나 생겼다. 실직과 부도, 가족의 사망과 이혼 등 위기를 맞을 때 사람들이 보이는 반응은 두 가지 부류라는 점이었다. 그러한 불행과 불운도 인생의 일부분으로 받아들여, 낙담할 수밖에 없지만, 뭔가 긍정적 자세로 세상을 대하는 이가 존재하는 반면에 자신에게 닥친 현실에 부정하고 분개하여 대인 관계를 파탄으로 몰고 가는 이를 볼 수 있었다. 후자의 경우, 원인 제공을 하지 않았음에도 자신을 비웃는다거나 우습게 여긴다는 자격지심을 발휘하여 주변인들을 무차별 공격하기 일쑤였다.

4

어느 날 정현석이 운영하는 회사가 부도났다는 소식이 들려왔다. 파산한 그는 채권자를 피해 가족을 데리고 타 도시로 도망을 치듯 사라졌다. 내용을 가장 잘 아는 이는 하대관이었다. 정현석의 둘도 없는 친구이자 사업 동료인 그는 갑자기 원수가 되어 채무와 채권 관계를 따지며 법정까지 가서 다툼을 벌이기 시작했다.

무엇을 바꾸고 또 바꾸지 못하는지, 사람들은 언제나 뭔가, 말하자면 어떤 경험이나 책, 어떤 인물이 바꿨다고들 말했다. 그러나 그들이 그전에 어땠는지 알고 있다면 사실 별로 변한 게 없다는 사실도 알 수 있다.

"현석이 그 자식이 내 사업장을 사용하고 내 설비로 제품을 만들어 업을 영위했잖아." 하대관이 말했다. "비용을 갚으라고 했더니 절대로 할 수 없다네? 제가 나에게 기술 지도를 했다는 거야. 기술 지도는 무슨? 개뿔 같은 소리잖아!"

"이전에 현석이가 거래업체도 소개해주고 기술도 알려주는 등 너를 많이 도와줬다며? 네 입으로 말했잖아." 내가 말했다. "그러니까 너희는 상부상조하는 사이였어."

"그건 잠깐이었을 뿐이야!" 그가 반박했다. "어쩌다 내가 이상하게 말한 거지."

"둘도 없는 친구라며 사흘이 멀다고 골프를 치고 제주도까지 낚시 다닐 때는 언제고?" 화가 치민 나는 몸의 피하 지방이 바깥으로 밀려 나올 것 같았다. "달면 삼키고 쓰면 뱉는 게 친구 사이야?"

"녀석은 내 자존심을 상하게 했고 능멸했어." 그가 대답했다. "내 도움으로 사업한 사실을 솔직하게 인정하지 않았거든."

결국, 그리 단순하지 않다고 드러나는 사람은 처음부터 단순한 사람인지도 몰랐다. 나는 서서히 분개하기 시작했다.

"아무리 그래도 그렇지. 쓰러진 자를 짓밟는다는 게 타당한 일이야? 네가 손해를 본 비용이 얼마인지 몰라도 그건 온당하지 못해." 박테리아 세균이 증식된 음식을 먹은 것처럼 나는 거북해졌다. "얼마를 벌자고 그와 오래전부터 친하게 지낸 건 아니잖아? 지금 네가 하는 행동은 강자의 비열한 횡포일 뿐이야!"

"강한 자라니? 무엇 때문에 내가 강자란 말이야?"

"망해서 빚쟁이에 쫓기는 자가 강자야, 아니면 돈 내놓으라고 법정까지 끌고 가는 자가 강자야?"

잔을 넘치게 만드는 건 언제나 마지막 한 방울 때문이었다. 내가 그토록 하대관에게 분개한 사실 또한 마찬가지였다. 그는 항상 그랬다. 성당 동창회에서 특정인이 마음에 들지 않는다는 이유로 그는 다른 구성원들의 의견을 묻지 않고, 게다가 모욕을 줘가며 쫓아낸 전력도 있었다.

"뭐지?" 불편해져서 내가 물었다. "왜 그래야 하는 거야?"

"아니, 왜?" 그가 내게 말했다. "나는 네가 이상한 것 같은데?"

나는 얼굴에서 피가 빠져나가는 것 같았다. 그는 뭔가 아쉬울 때는 상대방에게 무릎을 꿇을 듯 저자세를 취하곤 했다가 상대가 필요 없어지면 헌 신 싹 비디듯 돌아선 저이 한두 번이 아니기 때문이었다. 그와 대화를 나누고 있으면 멀리 떨어진 축대와 축대 사이에 약하고 가는 줄을 한 개 연결해서 그 위를 걸어서 가는 경우처럼 현기증이 전해져 왔다.

그는 그때 마흔네 살이었고 비로소 부자의 반열에 들어서기 시작한 때였다. 자신의 고객 앞에서는 무릎이 땅에 닿을 듯 굽실거리다가 부하직원이나 상대적 약자에게는 세상의 모든 방자함을 불러들여 코로나 병균처럼 창궐하게 만들기를 반복했다. 그즈음 나는 딴생각을 했는지 창밖조차 보지 않고 살았다. 그리고 여름의 끝자락에 있는 모든 도시가 그러하듯 우리가 사는 도시는 힘없이 축 처져 보였다. 내가 보아온 청춘의 모든 가능성은 사라졌다. 해마다 반복되는 여름 동안 내면의 음울한 면모를 변함없이 드러내려는 듯 도시는 냉정하고 공허해 보였다.

십 년 전, 하대관이 월급 생활할 때 방문한 초라한 공장이 생각났다. 공장 바닥에는 먼지와 비닐 조각이 나부끼고 더러운 기름때 묻은 스패너와 망치가 선반 옆에서 뒹굴고 있었다. 페인트조차도 칠하지 못한, 구멍 나고 남루한 지붕과 먼지 덮인 낡은 블라인드 사이로 가늘게 배어들던 오후의 햇살, 찢어진 남루한 의자 쿠션이나 바닥에 떨어진 더러운 작업복 상의, 그리고 방문객을 힘없이 바라보던 선반 작업자의 반복 동작, 머리가 멍해지고, 그곳, 또는 그에게, 또는 뭐라고 해도 상관없는, 그때 창밖의 기계음은 너무도 소란했고 또 초라해 보였다.

우리가 사는 도시를 떠난 정현석은 지인들의 기억 속에서 점점 사라져 갔다. 그가 어려울 때 도움이 되지 못한 점과 그와 함께 보낸 유쾌한 순간들이 머릿속에서 교차했다. 거울 속에서 나는 누군가를 보았다. 순간 그것이 나 자신이라는 사실을 알았고 더 자세히 거울 속을 들여다보았다. 잘 알아보기 힘든, 심지어 비열한 모습을 한 자신이 흐릿한 불빛 속에 서 있었다. 친한 누군가가 어려움에 부닥칠 때 도움이 되지 못하고 자신의 무탈에만 안주한 순간이 아쉬움과 회한으로 남고야 말았다. 그의 술주정과 비아냥거림에 속상했더라도, 나 자신은 상대적으로 그와 같은 어려움을 겪고 있지 않기에, 위로해주지 못한 사실이 나를 책망하게 했다. 내가 인정한 죄의식은 자초하여 입은 모든 상처가 그러하듯 항상 계속되었으며, 행동 자체만큼 생생해졌다.

나머지는 남은 자들의 몫이었다. 기업은 망해도 기업주는 산다는 금융가의 격언을 상기하듯 그와 그의 가족에 관한 소문이 들려왔다. 회사의 부도에도 불구하고 그는 투자자와 보증인들의 재산을 빼돌려 호의호식한다는 내용이었다. 그에게 돈을 빌려주거나 빚보증을 선 지인들의 고통을 비웃듯 그의 아내 A가 사치한다고 얘기하는 이도 있었다.

늦은 저녁이었다. 함께 술 마시면서 이재하가 말했다.

"우연히 정현석 소식을 들었다."

"아, 그래? 근거가 없으면 뜬 소문일 가능성이 크지." 내가 말했다. "자신의 눈앞에 없다는 이유로 가혹한 잣대를 적용하는 경우가 많더구나."

"하대관과 법적 다툼 끝에 법원의 판결이 났다네?"

"어떻게?"

"정현석이 하대관에게 400만 원을 배상하라는 내용이 최종 판결이었다더군."

"고작 400만 원 받으려고 친구를 법정까지 끌고 간 거야?" 화를 참으며 내가 말했다. "3년이란 긴 시간 동안 법정 투쟁을 벌였다는 말이야?"

"그들이 한창일 때 마셨던 하룻밤 술값도 안 될 금액이었지."

그들이 함께 일하던 강변 너머의 공장이 생각났다. 정오는 녹색으로 빛날 때 공장 옆 강변을 운전하며 지나가노라면 나무 사이로 나타나는 널찍한 농장과 커다란 집들이 기억 속의 한 장면이 되어 뒤로 물러서곤 했다. 차창 밖 푸른 신록들이 달리는 차의 속도에 밀려 자꾸만 뭉개져 보였다.

나는 왜 함부로 다른 사람의 행복과 불행에 관심을 두고 또 관여하려는 것일까? 그들은 무슨 생각으로 자신의 환부를 드러내고, 또 쓸데없는 욕망으로 서로 관련을 맺어 파탄으로 치닫고야 마는 것일까? 정현석의 딸과 내 아들이 크거든 서로 사귀게 하여 결혼을 시키고 사돈 관계가 되자고 말하며 웃었던 일이 생각났다. 그사이 바람은 도시의 거리로 불었고 검은 나뭇잎들이 서로 몸을 부딪쳤다. 도심의 빌딩에서는 불을 끌 터였다.

5

10년이 지났다.

출판사에 보낼 소설집을 탈고하느라 분주한 날이었다. 향이 짙은 커피를 마시며 어느 친구가 내게 말했다. 유년 시절에 함께 성당을 다녔던 그는 술이 생각날 때마다 나에게 연락하는 이였다. 이제 우리는 예순을 바라보고 있었다.

"현석이 소식을 들었다." 그가 말했다. "그간 우리나라를 떠나 10년 동안 외국에서 일했다고 하더라. 최근에 귀국한 모양이야."

"어디에서?" 놀란 내가 물었다. "그러면 걔네 가족은?"

"그는 옆 도시의 수출자유공단에서 일한다더군." 그가 말을 이었다. "고등학교 동기가 근처에 살거든. 어쩌다 소식을 듣게 되었지."

"걔네 가족은 어디에 사냐니깐?"

"현석이는 그곳에서 자취하고 가족은 서울에 사는데 주말마다 집으로 간다고 하더라."

커피를 마신 그날 저녁에 그와 나는 소주를 마셨다. 비가 와서 그랬는지 거리는 텅 비어 있었다. 술집 구석에서 희미한 음악 소리가 들렸는데 마치 구약성서에 등장하는 요단강에서 들려오는 소리 같았다. 술집 창문 옆 철망에 걸린 녹슨 랜턴 위에서 바람이 뱅글뱅글 돌고 있었다. 이파리를 미처 떨어뜨리지 못한 가지들이 자책하며 홀로 선 나무에 붙어있었다. 어린 시절에 돌아가신 아버지가 내게 하신 말씀이 생각났다.

'삶이 우리를 때려눕히더라도, 다시 일어서는 거야. 그게 인생의 전부야. 아들아.'

창밖을 내다보니 도시는 일어서는 사람과 추락하는 사람으로 나뉘었다. 그는 정현석의 전화번호를 알고 있었다. 나는 그에게 전화를 넣어 달라고 부탁했다.

"얼마 만이야? 잘 있었지?" 내가 용기를 내어 말했다. "만나고 싶은데 어떠니? 괜찮으면 시간을 정하자."

"그럼, 잘 있고말고. 만나도록 하자." 휴대전화기에서 그의 목소리가 들려왔다. "너희가 있는 도시에 나는 갈 수 없어. 이곳에 온다면 언제든 환영이야."

한 주가 지난 날, 그를 동반하여 정현석을 만나게 되었다. 수출자유공단. 낯선 거리의 바닷가 버스 정류장에서 그를 기다리는데 체어맨이라는 이름을 가진, 오래된 대형승용차가 두 사람 앞에 멈췄다. 그날 밤은 바람 한 점 없었다. 쏟아붓는 물처럼 더위가 와락 몰려들었다. 15년 만에 그를 만난 셈이었다. 그는 여전히 마른 몸매였으며 대머리를 가리는 어색한 가발과 가수 이상민이 쓰는, 굵고 검은 정사각형 테두리의 안경을 쓰고 있었다. 가발의 검고 긴 머리카락이 그의 정수리와 이마를 덮어서 굵은 안경테와 야윈 얼굴이 생경한 부조화를 이루고 있었다. 사람의 얼굴에는 얼마나 많은 운명이 담겨 있는가. 한 사람의 과거와 현재와 미래가 담겼을 뿐만 아니라 마음마저 포함된 그의 얼굴은 표정 없이 건조해 보였다.

"자네는 머리가 완전히 하얗게 되었구나." 그가 말했다. "그래도 나머지는 그대로인걸."

"염색하면 머리가 가려워서 난 견딜 수 없어." 내가 대답했다. "나이 듦을 자연스럽게 받아들이는 중이야."

"자네 아이들은 잘 컸겠지?" 그가 물었다. "큰애가 우리 미연이랑 동갑이었나?"

"니희 딸이 우리 아들보다 한 살이 많았지? 아마." 내가 대답했다. "그때…. 서로를 사돈이라고 불렀지. 젊은 시절에 말이야."

"그런데……. 그런 말은 서로 하지 않기로 했잖아?"

그의 대답이 끝나자 갑자기 나는 절망적인 기분이 되고 말았다. 생각이 날아가서 새 떼처럼 흩어져 버리는 것 같았다. 그건 그가 잘못 기억하는 부분이었다. 사돈이라고 부르지 말자는 얘기는 서로가 단 한 번도 한 적이 없었기 때문이다. 그가 부도난 후 줄곧 무관심하던 내게 서운한 감정을 숨기지 못한 표시일 뿐이었다.

"누군가 자기 삶에 굳건한 믿음을 가지고 있다면 말이야." 그가 소주를 세 병째 마시며 말했다. "그건 주께 대한 믿음을 가진 거나 다름없어."

그는 자신만의 논리로 세상을 재구성하고 싶어 했다. 가톨릭교도여서 그는 자기부정을 통해 자신을 부축하려는 것이었을까? 자신을 향한 불필요한 신뢰를 언제까지 이고 살아야 하는지 모르는 듯했다. 어쩌면 그는 시들기 시작한 꽃잎과 같은, 하찮은 존재일지도 모른다는 생각이 들었다. 조그마한 바람에도 흔들리고 있었다. 그와 나의 대화는 더는 이어지지 못했다. 그는 나와 동행한 친구와 계속 얘기를 나누었고 나는 좀체 그들 대화의 틈서리에 끼어들지 못했다.

무더운 나라 인도의 뭄바이라는 도시에서 공장 관리자로 5년을 일했으며, 이후 5년 동안은 중국 쓰촨성의 인근 도시에서 기술 고문으로 일했다는 게 그가 얘기한 주된 내용이었다. 옆에서 들으면서 그가 공장관리자나 기술 고문이라는 직책보다는 그냥 '기술자'로 일했을지 모른다고 생각했다. 아무런 근거 없이, 불필요하기 짝이 없는 생각이 들었다.

외국에서 혼자 생활을 하면서 시간이 날 때마다 미니어처 목제 범선을 깎아내다 보니 이제는 주된 취미가 되었다고 그가 말했다. "미칠 정도로 외로웠거든. 혼자만의 싸움이었지. 외로움을 달래기 위해서 말이야…." 두어 시간이 지나자 세 사람은 만취 상태가 되었고 그는 대리운전 기사를 불러 체어맨과 함께 자리를 떴다. 후끈 달아오른 아스팔트의 열기가 고스란히 전해져서 숨이 탁 막혔다. 온몸의 땀구멍에서 땀이 흘러내렸다.

"그가 나를 계속 외면하는 바람에 대화다운 대화를 하지 못했군. 그는 불쌍한 사람이야. 아는 것은 많은데 진짜로 알아두어야 할 건 모른다는 말이지. 그가 말한 건 모두 오래된 책에 적힌 내용일 뿐이야. 쓸데없는 것만 알고 있는 사람이란 불쌍한 사람 아니겠어?" 돌아오는 길에 동행한 친구에게 내가 말했다. "나는 아주 여러 날을 그와의 아무 가닥도 잡지 않고 살았지. 그래도 아무 일 없었어. 그러니까 내 말은, 너무 늦기 전에 그를 본 것이라도 감사해야겠지."

*

그를 마지막으로 만난 날에서 2년이 지난 12월, 성탄절이 며칠 지난 날이었다. 나는 단편 소설집을 탈고하다 이재하에게 해당 작품들의 평론을 써달라고 부탁한 사실을 기억해내었다. 전화벨이 울렸다.

"현석이의 소식을 들었다." 이재하의 음성이 들려왔다. "많이 아프다네? 대장암 말기인가 봐."

"왜? 어떻게?" 내가 말을 이었다. "2년 전 내가 만날 때는 멀쩡했는데?"

"그건 그렇고, 그의 부친이 어제 돌아가셨다는 부고가 왔어." 전혀 예상치 못한 말을 그가 꺼내고 있었다. "빈소는 우리가 어린 시절을 보낸 성당이야."

"그렇다면 몸이 편찮은 정현석이 맏상제가 되어 우리와 같은 조문객을 맞이하겠구나." 내가 말했다. "그곳에서 그를 만날 수 있겠지?"

"그게 안 될걸? 그는 부친의 장례식에 올 수 없는 상태야. 서울의 어느 대학병원에 입원 중인데 의사가 치료를 포기할 정도로 병세가 악화하였다네?

인공호흡기로 겨우 명줄만 이어가는 상태인 듯해. A는 그를 병구완해야 하기에 병원에 있어야 하고 말이야. 아무튼, 메시지로 내게 도착한 부고를 네게 보낼게."

이재하가 내게 재발송한 부고에는 정현석의 부친이 전날 세상을 떠났다는 사실과 코로나19 때문에 문상을 사절한다는 문구와 함께 끝부분에는 A의 이름과 휴대전화 번호, 계좌번호가 나열되어 있었다. 현재 경험하고 있는 것 전부가 과거 어느 때 체험한 사실 같다는 느낌이 들었다. 그것이 언제인지를 기억 못 하는 의식을 심리학에서는 기시감이라 부른다. 마치 영화의 한 장면 속에서 그와 내가 존재한다는 느낌까지도 그랬다.

그로부터 사흘이 지났는데, 그해의 마지막 날이었다. 다시 이재하에게서 전화가 왔다.

"두 시간 전에 현석이가 하늘나라로 갔다는구나."

언젠가 내가 쓴 글의 문장에서 그가 언급될 수도 있겠지만 그는 잊힐 것이다. 하지만 그녀와의 기억은 그럴 수가 없었다. 내가 애써 문질러 지운 흐린 기억들이 오래된 기억의 창고 속을 비집고 나왔다.

열아홉 살, 햇살처럼 눈에 부셨던 그녀의 웃음이 어땠는지, 능금 꽃 같았던 미소가 생각났다. 어쩌면 아예 처음부터 그녀와 얘기조차 말았어야 했다. 고등학교 3학년의 어느 날, 가톨릭 성녀聖女의 이름을 딴 여자고등학교에 재학 중인 그녀를 하굣길의 버스 안에서 우연히 만났다. 붐비는 차내에서 서로를 알아본 둘은 누가 먼저 말하지 않았는데도 함께 하차했다. 버스에서 내린 곳에서부터 사립중학교 뒤편에 있던 그녀의 집 앞까지 걷게 되었다. 1년 만에 만나서 뭔가 어색한 둘은 말없이 걷기만 했다. 도로 옆길은 근처에 자리한 신발공장의 노동자를 상대로 맥주와 양주를 파는, 소위 니나노 술집이 군집하여 100m 이상 늘어선 홍등가였다. 걷는 도중에 갑자기 비가 쏟아지자 그녀는 책가방에서 접이 우산을 꺼내 나와 함께 쓰려고 했다. 둘 다 교복을 입은 고등학생이기에 길거리 행인의 시선을 의식한 나는 어찌할 바를 모르며 우산을 피했다. 길옆의 홍등가 쇼윈도에 앉아서 취객을 기다리던, 야한 차림의 작부들이 둘을 유심히 바라보며 큰 소리로 웃기 시작했다.

이후 둘은 비를 맞으며 우산 없이 걸었다. 이슬비가 오는 와중에 잔잔한 바람이 불더니 가로수 아카시아꽃들이 그녀의 하얀 옷깃 위로 우수수 떨어지기 시작했다. 나의 교모와 교복이 비에 흠뻑 젖은 것을 알아차린 그녀는 자기 집, 대문 앞에서 내게 우산을 건넸다. 우리는 말 없이 서 있었다. 그것은 끝없이 이어진 시詩였고, 끝내 현상하지 못한 낡은 필름이었다. 우산을 받아서 든 나는 다시 홍등가 앞을 지나 종전에 내린 정류장에서 재차 버스를 탔다.

빛바랜 기억이 되살아났다. 오래전에 봤던 영화나 고독할 때 읽었던 소설과 같은. 이제는 나에게 아련했던 A의 모습을 되돌릴 수는 없을 것이다. 이후 갖은 오해 속에서 재회할 수 없었던, 그래서 슬펐던 열아홉 시절의 기억이 되살아났다. 그때 나는 뭐라고 말할 수 없었던, 아, 아, 아, 아. 나를 바라보며 안타까워하던, 지난 시절 A의 얼굴이 생각났다.

6

새해 첫날 늦은 저녁이었다. 나는 창밖을 내려다보고 있었다.

"어젯밤 장례식장에 가서 밤을 새우고 오늘 아침에 돌아왔다." 전화기에서 이재하의 목소리가 들렸다. "늦은 밤임에도 영안실 복도의 형광등 불빛은 대낮처럼 환했어. 그곳의 공용 휴게실에는 검은 옷을 입은 사람들이 피로한 얼굴을 숨기지 못한 채 눈을 감고 앉아있었지."

"… …."

"눈물을 흘려야 할 정도의 자리는 아니었다." 그가 말을 이었다. "나는 화장실에서 오랫동안 손을 씻었어. 어쨌든 지난 시절의 관계를 생각해서라도 마지막 정리를 했지."

"장례미사가 얼리지 않았니? 그도 그렇고 A 여사도 신자잖아."

"장례미사는 없었어. 걔가 죽기 전에. 화장한 재를 절에다 뿌려달라고 당부했다 그러데?"

"아, 그렇구나." 내가 말했다. "이해할 수 없지만 그게…."

"네가 부탁한 부의금을 A 여사에게 전달했어. 걔 부친상 때도 네가 부조를 했다더구나."

"그랬지. 어떤 방식으로든 그와 화해하지 못한 게 부끄러워서였지. 죽은 사람은 말이 없어. 오직 죽이는 자들만이 변명을 합리화하거든. 그건 아주 비겁한 얘기겠지."

"여전히 빚이 많은 모양이더구나. 집의 세간살이에도 법원의 압류딱지가 붙었다더라. 그리고 아이들에게 남편은 훌륭한 아버지였다고 A 여사가 말했지." 그가 말을 이었다. "그리고 그곳에서…… A 여사가 한참 동안 네 얘길 하더구나. 여고 시절, 편지를 쓰며 네 생각을 하는 게 인생이었다고 말이야."

갑자기 나는 처연한 심정이 되어버렸다. 창밖에 부는 바람이 만든 부조화한 음향이 쓸쓸한 갈대숲에 숨어 우는 바람 소리와 같은 조용한 속삭임으로 밀려왔다. 바람이 만드는 소리는 저토록 가감 없이 정직한데, 나는 왜 먼지 한 줌 남기지 않고 사라질 수는 없는 것일까?

"그런데 말이야." 이재하는 항상 반듯하고 언제나 신중하게 말하는 이였다. "A 여사가 어제처럼 말을 많이 하는 경우는 처음 봤어."

"원래 A가 말이 많은 사람이었나?"

"누군가를 만나서 헤어질 때까지 그사이에 사람이 있었을 테지. 우리는 그 시간을 겪었고 말이야…. 왜 그렇게 끝나야 했는지 물을 필요가 없어. 이제 시간이 다한 거야."

이재하와 통화하면서 나는 창밖을 계속 바라보았다. 아파트 베란다 앞에는 도시를 대표하는 공원이 자리하고 있었다. 저 멀리 철길 뒤편에는 그때 헤어졌던 중학교 앞, A가 살았던 집도 보일 듯했다.

공원 근처에서 사람들이 주차장 주변의 차량에 대고 외치는 고함이 전쟁 영화에 나오는 소등나팔 소리처럼 아득하게 들려왔다. 세상살이에 능수능란하지 못한, 나 같은 사람들이 모여 있는 장소에 어김없이 등장하는 장면이었다. 삶은 안과 밖, 앞과 뒤가 없는 에피소드 같았다. 생로병사의 무한한 변형들은 개인의 생애라는 무대에서 부자연스럽게 밀착되어 다양하고 안타깝게 펼쳐질 따름이었다. 공원의 널따란 잔디밭에는 새해를 기념하는 불꽃놀이가 열리고 있었다. 삶은, 시작하기 전부터 뭔가 정해져 있어서 매수 조절이나 스토리 변형 같은 부가적인 구성이 없는 통속 소설 같았다. 내게 가능한 일이란, 인생이라는 장편소설의 원고에 대문자를 찍고, 밑줄을 긋고, 쉼표와 따옴표를 첨가하는 정도에 불과했다. 어둠 속에서 여전히 겨울바람이 불어서 헐벗은 가지 하나가 커다란 공원의 숲 옆구리를 긁어댔다.

공원 잔디밭에서 쏜 불꽃은 '피웅!' 소리를 내면서 서서히 하늘 위로 솟아올랐다. 이윽고 정점에 다다르자 광채를 발하며 각양각색의 빛나는 꽃송이가 되어 사방으로 흩어지기 시작했다. 산산이 조각난 꽃송이는 불씨가 되어 공중에서 지상으로 내려왔다. 불꽃은 하늘을 수놓다 종국에는 빛이 바래서 작은 연기 자국으로 변해갔다. 나는 불꽃이 올라가 공중에 머물다가 다시 부드러운 곡선을 그리며 비 오듯 떨어져 사라지는 장면을 서글프게 바라보았다. 어두운 밤하늘의 불꽃 자투리는 허공에서 피다가 흔적 없이 사라지기를 수십 번이나 반복했다.

가족家族

절망과 같은 분위기가 집안을 덮쳤다.
아버지는 예외 없이 혼자서 소주를 마시며 시름을 덜려는 듯했다.
마늘 하나를 된장에 찍어서 입에 털어 넣으며
사이다 잔의 소주를 단번에 삼키시는 모습이 기억 속에, 가슴 아프게 남아 있다.

‡‡‡

한 인간에게 가장 큰 안식을 주는 것이 가족이지만, 가장 큰 상처를 주는 것도 가족이다.
  - 프리드리히 니체

1

 내게는 두 명의 형이 있었다. 그때 형들과 나 사이에서 일어난 모든 일은 지나갔다. 이제 나는 그들을 미워하지 않게 되었다고 말할 수 있다. 그러나 형들 때문에 내가 고통받고 상처받은 사건과 우리를 둘러싼 소문, 거기에 얽어진 모습들은 유년 시절은 물론 성년이 된 이후에도 얼마나 내게 치명적이었는지 옛 감정만은 그대로다.
 한국전쟁이 끝난 이듬해 결혼한 부모님은 세 살 터울로 아들만 세 명을 낳으셨는데 나는 막내로 태어났다. 사람들은 우리 가정을 관찰한 뒤 부모님, 특히 어머니에게 '셋째가 딸이라면 얼마나 좋겠어'라고 말하곤 했다. 그때마다 나는 자신의 성 정체성을 잃어버리는 듯한 느낌이 들어 화가 났다. 그 말은 내가 여자로 태어났어야 했다는 내용이어서 남자인 내게 무엇과도 바꿀

수 없는 모욕으로 느껴졌다.

이런 시절, 형들은 나이에 맞지 않게 어른스러워 보였다. 그들은 내게 비겁해서는 안 된다고 주장했지만, 말과는 별도로 용감하지 못함은 물론 남을 잘 속였다. 형 둘은 동네 아이들과 싸우다 맞은 분풀이를 나에게 했다. 큰형은 유독 키가 작아서 '쥐똥'이라는 별명으로 불렸고, 작은형은 삼 형제 중 가장 약하고 마른 체격이었다. 그들은 또래에게 언어터지며 다녔는데 나는 그게 늘 안타까워 눈물이 날 정도였다.

무엇보다 참기 어려운 것은, 작은형이 제 또래와 놀지 않고 세 살이나 어린 내 동무들과 놀곤 해서, 내가 외톨이가 되고 마는 상황이 유년 시절 내내 이어졌다는 점이다. 작은형은 도대체 동년배 아이들과 놀 생각이 없는 것처럼 보였다. 왜냐하면, 그는 자기 또래와 어울리며 불편하게 지내기보다 어린아이들 틈에서 '대장 노릇' 하기를 원했기 때문이다.

그날도 집 밖 골목에서 작은형이 내 친구들과 놀고 있었다. 내가 놀이에 끼려고 하자, "너는 꺼져! 인마!" 하며 쫓아내는 바람에 나는 또다시 외톨이가 되었다. 흥분한 나는 재차 놀이에 뛰어들다가 넘어지고야 말았다. 이마가 땅바닥의 뾰쪽한 돌부리에 부딪히는 바람에 오른쪽 눈 위 부위가 5센티 이상 찢어져 얼굴이 피투성이가 되었다.

갑자기 내 얼굴이 피범벅이 되자 동네 아이들은 당황했고 소식을 들은 어머니가 수건을 들고 와서 지혈을 시도했다. 눈두덩이에 철철 흐르는 피가 멎지 않자 어머니는 장독대를 열어, 퍼온 된장 덩어리를 상처에 붙이려 했다. 사이, 길 가는 행인이 장면을 보고 '병원에 가야 하는 큰 상처'라고 경고했다. 그제야 제대로 판단이 들었는지 어머니는 마을 아래 초등학교 입구의 동네 의원으로 나를 데리고 갔다. 그곳에서도 여전히 지혈은 되지 않을 뿐만 아니라 마취제도 듣지 않아서 고통 속에서 상처를 봉합하느라 무려 1시간 이상이나 걸리고 말았다. 그때 생긴 흉터는 선명하게 남아서 지금까지도 내 얼굴은 사고가 일어나기 전으로 회복하지 못했다.

가정이라는 집단은 아주 사소한 우연으로 이루어지는 만큼 애매한 문제를 공통으로 가지고 있는 법이다. 유달리 마른 체격의 작은형이 불쌍하다고 항상 생각했지만, 취미활동처럼 나를 때릴 때는 참기 어려웠다. 그럴 때마다 나는 맞기를 거부하고 즉시 덤벼들었다. 장면을 목격한 큰형은 마치 짐승에게 가하듯 나를 두들겨 팼다. 맞다 고통을 견디지 못한 내가 "왜 때려!" 하고 반항하면 열 배 스무 배의 매질을 가했다.

　"이런 새끼는 그대로 두면 커서 형들을 때릴 거야. 더 크기 전에 미리 반쯤 죽여놓아야 해!"

　큰형이 나를 짐승처럼 때릴 때마다 나는 가출을 꿈꾸었다. 어디 먼 곳으로 가면 매를 맞지 않는 세상이 있지 않을까 하는 생각에서였다. 의붓아버지 슬하에서 매질에 시달리며 자란 내 친구, 옆집의 남현이는 가출을 감행했고 결국 집으로 돌아오지 않았다. 서울역 앞에서 구두닦이 하는 모습을 누군가 보았다는 소문이 돌았다.

　"자식 하나쯤 안 낳았다고 생각하면 된다고! 저런 자식은." 옆집을 향해 어머니가 말했다.

　큰형을 피해 매를 맞지 않는 곳으로 가야겠다고, 떠나려고 시도한 적이 있었다. 두꺼운 옷을 입고 두 시간이나 걸어서 시외버스 터미널까지 갔으나 가진 돈도 한 푼 없고 어느 방향으로 가야 할지조차 모른다는 사실을 깨닫고 절망하여 집으로 되돌아온 때도 있었다.

　내가 초등학교 3학년 때쯤이었을까. 그날, 중학교 3학년인 큰형이 나를 때리다 대나무 빗자루가 부러졌다. 더는 때릴 도구가 보이지 않자 그는 허리에 두른 혁대를 풀어서 채찍 삼아 때리기 시작했다.

　"죽어라! 이 개새끼야!"

　"내가 개야? 왜 때리는 거야!"

　큰형이 나를 필요 이상으로 때리는 장면을 아버지가 목격하게 되었다. 아버지는 형을 제지하기는커녕 반항하는 나를 향해 오히려 탄식했다.

"저렇게 악을 쓰며 형에게 반항하니 원……."

내게 디기온 아버지는 크고 굵은 손으로 '철썩' 뺨을 때렸다. 하늘이 하얘지는 느낌이 들었다. 아버지는 전통적으로 이어온 유교 사회의 '복종'이라는 관습을 지상 최대의 미덕이라고 믿고 있었다. 형이 뭘 잘했든 잘못했든 동생은 무조건 복종해야 한다는. 그러기에 동생을 잔인하게 때리는 큰형보다는 맞을수록 복종하지 않는 나를 용납하기 어려웠음이 분명하다. 전에 아버지는 자식들을 손이나 몽둥이, 빗자루는 물론이고 그 무엇으로도 때린 적이 없었다. 지금도 그날을 생각하면 마음이 아프다. 시대의 가치관 때문이었는지 아니면 내가 특별히 비뚤어진 아이여서 그랬는지는 알 수 없다. 모두가 하나의 손에 붙은 손가락인데 내게 왜 그다지 가혹하셨을까 하는 생각 때문이다.

몸이 허약한 작은형은 또래 남자아이들의 먹잇감이었다. 그들에게 주먹 상대가 되질 못 했는데 어쩌면 작은형이 아예 충돌 자체를 피했다는 표현이 맞는 말일 듯하다. 그를 볼 때마다 연민의 눈물이 났지만, 골목에서 맞은 분풀이를 죄다 내게 하는 건 참을 수 없었다. 그때마다 나는 죽기 살기로 그에게 덤벼들었고, 장면을 목격한 큰형이 나를 짐승처럼 때리는 일이 반복되었다. 부모님 누구도 큰형을 제지하지 않았다.

부모님은 장남이 향후 부모를 부양하리라는, 전통으로 내려온 유교적인 생활 원칙을 굳세게 믿어서 그를 금덩이처럼 귀하게 여겼다. 온 식구가 끼니를 거르더라도 큰아들의 군것질만은 사 먹여야 한다는 식이었다. 혹시 그가 동네 아이 누군가에게 맞고 들어오면 어머니는 대문 밖을 맨발로 뛰쳐나갔다. 동네가 떠들썩하도록 해당 아이를 응징했으며 아이 싸움이 어른 싸움으로 번지곤 했다. 따라서 큰형을 함부로 건드리는 동네 아이는 없었다. 어머니는 해방 전후의 서부 경남 지역에서 유명했던 빨치산의 여동생으로 동네 사람 누구와의 싸움에도 거침이 없었다. 큰형은 내게 포악하고 이기적이었지만 바로 아래 동생인 둘째 형에겐 때리지 않고 관대했으며 마치 친구처럼 대했다.

그날 아버지는 중학교 2학년이 된 작은형이 학교에서 받아온 월사금 용지를 보면서 흥분하고 있었다.

"요놈의 자식, 집으로 들어오기만 해봐라!"

작은형은 1,100원이라고 등사기 먹물로 인쇄된 월사금 용지의 '1'자에다 볼펜으로 'ㄴ'자를 덧씌워 1,400원으로 고쳐놓았는데, 고지서를 뚫어지게 응시한 아버지는 뭔가 수정한 흔적을 대번에 발견하고야 말았다. 1970년대, 그때의 학교는 월사금 용지를 가리방3)으로 긁은 후 갱지에다 기름 먹물 롤러로 밀어낸 고지서를 가정으로 배부했다. 조잡한 인쇄물이어서 용지에 검은색의 볼펜으로 가필하면 위조 여부를 구별하기 어려웠다. 그러나 아버지는 기름 먹물로 인쇄된 종이를 자세히 살펴보아서 볼펜으로 손댄 내용을 금방 찾아낸 듯했다.

아버지가 불같이 화를 내는 모습을 발견한 나는 작은형이 불쌍하고 위태롭게 생각되어 끌탕이 넘쳤다. 작은형이 또래 아이들에게 맞고 집으로 돌아올 때마다 느낀 감정이었다. 저녁 무렵 하교하는 길목에서 멀리서 다가오는 작은형의 모습을 발견하고는 달려갔다.

"형, 볼펜으로 금액을 고쳐 기성회비 돈을 떼먹은 거를 아버지가 알아버렸어. 큰일 났잖아! 뭔가 대책을 세워. 아니면 어디에 숨어버려."

나는 진심으로 염려했지만, 열다섯 살의 그는 태연하기 짝이 없었다.

"아니다, 괜찮아! 별거 아니야. 인마!"

집에 도착하자마자 아버지는 작은형을 불러 놓고 불같이 화를 내며 야단치셨고, 작은형은 안절부절못하며 이미 사용한 100원을 제외한 200원을 토해 내고야 말았다.

---

3) Cariban[版]의 음에서 온 일본어 흔적으로 등사판을 의미한다. 인쇄기가 보급되기 이전에는 줄판, 철필, 등사원지, 등사용 잉크, 천이 달린 등사판, 롤러 등을 사용해 출력했다.

　내가 중학교에 입학한 해에 작은형은 고등학교에 진학하게 되었다. 작은형이 인문계고등학교로 갈 것이냐 아니면 실업계고등학교로 갈 것이냐가 문제였다. 집이 시끄럽도록 큰형과 부모님은 자주 충돌했다.

　인문계고등학교로 가기 위해서는 학급에서 중간 이상의 등급이 되어야 했다. 작은형은 중위권과 하위권 사이를 오가는 성적이어서 인문계 고등학교에 입학한다는 것은 누가 보더라도 불가능해 보였다. 반면에 국립대학교 공과대학에 입학하게 된 큰형은 동네에서 영웅 비슷한 존재가 되었고, 이웃의 시선을 의식한 그는 기고만장한 상태였다. 그는 작은형이 실업계 고등학교를 나오면 사회의 밑바닥에서 살게 된다고 주장하면서 부모님에게 고함까지 지르며 실업계 행을 반대했다. 그러나 부모님은, 성적이 안 되는데 어떻게 인문계 고등학교에 보내냐며, 큰형의 의견을 받아들이지 않았다.

　"쟤가 인문계에 갈 실력만 되면 똥 묻은 빤쓰를 팔아서라도 보내겠다. 성적이 안 되는 걸 어떡하란 말이냐!"라고 어머니가 말했다. 작은형은 부모님 의견에 수긍하는 듯했다. 그러나 시간이 지나자 그는 당시의 선택을 거론하며 두고두고 부모님과 나를 괴롭혔다. 인문계를 포기한 중하위권 아이들 간의 경쟁임에도 작은형은 공립공업고등학교에 응시하지 못하고 그 아래 수준의 사립공업고등학교에 입학했다.

　그해 여름, 전국고등학교 야구대회가 공설운동장에서 벌어졌다. 내 또래 아이들의 골목대장인 작은형은 그들에게 야구 관람을 제안했다. 그날은 왜 그랬는지 인원 속에 나도 포함되었는데, 열 명 정도의 동네 아이들은 버스를 타고 공설운동장에 도착했다. 매표소에서 입장권을 끊으려는 찰나였다. 작은형과 나의 주머니를 탈탈 털어도 두 사람 몫의 푯값이 나오지 않았다.

　"너는 당장 집에 가, 인마!"

작은형은 내 주머니에서 차비를 제외한 돈을 뺏더니 아이들 앞에서 눈을 부라리면서 내게 명령했다. 집으로 돌아오는 버스 안에서 눈물이 나오려는 것을 간신히 참았다. 분함보다는, 작은형에게 나는 동네 아이들보다 더 못한 존재일 뿐이라는 자학이 나의 자존감을 괴롭혔음이 분명하다.

좀체 이해하기 어려운 일도 있었다. 중3인 내가 등교하기 위해 버스를 탈 때마다 생기는 일이었다. 종점이어서 빈자리에 앉으면 뒤에 앉은 여고생들끼리 수군거리는 내용이 내 귀에까지 들려왔다.

"쟤……. 인제 보니 중학생이네?"

무슨 말인지 짐작할 것도 같았다. 3년 나이 터울이 있긴 했으나 작은형과 나는 키가 비슷하고 외모도 빼어박은 듯 닮았기 때문이다. 작은형이 그네 중 누군가에게 교제를 제의하거나 히야까시ひゃかし[4] 비슷한 행동을 했고, 결과가 엉뚱하게도 나에게 날아온 느낌이었다. 그때마다 나는 차 창밖 먼 산을 바라볼 수밖에 없었다.

공업고등학교에 입학했으나 본래부터 공부에 관심이 없던 그는 동네 입구에 자리한 교회에 열심히 다녔고, 그곳의 이런저런 모임에 나가는 듯했다. 어느 날, 작은형이 이성 교제한다는 이유로 교외지도반에 적발되는 사건이 발생했다. 그는 같은 교회에 다니는 여학생과 바닷가 유원지에서 작은 배를 빌려 데이트하다 교외지도반 교사에게 붙잡히고 말았다. 문제 학생 둘을 현장에서 적발한 교사는 작은형이 다니는 학교로 해당 사실을 통보했고, 학교는 작은형을 '유기 정학有期停學' 조처했다.

학교에서 보낸 '정학 통지서'라는 우편 문서를 받은 부모님은 뭔가 심상찮은 문제가 일어난 것을 대번에 알아차렸다. 다음 날 어머니는 학교로 향했다. 교문을 지나서 교무실로 향하는 길목에서 손수레를 끌면서 담장 보수를

---

4) '조롱, 희롱, 놀림, 집적댐, 물건을 사지 않을 거면서 가격을 물어보거나 평가하는 것' 등을 뜻하는, 은근슬쩍 우리말 속에 스며든 일본어이다. 1970년대에는 길가는 아가씨를 꾀거나 작업 거는 행위를 히야까시라 했다.

하는 둘째 아들을 발견한 어머니는, 교무실에 들어가 담임 교사는 물론이고 학생시도 담당인 체육 교사에게도 손가락질하면서 따지기 시작했다.

"학생을 가르치는 곳, 학교 아닙니까? 얘가 뭘 잘못했으면 가르쳐서 잘못을 반복하지 않도록 해야지 노가다とかた를 시키나요! 세상에 이런 경우가 어디에 있어요!"

어머니의 언변과 태도가 워낙 기세등등한 터라, 학교는 작은형의 사역使役을 중지시키고 그를 수업에 복귀시켰다.

작은형이 다니는 교회 친구들이 우리 집에 놀러 오곤 했다. 작은형은 공업고등학교 3학년이었지만, 놀러 온 그들은 작은형보다 나이가 어려서 중3과 고1이었다. 작은형은 그네들과 말을 놓는 사이였는데, 한 살만 많아도 높임말을 써야만 하는 사내아이들의 세계에서 결코 있을 수 없는 일이었다.

"네 형은 어디 갔냐?"

둘 중 나이 많은 아이, 즉 나보다 한 살 많은 애가 물었다.

"몰라, 내가 그걸 어떻게 아니?"

"야! 그런데, 너는 나에게 왜 반말하냐? 나보다 어린 녀석이?"

"그런 너는 왜 우리 형에게 반말하냐? 우리 형이 너보다 두 살이나 많잖아?"

그들을 내 방식대로 제압하자 비로소 작은형은 나의 실체를 인정하는 듯했다. 하지만 교회 아이들이었기에 어떤 방식으로든 상대방을 평화적으로 받아들이려 한 것이지 다른 아이들이었다면 또 달랐을 것이다.

월세에 집착한 양친은 우리 가족이 사용하는 방을 두 개로 한정했다. 방 하나는 형들의 몫이므로 당연히 나는 부모님이 거처하는 방에서 지내야만 했다. 사춘기에 들어섰고 하교 이후에는 공부해야 하는 시기였다. 지낼 방이 없으므로 나는 자신을 '참 가여운 신세'라고 한탄하며 해결책을 찾았다. 학교에서도 방과 이후를 위해 마련된 공간이 없어서 내가 따로 공부할 장소를 찾기란 쉽지 않았다. 하루의 노동에 지친 아버지는 저녁 8시가 지나면 불을 끄고 잠자리에 드셨다.

공부할 장소를 구해 형들의 방에 한쪽 발이라도 들이려고 하면 "이 새끼, 네가 여기에 왜 들어와!" 하며 나를 쫓아냈다. 학교에서 받은 숙제를 해야 하는데 아무것도 할 수 없는 현실에 슬픔과 같은 탄식이 터져 나왔다. 가난이란 조금 불편할 뿐이지 결코 부끄러운 사실은 아니라고 스스로 확신한 믿음에 금이 가고 있었다.

그래도 뭔가 방법을 찾아야만 했다. 고심 끝에 나는 출입문과 두 방 사이의 한 평 남짓한 공간인 좁은 마루에다 밥상을 펼쳐놓고 숙제와 예습, 복습 공부를 했다. 마루에 전등이 없으므로 제삿날이나 정전停電을 대비하여 준비해 둔 양초를 켰다. 촛불로 책을 보아야만 했고 겨울에는 온기가 없어서 몹시 추웠다. 담요를 어깨에 덮어쓴 채 책을 볼 때마다 온몸이 떨려와 참담한 기분이 들었다. 추위 때문이라기보다는 자신이 뭔가 열악한 상태에 있다는 자괴감 비슷한 감정 때문이었을 것이다.

작은형이 고등학교 3학년 2학기를 보내면서 큰형의 예언은 적중하기 시작했다. 졸업하기 전의 수업 과정인 취업 실습 현장에 나가면서부터였다. 흐느낌에 가까운 한탄을 가족 모두에게 내뿜었다. 해당 실습회사의 사장이 실습생인 그에게 기계를 아예 만지지조차도 못하게 한다고 하소연했다. 온 가족이 모여 앉은 아침 밥상에서였다.

"철공소 사장은 내가 기계를 만지면 고장 난다고 하면서 근처에 얼씬조차 못 하게 했어! 흡사 나를 벌레 대하듯 말이야."

실습회사의 사장이 내뱉은 말속에는 두 가지 의미가 숨어있을 듯했다. 첫째는 미숙한 능력을 갖춘 예비기능인에게 생길지 모를 안전사고의 경계심이고, 둘째는 소위 이류 공업고등학교 학생을 향한 불신일 것 같았다. 작은형의 푸념을 들은 부모님은 둘째 아들의 진로에 예상치 못한 문제가 생겼다고 판단했는지 이웃에 ʼ나는 건축업자를 집으로 초대했다. 부모님은 그에게 음식을 대접하며 아들의 진로를 상의했다. 지역의 주택업계에 종사하는 이웃 한 씨는 부모님이 마련한 주안상酒案床 자리에서 얼큰히 술에 취한 채 더듬거리는 말투로 작은형에게 의사를 타진했다.

"야, 너. 사, 사, 사우디 갈래?"

기습적인 질문에 당황한 작은형이 즉답을 피하자 그는 계속해서 물었다.

"야, 너, 너, 너, 사우디 안 갈래?"

한국전쟁 때 함흥에서 월남하여 우리 동네에 정착한 건축업자 한 씨는 말더듬증과 함께 함경도 사투리가 유달리 심했다. '야, 너! 사우디 안 갈래?'라는 말속에는 어느 정도의 진심이 담긴 건 사실로 보였지만, 일개 건축업자가 대형 건설회사에 부탁해서 작은형의 사우디행을 성사시킬 수 있을는지는 의문이었다. 설사 그게 가능하더라도, 약골 중의 약골인 작은형이 열사熱沙의 땅 중동에서 막노동에 가까운 험한 일을 할 수 없으리라는 사실은 명약관화해 보였고, 이후 '사우디' 행은 더는 논의되지 않았다.

큰형이 국립대학교 공대에 합격한 후 그의 기세는 하늘을 찌를 듯했다. 가난한 판자촌 동네에서 국립대학교 입학생을 배출했다는 사실만으로 그는 마을의 '스타'가 되었다. 그런 똑똑한 자식을 만든 부모님은 '인간승리' 주역으로 추앙되어도 상관없을 듯했다.

기고만장한 큰형에게는 이분법만 남고 말았다. 동네 또래 대부분은 대학에 갈 실력이 되지 않았거나 경제 형편이 되지 못했다. 대학교에, 그것도 나라에서 알아주는 국립대학교에 입학한 자신만이 제대로 된 인간이며 나머지 모두를 '되다 않은 새끼들'이라고 불렀다. 그는 학교 친구들과 들른 니나노 술집에서 작부들과 부른 노래 '영자야 이만하면 입술쯤은'이라는 저질 노래를 작은형에게 가르치며 따라 부르게 했다. 아버지가 최저가 담배인 '백조'

나 '금잔디'를 피워도 자신은 최고급 거북선 담배만을 태웠다. 대학생 생활에 익숙해지면서 그는 점차 자신의 위치에 걸맞은 집안 분위기를 요구하기 시작했다. 두 형이 사용하는 콧구멍 크기의 방, 항상 밤꽃 냄새가 끊이지 않는 방에는 쌀 스물 가마니값의 오디오 세트가 설치되었다. AM/FM 라디오 기능과 함께 녹음 기능과 턴테이블이라는 음반 재생 장치가 있는 전축이었다. 자랑스러운 대학생 아들이 공부하는 데 필요하다니 양친은 빚을 내고도 당연하다고 생각하고 있었다.

사들인 오디오 세트로 큰형이 무슨 대단한 공부를 하는 건 아닌 것 같았다. 윤형주나 이장희, 송창식 등 포크송 가수들이 부른 국내 가요 아니면 탐 존스나 엘비스 프레슬리가 부른 팝송을 틀어놓고 감상하기를 반복했다. 라디오에서 좋아하는 노래가 들리면 그걸 녹음한 후 자신이 라디오 디제이처럼 마이크에다 '이 노래는 누가 부른 어떤 노래입니다' 식의 멘트를 넣은, 자신만의 녹음테이프를 만들어 듣고 또 들었다.

국립대 대학생으로서 중산층 흉내를 내던 큰형은 학교 친구들을 불러와 방 안에서 보드카와 콜라를 섞어 만든 폭탄주로 술 파티를 열기 일쑤였다. 불쌍한 작은형은 공고에 다닌다는 이유로 담배 연기 가득한 방구석에서 그들의 측은지심 어린 눈길을 받곤 했다.

가족 중에 가장 불쌍한 이는 부모님이었는지 모른다. 고등학생 때부터 큰형은 아버지와 시국 또는 과거사와 관련한 정치적 의견을 주고받곤 했다. 그러다 자기 의견과 아버지의 생각이 맞지 않으면 서슴없이 "아버지가 알면 뭘 알아요!"라며 면박을 주었다. 그때마다 아버지는 아무 말 없이 시선을 다른 곳으로 돌렸다. 일제 강점기 때 소학교를 겨우 졸업한 아버지는 자신의 지식이 고등학생인 큰아들의 그것에 미치지 못한다고 생각한 듯했다. 아니면 버릇없이 행동함에도 큰아들이 귀엽고 대견한지 그의 모욕적인 힐난에 일절 대응하지 않았다. 큰아들 말이 옳아서 인정한 건지 아니면 자신이 무식하니 당연히 어떤 의견이라도 내어서는 안 된다고 판단했는지는 아버지만이 알

일이었다. 조실부모를 경험한 어머니 역시 큰형의 태도를 당연시했다.

찍은형이 공업고등학교에서 마냥 놀지만은 않았는지 국가에서 실시하는 2급 제도사 기능시험이란 걸 합격했다. 작은형은 '공고工高 졸 사원 모집'이라는 공고公告를 신문에 게시한 기업마다 서류를 제출하고 필기시험을 쳤으나 예외 없이 면접에서 떨어졌다. 또다시 절망 같은 분위기가 집안을 덮쳤다. 아버지는 예외 없이 혼자 소주를 마시며 시름을 덜려는 듯했다. 달랑 마늘 하나를 종지 속의 된장에 찍어 입속에 털어 넣으며 소주를 술잔 없이 병나발째 드시던 모습이 기억 속에, 가슴 아프게 남아 있다.

그러나 '쥐구멍에도 볕 들 날 있다'라는 속담처럼 기적 같은 일이 일어났다. 어머니의 친정은 해방 전후에 공산주의 운동을 한, 외삼촌 두 명 때문에 멸문지화滅門之禍를 당했다. 해당 사실은 친가 사람들이 쉬쉬하며 늘 하는 얘기였지만 사실이 아니었나 보다. 어머니는 친정 몇 촌 조카가 유명 조선소의 인사 담당 간부라는 사실을 어떻게 알아내었고, 마치 채권자라도 된 것처럼 당당한 발걸음으로 조카가 사는 집을 찾아갔다. 한 달 전 작은형이 해당 회사에 응시하여 낙방 통보를 받았기 때문이다. 이북 출신의 신흥재벌이 설립한 조선회사는 한 달에 몇백 명의 고졸 사원을 뽑았다. 어머니를 고모라 부르는 그로서는 한 명을 살짝 끼워 넣는 정도는 별 부담이 없었음이 틀림없다. 그는 입사 지원자 서류를 들추어 보았고, 필기성적보다는 신체검사 때의 체중 미달이 불합격 사유라는 사실을 발견했다. 작은형의 몸무게는 49kg였다. 그는 어머니에게 지원자 '박이수'의 입사 서류에다 10kg 오른 체중으로 고쳐서 합격도록 조치하겠다'라고 말했고 결과가 그랬다.

최고의 조선소에 입사한 작은형은 내가 고등학교에 입학한 해에 집을 떠났다. 동해 남쪽에 있는 조선회사는 기숙사까지 갖추어서 5년 이상만 근무하면 군 복무 즉, 병역의무까지 면제되는 방위산업체였다.

내가 고등학교 2학년인 어느 날, 아버지가 야근으로 부재한 저녁이었다. 마당에서 큰형과 마주쳤다. 피로가 겹칠 대로 겹친 나는 그의 입에서 풍기는 술 냄새에 얼굴을 찌푸렸다.

"이 새끼, 오늘따라 눈빛이 왜 이리 기분 나빠!"

'철썩!' 뺨을 때렸다. 그는 항상 폭력적이었지만 체격이 자랄 대로 자란 나로선 더는 참기 어려웠다. 곧장 그의 오른쪽 손목을 붙잡고 노려보았다. 키와 몸집이 그보다 월등해서 힘으로 얼마든지 제압할 수 있었다. 이유 없이 계속 맞을 수는 없으며 그를 응징할 수도 있겠다는 생각이 들자 분노가 치솟아 올랐다.

"또! 왜 때리는 거야? 아무 이유도 없이!"

"이 새끼! 내 손목을 잡아? 오늘, 죽어 볼래!"

둘의 고함에 놀란 어머니가 마당으로 뛰쳐나왔다.

"니들 왜 그러는 거야?"

"갑자기 내 눈빛이 기분 나쁘다며 뺨을 때리잖아!"

그때 어머니는 내가 전혀 예상 못 한 놀라운 말을 큰형을 향해서 했다.

"이 자식아! 결혼하거든 네 기집에게 함부로 뺨을 때려라. 알겠니?"

그때 큰형이 보였던 절망적인 표정을 나는 기억한다. 더는 그가 왕이 아니라는 생각이 들었다. 다만 그날의 일이 어머니를 향한 보복으로 이어지리라는 예상은 하지 못했다.

*

내가 고3이 된 해였다. 대학 2학년을 마친 큰형은 이미 전투경찰에 입대했고 작은형은 회사 기숙사에서 숙식하며 직장생활을 계속했다. 굴지의 대형 조선소에 입사한 작은형은 처음에는 만족스러워했다. 토요일 밤마다 환락가에서 술을 마시다 고주망태가 되어서 일요일 새벽 두세 시면 대문 초인종을 눌러 곤히 자는 가족의 잠을 깨웠다. 벨 소리에 잠이 깬 내가 마당으로 나가서 눈을 비비며 짜증스럽게 문을 열 때마다 형제는 주먹다짐 직전 상태로 가기 일쑤었다.

"딴 애들은 모두 대학에 다니는데 나는 돈 벌려고 타향에서 개고생한다. 토요일이라고 한잔하고 집에 오면 반갑게 맞이하기는커녕 신경질 난 얼굴로 문을 여네? 내게 이래도 되니? 이 개새끼야!"

"잠 좀 자자! 나는 고3 수험생이야." 내게도 할 말이 있었다. "밤에 몇 시간이라도 푹 자야 한다고! 일요일 새벽이면 항상 빠짐없이 잠을 깨우고, 이게 뭐야?"

둘의 목소리가 높아지자 부모님이 현관문을 열고 마당으로 나왔다.

"애들아! 새벽이다. 이웃 사람들 잠 깬다. 제발 목소리 좀 줄여라!"

*

작은형은 회사에서 익힌 서울 말씨를 사용했으며 '소크라테스의 변명' '플라톤의 국가론'과 같은 고전 철학서나 전혜린이 쓴 '그리고 아무 말도 하지 않았다' 같은 교양서적을 들고 다녔다. 또한, 놀러 다닐 때는 큰형이 재학하는 대학교의 체육복 상의를 입고 나갔다.

공고 졸업생 모두가 선망하는 유명 대기업에 입사하여 남자들의 고민인 병역 문제까지 해결했어도 작은형은 만족하지 못하는 것 같았다. 누구나 급한 일을 처리하면 이전의 간절함은 사라지기 마련인 법이다. 그는 대학에 가지 못한 현실을 탄식했고 화살은 부모님, 특히 아버지에게 날아갔다. 작은형은 자신의 실력 부족이 근본 원인임을 인정하지 않았다. 집안 대소사의 최종 결정권자인 아버지가 '재수再修를 해서라도 대학에 가야 한다'라는 식으로 밀어주지 않았다는 이유였다.

아버지는 작은형의 태도에 별 관심을 보이지 않았다. 스트레스와 누적된 피로가 만든 병은 우리가 모르는 사이에 아버지를 서서히 무너뜨리고 있었다.

3

 작은형이 집에 내려온 주말에 사건은 일어났다. 그는 회사에서 받은 명함을 가족에게 하나씩 나눠주며 자랑하기 시작했다. 명함을 받아서 살펴본 가족 모두는 기쁨을 함께했다. 작은형이 대단한 회사에 다니는 증표였기 때문이다. 몇 장을 더 요구한 아버지는 이웃 사람들이 우리 집에 방문할 때마다 해당 명함을 보이며 자랑했다.

 "둘째 아들 명함인데, 이 회사가 얼마나 큰 회삽니까!"

 당신께서 평생 명함을 가져보지 못했기에, 또는 공부를 잘하지 못해 항상 걱정한, 둘째 아들이 내민 '큰 회사 직원'이라는 증거이기에 아버지의 기쁨 또한 한없이 컸는지 몰랐다.

 월초에 명함을 가족에게 자랑한 데에 이어 작은형은 월말에 월급봉투를 꺼내어 과시하기 시작했다. 노란색 봉투에는 '사원 ○○○씨에게'라고 인쇄된 펜글씨 아래에 '급여 ○○만 원을 드립니다'라는 내용이 적혀있었다. 봉투 맨 아래에는 회사의 명칭과 회사를 상징하는 피라미드처럼 생긴 초록색 삼각형과 겹친 노란색 삼각형의 로고가 보였다.

 "얘야, 월급봉투 한번 만져 보자꾸나!"

 봉투를 보며 기쁨에 겨운 아버지가 작은형 옆에 다가선 순간이었다. 사이, 믿을 수 없는 일이 벌어졌다. 작은형의 손이 월급봉투를 만져 보려는 아버지 손을 뿌리친 후 멱살을 잡고 있었다. 그는 봉투와 아버지의 오지랖을 쥐고 놓지 않은 채 아버지를 노려보았고 손을 부르르 떨고 있었다. 어머니가 잠시 부엌으로 간 사이에 벌어진 일이었다. 아버지는 작은형의 돌발 행위에 아무 반응 없이 행동이 끝나기만을 기다리는 눈치였다. 장면을 지켜보면서 나는 마치 물이 찬 방에서 수영하는 기분이었다. 생각을 종잡을 수가 없었다. 그 순간, 왜 나는 작은형의 무례한 행동을 제지하지 못했을까? 예기치 않은 그의 행동을 향해, 이게 무슨 짓이냐고, 형이 아버지에게 버릇없이 행동해서는 안 된다고 왜 소리치지 못했을까. 찰나의 시간이 지난 후에야 후회가 밀려왔다. 집짓스리운 밀물처럼 기족의 의미가 내 몸을 떠밀고 지나갔다. 너무도 선명해서지만 사라지지 않는 기억은 어쩔 수 없다.

이후 나는 연이어 악몽을 꾸곤 했는데 작은형이 아버지의 멱살을 잡고 폭행을 가하는 꿈이었다. 그가 대학에 가지 못하고 어린 나이에 직장생활을 하게 된 이유는 아버지 때문이 아니라 어머니의 판단에 기인한다고 해야 타당했다. 집안 대소사는 모두 어머니가 결정했고 아버지는 부차적으로 옆에서 훈수하는 수준에서 집안이 움직여졌기 때문이다. 그때 나는 밤마다 계속되는 꿈, 언제나 같은 내용의 악몽에 시달렸다.

산다는 것은 참으로 알다가도 모를 일이었다. 힘든 노동이 끝나면 유쾌한 보상이 뒤따라야 하는데, 실상 내 아버지에게는 더 깊고 어두운 현실만이 그의 표정을 무겁게 했다. 캄캄한 밤길만 걷도록 세상을 움직인다면 하느님은 왜 세상을 만드셨을까. 작은형은 그때 내가 옆에서 모든 장면을 지켜본 사실을 알기나 하는지, 나는 가끔 그런 것들이 궁금해지곤 한다.

*

고등학교를 졸업한 나는 큰형이 재학하는 대학교에 합격했다. 큰형이 국립대학교에 들어간 해, 우리 집을 가리키며 '아들을 잘 됐다'라는 평이 동네를 덮은 적이 있었다. 그런데 나까지 같은 대학에 입학하니 부모님의 어깨에 한층 힘이 들어갔다. 나를 향하는 아버지의 눈빛이 어찌나 푸근한지 나는 그때가 내 생애에서 가장 행복한 날이었다고 회상해본다. 그런데도 작은형과 나 사이의 신경전은 계속되었다. 그가 주말마다 집에 왔기 때문이다. 어린 시절은 이미 지나갔기에 내게 주먹질을 하거나 사소한 일을 빌미 삼아 화풀이를 하는 일은 없었다. 그러나 일요일 저녁에 그가 회사가 있는 도시로 되돌아갈 때마다 충돌이 빚어졌다.

"도대체 왜 이러는 거야!"

그가 회사 기숙사로 돌아간 매주 일요일 저녁 또는 월요일 아침이면 화가 머리끝까지 나서 나는 소리쳤다.

새내기 대학생이 된 내게는 겨우 장만한 단벌 양복이나 외투 같은 옷이 겨우 한두 벌 있었다. 제 입맛에 당기는 옷이 보이면 내 의사 따위는 아랑곳하지 않은 채 몰래 입고 도망치듯 그는 집을 떠났다. 그가 돌아오는 주말까지 내가 애써 장만한 단벌옷은 온전히 그의 차지가 되었다. 윗도리, 바지, 셔츠 등 모든 옷이 단벌인 나로서는 매주 거지가 되는 기분이었다. 입을 옷이 없는 나는 쉰이 넘은 아버지의 점퍼를 입고 등교해야만 했다.

그뿐이 아니었다. 내가 교양 도서로 사들인 〈김수영 시론〉이나 〈전환 시대의 논리〉와 같은 책이 내 책상에 놓여있으면 아무 말 없이 가방에 넣어, 들고 가버리기 일쑤였다. 그가 사회과학이나 인문학에 약간의 관심이라도 있었다면 모두 이해했을 것이다. 요컨대 그는 큰형을 동경해서 대학생 흉내를 내다가 그가 졸업해버리자 내가 가진 모든 것을 자신과 동일시했다.

"단벌 신사인 내 옷을 입고 가버리면 어떡해!" 그의 행동에 분개한 내가 말했다. "내가 읽는 책들은 또 왜 들고 가는 거야?"

"우리 집의 십자가를 진 내게 무슨 권리로 따지냐!" 그가 대답했다. "최소한의 양심과 염치가 있어야지!"

4

쉰 나이가 된 아버지는 항상 몸이 아프다고 가족에게 호소했다. 그럴 때마다 작은형은 '아버지의 허약한 정신력이 문제네요!' 하며 면박을 주었다. 큰형은 아버지의 정신 상태를 '건강 염려증'이라고 규정하고 고통스러운 호소를 아예 무시해버렸다. 아버지는 그들을 아들로, 나아가서 자신의 분신으로 생각했을 것이다. 그러나 그들이 아버지를 걱정한다고 말하더라도 결국 이해할 수 없는 남일 뿐이라는 사실을 깨닫지 않을 수 없었다. 아버지는 자신의 하소연이 가족에게 아무런 관심을 끌지 못한다는 사실을 느끼셨을 것이다. 당신은 손수 재래시장에 가서 피로한 몸에 좋다는 익모초나 엉경퀴, 당귀 등을 사들여서 큰솥에다 고아서 물 대신 매일 드셨다.

나는 세월이 흐르고 나서야 그해 여름, 어머니와 아버지 사이에 일어난 일을 모두 알게 되었다. 그때는 아버지의 정신이 조금씩 무너지고 있다는 사실을 몰랐다. 내가 아는 것은, 우리 삶의 뭔가가 돌이킬 수 없이 변하고 있다는 사실뿐이었다.

아버지는 온몸에 기력이 빠지고 뼈마디가 부서질 듯 쑤신다고 어머니와 나에게 호소했다. 아버지의 건강이 한계에 이르렀음을 인지한 어머니는 고통을 호소하는 당신의 넋두리를 비로소 이해하기 시작했다. 이후로 두 분의 행동은 같은 방향으로 나아갔다. 어머니는 아버지의 병세와 통증에 효능이 있다는, 고양이를 삶아서 농축한, 진액을 구하기 위해 중탕 집을 수소문하기 시작했다. 어두운 표정의 중년 부부가 손을 잡고, 우리에 갇힌 개와 고양이가 죽음을 기다리는, 재래시장으로 향하시던 모습을 떠올릴 때마다 지금도 나는 눈물이 난다.

아버지의 수명은 지금의 관점에서 볼 때 그다지 길지 못했다. 어느 날 출근하다 아버지는 길에서 쓰러졌고, 한 달을 못 버티고 세상을 떠나셨다. 흔히 한순간이라는 인간의 생애가 어떤 사람에게는 얼마나 괴롭고 고통스러운가. 죽음에 이르기 위한 하나의 여행이라는 생애가 왜 지긋지긋하기만 해야 한다는 건지를 나는 생각해야만 했다. 오십삼 년 평생을 궁핍하게 살았던 아버지는 내가 대학생이 된 그 해에 가족과 헤어졌다. 아버지는 틀림없이 천당에 가셨으리라는 확신이 들었다. 한국전쟁, 동족상잔의 전쟁이 남긴 전상과 후유증, 국가가 외면한 보훈, 지독한 가난, 불치의 병, 자식들의 불효 등 살아서 지옥을 보셨으니까. 나는 아버지가 당부 한마디 없이 떠나버린 책임을, 제대로 된 치료조차 받지 못하고 생을 마쳐야 했던 책임을 가족에게 전가했다.

당시 읽은, 심리학자가 쓴 책에서였다. 부모 중 하나가 죽게 되면 자식들은 다시는 행복해질 수 없다고 주장하는 내용이 나왔다. 나는 그게 내 경우라고 이해했고 가끔은 어머니의 경우라고 생각했다. 나는 아직 일어나지 않은 일을, 영원히 일어나지 않으리라 생각한 일들을 떠올리며 비로소 눈물을 흘리기 시작했다.

아버지의 죽음 이후 큰형은 결혼했다.

"철수 인마, 잘 들어. 일류 대학을 나온 내가 이수 저 녀석 때문에 고졸 여자와 결혼하는 거야!"

있을 수 없는 말을, 해서는 안 되는 말을 떠드는 그를 나는 한참 바라보았다. 저 여자가 좋아서 결혼한다는 말은 왜 하지 못하는 것일까? 자신이 한 말을 내가 그대로 받아들일 것이라고 그는 확신이라도 한 것일까. 그는 나를 저능아로 여기는 것일까.

당뇨병이 깊어진 어머니는 어느 날부터 앞이 안 보인다고 호소하기 시작했다. 합병증 때문이었다. 1년 후에 국가의 부름을 받은 나는 병역의무를 이행하기 위해 육군에 입대했다. 이등병으로서 보초 근무할 때 말년 병장이 내게 말을 걸었다.

"너 제대할 날이 몇 달 남았냐?"

"이 년하고도 한 달 반 남았습니다!"

"내가 너라면, 당장 자살하겠다."

스무 살을 넘긴 지 얼마 안 되는 젊은이에게 울타리 속의 삼 년은 기나긴 시간이었다. 아버지의 죽음이 가져다준 충격은 컸으며 매일 선임병으로부터 구타당해야 하는 시간이 계속될수록 나의 사고는 정체되어 갔다. 군 생활 중에 작은형이 보낸 몇 통의 편지를 받을 수 있었다. 서두에 안부를 묻다가 마지막 부분의 내용은 대동소이했다.

'내가 우리 집의 십자가를 지고 있기에 가족이라는 구조가 지탱되고 있다. 네가 조금이라도 일탈하면 우리 가정은 끝장이다. 알아서 행동해라!'

극한상황에서는 모든 것이 이해되고 존중되어서 나는 '그렇구나' 하며 주어진 상황을 받아들였다. 어쨌든 그가 원하는 내용을 받아들여야겠다고 생각했다. 국방부 시계는 돌아가서 3년이 지났으며 어느 날 나는 전역했다.

집에 돌아오니 어머니는 완전히 실명한 상태였다. 고부갈등으로 불편하게 편모와 동거하던 큰형 부부는 나의 전역일이 다가오자 망설임 하나 없이 타도시로 떠났다. 큰형이 내게 편지를 썼다.

'미안하지만 이럴 수밖에 없었다. 네게 모든 짐을 지게 해서 미안하다. 네게 진 빚을 언젠가는 갚도록 하겠다. 부탁한다…….'

대학 3학년에 복학한 나는 어머니와 둘이서 살았다. 이후 4학년이 되자, 같은 학교에 다니는 후배 여학생을 좋아하게 되었고 어느 날 졸업했다. 이후 취직한 나는 후배와 결혼하게 되었고 규격화된 세상의 순서들에 적응해가며 한 남자로 차근차근 성장했다.

"내가 집안의 십자가를 졌기에 네게 오늘이 존재하는 거야." 결혼식 전날 작은형이 내게 말했다.

'제기랄! 도대체 십자가 타령을 언제까지 할 거야?'라고 따지려다 나는 참았다. 다음날이 결혼식인데 언성을 높여 싸우면 안 되기 때문이었다.

5

결혼 후, 나와 아내는 앞을 보지 못하는 어머니를 봉양했다. 작은형은 장남으로서 책임을 회피하는 큰형을 손가락질하며 분통을 터트리곤 했다.

"저 개새끼를 내가 가만두지 않겠어." 큰형이 부재할 때면 그가 말했다.

어떤 날은 이런 말도 했다. "맞벌이하는 너에게 어머니를 모시는 일까지 맡기니 미안하기 짝이 없구나. 형이나 내가 해야 하는 일인데 말이야. 형이 무책임해서 모친 봉양을 피한다면 둘째 아들인 나라도 책임을 져야 한다고 생각해. 둘째라고 엄마를 모시지 말라는 법이 있나? 영업직으로 업무를 바꿔서 이곳으로 오도록 하마. 그때까지는 네가 고생해줘야지."

그는 항상 말뿐이었다. 그런데도 나는 작은형이 내뱉은 말의 진정성을 의심하지 않았고 말이 행동으로 이뤄지는 결과를 허망하게 기다리곤 했다.

*

20년이 지났다.

IMF 여파로 직장에서 구조조정 당한 내가 실직자의 행렬에 동참할 때였다. 먹고 사는데 급급한 생존을 존재하는 삶으로 전환하지 못해서 나는 주위를 두리번거리곤 했다. 당뇨병 합병증으로 어머니는 췌장 제거 수술을 받은 후 며칠이 지나자 회복하지 못하고 세상을 떠났다. 장례식이 끝난 후 큰형은 부모님이 남긴 집문서를 꺼냈다.

"25년 전 아버지가 돌아가실 때 부모님의 집을 내가 상속받았다. 어머니가 별세했으니 막내, 네가 부모님의 집에 살고 있을 이유란 없지 않아?" 그가 말을 이었다. "당장 집을 비워라".

"어머니가 집을 큰형의 명의로 명의신탁名義信託5)해놓은 건 자신을 부양하라는 의미 아니오? 그걸 피하며 그간 궂은일은 모두 내게 맡겨 놓더니 인제 와서 무슨 말인지?"

부모를 모시지도 않았으면서 오로지 재산만을 몽땅 삼키는 작태는 무엇이냐고 나는 돌직구를 던지고야 말았다. 장자長子가 전통적인 생각 위에 타산적이고 지배적이며, 현재의 상태를 유지하고 싶어 하는 경향이라면, 뒤에 태어

---

5) 부동산 등의 재산을 자신의 이름이 아닌 제삼자의 명의로 등기부에 등재한 뒤 실질 소유권을 행사하는 제도.

난 아이일수록 현실이 변하기를 원하는 성향은 당연했다.

"상남이라고 해서 반드시 무모를 무양해야 한다는 법이 있냐?" 그가 의절義
絶을 선언하며 말했다. "너와 나는 앞으로 서로 보지 않도록 하자. 어디 감히
내게 말대꾸냐? 건방지게!"

작은형은 옆에서 일관된 침묵으로 대화 장면을 지켜보았다. 가스라이팅
gaslighting6). 뭔가 책임져야 할 순간마다 애써 침묵하는 모습은 그의 특징이
기도 했다. 그들은 여전히 그들끼리 만들어 둔 숲을 지키려 했다. 나무 이파
리와 몸통과 넝쿨이 빛을 차단한 비정의 숲이었다. 금이 간 창문에 검은 구
름 같은 숲 무늬가 비쳤다.

6

다들 저마다 생에 뭔가 의미를 부여하려고 애쓰지만, 뭔가 열망하고 이루어
지기를 바라지만, 결국은 제풀에 나가떨어지면서 그때 느끼는 참담함 같은
것이 인생을 서술하는 가장 정확한 정의인지도 모르겠다. 어머니가 세상을
떠난 후 일 년 동안을 나는 내내 술을 마시며 혼돈 속에서 시간을 보냈다.

이후 15년이 흘렀다.

스무 살 청년 때 입사한 조선소에서 예순 살까지 무사히 정년을 채운 작은
형은 은퇴하여 조용한 시골에서 전원생활을 한다고 누군가 소식을 전했다.
그날도 술을 마셔서 평정을 잃은 나는, 절대로 연락하지 않겠다는 마음을 바
꾸어 작은형에게 전화했다. 그는 내 목소리를 듣자,

"그으래……!"

그는 감정을 주체하기 어려운 듯 말을 잇지 못했다.

"조카 정환이는 어느 대학에 들어갔니?"

"내 모교에."

---

6) 상황을 조작하는 등의 방식으로 타인의 판단력을 잃게 만드는 행위.

"부모님의 제사祭祀에 올 거야?"

"그럴 생각은 없어요.".

순간, 그는 한숨을 쉬며 전화를 끊었다.

장황하게 계속된 그와 나의 이야기를 누구에게도 한 적이 없다. 그러나 내가 열일곱 살이던 해의 어느 날에 일어났던 사건을 아내에게 얘기해야만 했다. 스무 살의 작은형이 아버지의 멱살을 잡던, 아버지는 멱살이 잡힌 채 겸 연쩍은 표정만 짓던, 새집을 지어서 이사한 그해 초봄에 일어난 일을 전했다. 그날 나는 거실 구석에 양반다리 자세로 앉아서 짧은 시간에 발생한 그 모든 일을 믿을 수 없는 마음으로 지켜보았고 침묵으로 방관했다고 설명했다. 그날 이후 작은형은 내가 결혼하는 해까지 술만 마시면 정해진 의식儀式 처럼 '집안의 십자가를 내가 지고 있다'라는 말을 밥 먹듯 했음도 전했다. 그때마다 나는 '나더러 뭘 어쩌라고!' 하며 속으로 혼자 푸념했음도. 또한, 큰형이 결혼할 때 작은형을 거론하며 '이수 저 녀석 때문에 내가 고졸 여자 와 결혼하는 거야'라고 내게 말하던 순간과 말을 전해 들은 작은형이 '저 새 끼 저거, 미친 새끼 아니야?'라는 말을 내뱉던 장면도.

지금 나는 지난 시절처럼 형들에게 분개하지 않는다. 작은형이 아버지 탓만 계속했다는 것, 아버지에게 버릇없이 행동한 일이 악의惡意가 아니라고 이해 하고 싶고, 큰형이 몰염치하다는 사실을 알지만 비난하고 싶은 마음 또한 없다.

나는 한숨을 쉬며 혼잣말을 했다.

"가을바람이 내 마음을 아프게 하네."

어떤 기억을 갖고 싶다고, 나는 생각했다. 아버지의 손을 잡고 들길을 거닐 었던 어린 시절의 기억. 슬레이트집, 나중에 이사한 양옥집이 아닌. 아주 어 린 시절, 마당에 맨드라미와 수국꽃이 피어 있던 원래의 집. 오래전 겨울 눈보라로 처마에 고드름이 내려앉던, 시멘트 벽면에 난 작은 창문, 허리를 굽혀 톱질하던 인자한 모습의 아버지, 대청마루에서 부추전을 굽던 어머니. 옛날의 집뿐이었다. 나머지는 그리 강렬하지 않았다. 지난 시절의 장면은 삶을 꼭 닮은 장황한 소설 같았다. 아무 생각 없이 지나가다 어느 날 아침 돌연 끝나버리는, 핏자국만 남기고.

얼마 후, 아내가 주스를 가져와 내게 권하며 더는 자책하지 않아도 된다고 말했다. 그녀가 말한 내용은 좀체 내 마음에서 떠나지 않았다.

"여보, 이미 일어난 그때의 일은 당신과 아무런 상관이 없는 일이야. 당신이 행한 판단은 그 순간에는 그럴 수밖에 없었잖아요? 그러니까 당신은 남은 시간을 괴로워하지 않아도 되는 거야. 지나간 시절의 기억이 이렇게도 당신을 힘들게 만드네?" 그녀가 이어서 말했다. "삶과 사는 척하는 것 중에 말이야. 외면하는 척하지 말아요. 당신보다 더 세상살이의 비정을 잘 아는 사람은 없어요."

많은 사람이 상처를 오랜 시간 동안 묻어두지만, 상흔이 터져 나오면 결국 자신을 파괴하게 된다. 나는 뜻하지 않은 슬픔을 느꼈다. 의례儀禮는 이미 끝났다고 생각했다. 아니면 끝날 것이다.

"그래 맞아. 말기 폐암으로 나는 고통스럽게 죽어가고 있는데……." 내가 대답을 이어갔다. "가을바람이 내 마음을 아프게 하네."

봄날은 간다

상대방도 때로 기억이 날 것이다.
어쩌면 생각날 때 전화하는
그런 남자일 수도 있었다.
여자의 블라우스와 스커트,
그리고 무슨 종류인지 알 수 없는,
반쯤 남은 와인이 있을 것이다.

‡‡‡

인간이란 대체로 다 비슷비슷하며, 같은 종류의 심리적·경제적 멍에를 지고 울고 있다.
  - 카를 마르크스

종일 내린 비에 젖은 길거리가 세인들의 발자국에 밟혀 지쳐가는 늦은 저
녁이었다. 김인배는 기압이 낮은 날에 술을 마시면 뱃속이 달큼해져서 자포
자기적으로 행복해지곤 했다. 술 때문에 삶의 의미가 달라지고 의식의 흐름
이 사고와 의지를 통해 진행되지 않았다. 알코올이라는 화학 첨가물의 도움
으로 외부에서 내부로 연결되는 약품 같은 날을 기뻐했다. 그는 누군가와 관
계가 시작되면 밀주와 같은 욕망에 취해 상대방의 기쁨이 되어주겠다고 약
속했다. 정열에 파묻히는 순간 가장 먼저 잃는 게 균형 감각이어도 그 순간
에는 어쩔 수 없었다.
 친구들과 술집을 나오면서 김인배는 한잔 더 하고 싶어졌다. 집까지는 겨우
10분이 될까 말까 한 거리였다. 그가 사는 아파트 베란다에는 숲이 짙은 야

산과 최근에 조성된 공원이 내려다보였다. 윤창호는 좋다고 했는데, 유성용은 피곤하다고 했다.

"한 잔만 더 하자." 김인배가 말했다. "가자."

"그래, 집에 가긴 아직 초저녁이야." 윤창호가 맞장구를 쳤다.

일식집에서 저녁을 겸한 술을 마시다가 그들은 정치와 여자 얘기를 했다. 현재 대통령과 감옥에 갇힌 전임 대통령. 국회의원 선거에 새로 출마할 이들에 관한 소식들. 정치 얘기를 하다 방금 들른 일식집 여자 얘기를 했다.

"음식을 나르는 매니저가 마음에 들더라." 김인배가 먼저 말을 꺼냈다.

"정말?" 윤창호가 눈을 크게 떴다.

"볼 때마다 설레게 만드는구나."

"뭐가 그렇다는 말이야?"

"무릎 아래까지 내려온 치마를 입었더랬는데 양쪽으로 트여서 움직일 때마다 허연 허벅지가 보이곤 했잖아." 김인배가 말했다. "그 여자가 성용이만 유심히 쳐다보더라."

"아니, 무슨 소리야." 유성용이 부인했다.

"아주 마음속으로는 온몸을 홀랑 다 벗겨보았겠지." 윤창호가 웃으며 말했다.

"헛소리하지 마." 유성용이 아연실색하며 말했다. "관심 없다니깐. 제발."

김인배와 윤창호는 고등학교와 대학을 함께 다닌 사이였다. 고등학교 3학년 때는 옆자리에 앉았고 군대 입대 전에는 긴 시간 동안 지리산과 설악산 등지를 함께 여행하기도 했다. 한 달 동안은 하루만 빼고 매일 같은 텐트나 방에서 기거했다. 게다가 군대 가기 전까지 둘 다 여자와 몸을 섞은 적이 없었다.

윤창호는 항상 머리를 단정하게 깎은 데다 눈썹이 수려하고 귀공자다운 얼굴이 돋보였다. 그는 초등학교 때부터 대학을 졸업할 때까지 수재라는 평을 들었다. 모델이나 영화배우를 해도 좋은 정도의 외모였다. 상과대학 출신답게 씀씀이가 구두쇠였지만 누구라도 이해해줄 정도였다.

김인배는 건축학을 전공했지만, 아버지가 경영하는 섬유 공장을 이어받기 위해 건축이나 건설과 관련된 공부를 계속하지 않았다. 큰 키와 무난한 외모에다 아나운서를 연상시키는 꿀 성대여서 대화할 때가 매력적이었다. 상대방의 얘기를 죄다 듣고 공감하는 태도는 누구에게나 친근하게 느껴지게 했다.

"그 여자, 정말 먹음직스럽게 생겼더라." 엘리베이터에서 윤창호가 말했다.

"누구?" 김인배가 물었다.

"아까 말한 일식집 매니저 말이야. 명찰을 달았던데 이름이 뭐였어?"

"전경숙. 강릉에서 왔대." 김인배가 말했다. "몇 시에 끝나는지 궁금하지?"

"참아라, 제발." 유성용이 말했다. "그게 손님들에게 내가 받았던 질문이야. 학교 다닐 때 아웃백 스테이크 하우스에서 아르바이트생으로 일했거든."

"자, 내리자." 김인배가 말했다.

"아니, 정말로. 여자에게 시간 있느냐고 말 건네봤어?"

윤창호가 물을 때 김인배가 능숙하게 디지털 잠금장치 버튼을 눌렀다.

"무슨 스타일 구길 일이 있어? 웃자고 한 말이야. 아무한테나 그러면 체면만 상하잖아." 집으로 들어오면서 그가 말했다. "그런데 집에 시바스 리갈밖에 없는데, 괜찮지? 상자째 둔 와인을 오인희가 다 마셔버렸거든."

김인배가 잔과 얼음을 가지러 부엌에 간 사이에 윤창호와 유성용은 소파에 앉았다.

"박영미를 아직 만나?" 윤창호가 물었다.

"가끔." 유성용이 말했다. "생각날 때만 만나. 그게 내가 원하는 거야. 어쩌다 한 번이 좋아."

김인배가 잔과 얼음을 가지고 돌아왔다. 술을 따르기 시작했다.

"자, 건배! 너희 둘을 위하여." 그가 말했다. "나를 위해서도! 그런데, 내가 다른 곳으로 이사하는 건 쉽지 않다는 생각이 든다."

"그럼 이 집을 포기하는 거야?" 윤창호가 물었다.

"잔금과 관리비만 해도 한 달에 삼백만 원이 될걸? 그런 돈이 어디 있어?"

"오인희가 얼마는 수시 않을까?"

"아무것도 요구 안 할 거야. 가구 몇 개는 내가 사용하겠지. 그리고 처음 몇 달은 버틸 때까지 견뎌보고. 방법이 없으면 부모님 집에 들어가지 뭐." 윤창호에게 물었다. "만일이겠지만, 방이 많은 네 집에 가서 한두 해 신세를 지면 되지 않을까?"

대학 졸업 후 그들 삶의 향방은 크게 달라졌다. 입사를 하고 십 년간 맞벌이해서 윤창호는 신도시에다 지금의 아파트를 마련하게 되었다. 학생 때 운동권이었던 그는 세상이 바뀌기보다는 직급이 바뀌길 바라는 사람이 되고 말았다. 윤창호는 바닷가에 있는, 유명 건설사가 지은 아파트에 살았다. 안방 한쪽을 짙은 색으로 칠하고 리히텐슈타인의 그림 액자를 여러 개 달아놓았다.

"물론이지." 윤창호가 말했다. "네가 날 죽이거나 내가 널 죽이기 전까지."

"지금 내게 부모님에게 물려받은 유산이라도 있으면 문제가 없을 텐데." 김인배가 말했다. 하지만 그는 이혼한 여자, 오인희의 뒤치다꺼리를 하느라 그럴 시간이 없었다.

"너는 좋겠다." 김인배가 유성용에게 말했다. "박영미가 있잖아. 네 애인."

"그렇지도 않아." 유성용이 대답했다. "장담컨대 세상일은 아무도 알 수 없어."

"무슨 일 있었나?"

"아니 별로. 영미가 내게 심드렁해."

"너한테?"

"항상 이유 같지 않은 게 이유가 돼."

"말해봐, 뭔데?"

"몰라, 그냥 영미가 좋아하는 것마다 내가 관심이 없어."

"예를 들면?"

"전부."

"구체적으로 말해봐."

"그냥 뻔한 일들이야."

"뭔데?"

"오랄을 원하거든." 유성용이 말했다. 순간적으로 둘러댄 거였다. 그냥 번거로운 상황을 벗어나고 싶었다.

"아이고, 인간아." 윤창호가 말했다. "음, 내 전처가 생각난다."

인간은 서로에게, 누구나 외계인인데 방금 같은 경우였다.

"아하, 이혜란……." 유성용이 말했다. "그래, 혜란이는 어디 있어? 아직 연락하니?"

"지금은 독일에 있어. 그런데, 연락이 없어."

이혜란은 대형 신문사의 기자였다. 돈을 잘 버는 것은 물론 키가 크고 옷을 잘 입었다. 가까운 곳에 가더라도 언제나 몸에 착 들러붙는 투피스 정장을 하고 명품 구두만을 신었다.

"내가 어째서 그런 여자랑 결혼했었는지 모르겠어." 윤창호가 말했다. "그때 눈이 삐었지."

"아, 나는 어떻게 된 건지 알지." 김인배가 말했다. "실제로 어떻게 된 건지를 봤거든. 늘씬하고 섹시하잖아."

"결혼한 이유의 한 가지는 혜란이 남동생 때문이었지. 괜찮은 친구야. 처음 만난 순간부터 녀석과는 친구가 되었지." 윤창호가 말을 이었다. "아, 술 독하다."

"물 좀 부어줄까?" 김인배가 물었다.

"응, 걔 때문에 내가 개고기를 처음으로 먹었어. 그걸 먹으면 재수 없는 일이 생긴다는 속설이 있지 않냐고, 내가 물었지. 어떻게 먹는지 보여주겠다며 만년필이라고 부르는 명붕이 거시기를 입에 넣고 그냥 질근질근 씹더라고. 동대문역 근처 한옥을 개조한 그거 전문점에서. 그런데 그걸 한번 먹으니까 정력이 좋아지는 느낌이 들어서 계속 먹게 되더라. 웬만한 단골이 아니면 만 년필을 잘 주시 않지만 말이야. 녀석은 무지 남자디 있어. 나한테 제 누나야 했느냐고 묻더라. 만난 지 얼마 되지도 않았는데 말이야. 그걸 궁금해하더라 고. 정말로 제 누나가 남자를 밝히는지."

윤창호는 일식집에서 사케를 여러 잔 마셨고 처음엔 소주도 마셨다. 그의 눈에 취기가 돌았다.

"이름이 뭐였더라? 혜란이 남동생 말이야?" 유성용이 물었다.

"이영칠." 윤창호가 대답했다.

"어, 이름이 특이하네?"

"R.O.T.C 출신이야. 특공여단에서 복무했고." 윤창호가 계속 말했다. "어쨌 든, 그녀와 내가 싱가포르로 여행을 갔잖아. 결혼하기 전에 말이야. 방을 잡 았는데 바다와 도시가 훤히 내려다 보이는 마리나베이샌즈 호텔이었지. 창문 하나에 침대 하나 달랑 있는 방이었어. 그때 처음 느꼈지."

"뭘?" 김인배가 물었다.

"히프 말이야."

"그래서? 명기였어?"

"좋았지. 뭔가 조이는 듯한 기분."

유성용은 갑자기 그가 존경스럽게 느껴졌다. 부러움과 창피함. 그는 지어냈 지만, 윤창호가 한 얘기는 사실일 듯했다. 나는 왜 은밀한 사실들을 인정할 수 없는 걸까? 그는 생각했다. 언젠가 그에게 세례洗禮 의식을 시행한 감리교 목사는 가장 큰 죄란 저속한 취향이라고 설교했다. 하지만 윤창호는 성과 속 의 구별을 종이 한 장 차이로 받아들였다. 물론 그건 종교적으로 규정할 때 그의 죄일지 몰랐다.

"하지만 이혼했는데 뭐." 윤창호가 말했다. "그래, 사는 데 잠자리가 전부는 아니잖아. 신경 쓰는 게 힘들어서 이혼했어. 혜란이는 바람기가 많았거든. 허구한 날 되지도 않은 이유를 둘러대는 통에 말이야. 한번은 뉴욕에 출장

66

갔는데 새벽 2시라며 연락이 왔어. 다른 방에 가서 전화를 거는 눈치더라고. 순간 완전히 깨달았지. 물론 혜란이의 상대 남자가 이유 전부는 아니었겠지만 말이야."

"왜 안 마셔?" 김인배가 유성용에게 말했다.

"최선을 다해 마시고 있잖아."

"인간이 최선을 다하는 이유는, 무력하기 때문이야."

"갑자기 그게 무슨 말이야?" 유성용이 물었다.

"어쨌든 내가 이혼할 수밖에 없었다는 거야." 윤창호가 말했다. "불가피한 건 그대로 받아들이는 편이 낫지. 어차피 우리가 숨 쉬는 공간은 흐르는 시간 속에서 매우 쉽게 망각을 불러오기 마련이야."

"그러니까 이젠 창호랑 내가 돌싱이 된 거야." 김인배가 말했다. "환영하네, 친구."

"그건 그렇고 너, 진짜 이혼하는 거야?" 유성용이 김인배에게 물었다.

"이젠 좀 편해지겠지." 김인배가 대답했다. "인간은 모두를 만족하게 할 만큼 훌륭해질 수는 없어."

시바스 리갈이 얼마 남지 않은 것을 확인한 김인배는 냉장고에 가서 맥주를 꺼내와서 잔에다 섞기 시작했다.

"창호야, 이혼한 지 얼마나 됐지?" 유성용이 물었다. "6년인가?"

"7년." 윤창호가 대답했다. "꽤 됐지."

"오래됐구나. 외롭진 않아?"

"인간은 결국 혼자라는 사실과 세상은 혼자만 사는 게 아니라는 사실에서 모순을 느끼곤 해." 윤창호가 대답했다. "어쩌면 사람은 혼자서 세상을 사는 게 아니기 때문에 혼자인 게 아닐까?"

"그건 또 무슨 말이야, 말이야? 막걸리야?"

"세월, 금방 간다는 말이지."

"넌 어떻게 오인희와 만났어?" 유성용이 물었다.

"어떻게 만났느냐고? 운이 나빠서 만났지." 김인배가 말하며 자신의 잔에 백수와 위스키를 또 따랐다. "진짜로, 치음 만난 날, 걔가 길을 걷다 쓰러졌어. 내가 걔 사촌 언니랑 사귀고 있었거든. 함께 클럽에 춤추러 가는 중이었지. 걔, 그러니까 오인희는 내 시선을 끌려고 고의로 그랬다고 말했지만."

"하하, 웃긴다."

"나중에는 말을 바꾸더라. 지가 길에서 쓰러진 적은 없었고 우연히 내가 그곳에 있었을 뿐이라고 말이야."

오인희의 진짜 이름은 오길자였다. 일본어로 발음하면 '요시코'가 되는 '길자吉子'라는 일본식 이름을 그녀는 싫어했다. 하지만 모든 남자가 유명 여배우처럼 생긴 그녀를 좋아했다. 그녀의 집안은 자동차 부품 공장과 강남의 대형 아파트, 교외에 전원주택을 여러 채 갖고 있었다. 공식적으로 그녀는 여행작가인데 발행한 책 중에 한 권만 흥행에 성공해서, 만 부가량 팔렸다. 이후로는 계속해서 그저 그랬다. 직장생활을 함께했던 동료는 그녀를 변덕이 심해서 굉장히 예측하기 힘든 여자라고 평했다. 하지만 오인희는 애교가 많은 여자였다. 덕분에 김인배 자신도 언제나 즐거워하곤 했다. 적어도 몇 년 동안은 기쁘게 살았는데 근년부터 여자가 술을 입에 대기 시작했다.

둘의 관계가 끝장이 난 때는 몇 달 전이었다. 대형 출판사 고문직을 하는 전문 변호사 부부가 남편의 출판일을 기념하여 김인배 부부를 초대한 날이었다. 호텔 식당에서 저녁을 먹는데 오인희가 버번위스키를 주문했다. 술은 집에서부터 마신 상태였다.

"이봐, 그만 마셔!"

김인배의 낮은 목소리를 못 들은 척 한동안 재미있게 떠들다가 그와 변호사 부부가 대화하는 사이 그녀는 슬그머니 술을 또 마셨다. 그러다가 갑자기 낭랑한 음성으로 말했다.

"여보, 이 사람들 누구야?"

갑자기 주변이 조용해졌다.

"정말로 누구냐고?"

변호사가 헛기침했다.

"우리를 초대한 분들이잖아."

오인희의 머릿속은 곧 다른 생각으로 옮겨간 듯했고, 잠시 후 그녀는 자리에서 일어나 화장실에 갔다. 30분쯤 흘렀다. 결국, 김인배는 호텔 복도 건너 칵테일 코너에 앉아있는 그녀를 발견했다. 이번에는 데킬라를 마시고 있었다. 아주 심각한 표정이었다.

"어디 갔었어?"

"당신 찾아서 돌아다녔잖아?"

"이젠 너와 끝이야." 머리끝까지 화가 난 그가 말했다.

"아니, 정말로, 어디 갔던 거야?" 그녀가 집요하게 물었다.

변호사 부부와 초대받은 주변인들을 의식한 김인배는 한심했는지 밖으로 나가 연이어 담배를 피우며 한숨을 쉬었다.

"여보, 그만 집에 가야겠어." 그녀가 마음먹은 듯 말했다.

언제였던가, 춘천 근교에서 보낸 여름 아침을 김인배는 기억했다. 오인희와 갓 결혼했을 때였다. 창밖 커다란 나무 위로 다람쥐가 보송보송한 꼬리를 말고 뛰어다니곤 했다. 차를 몰고 오래된 철교를 건너 소극장에서 공연하는 여름 연극을 보러 갈 때였다. 목장에는 젖소들이 널찍한 헛간 앞에서 졸았고, 수확을 앞둔 옥수수밭이 그림처럼 펼쳐져 있었다. 공지천이 잔잔하게 흘렀다. 둘은 '이디오피아'라는 카페 창가에 기대어 담배를 피웠다. 저녁이면 그들은 책을 읽거나 술을 마셨다. '바닷바람 속에는 치아가 누렇게 삭은 꽃이 웃지 않는다. 얼굴 가린 채 흔들린다. 당산나무에는 무감각과 짚꾸러미 지폐 몇 닢이 옛날 옛적처럼 묶였다. 목욕재계하고 술잔 올리듯 몇 구의 죽음이 엎드려 있다. 후투티가 오지 않는 압해도였다[7]'라는 여류 시인의 시를 음미하며 어두워질 때까지 앉아있곤 했다. 아름답고 고요한 전원 풍경. 아, 그때

---

[7] 노향림(1942~)의 시로 '창비 시선' 〈후투티가 오지 않는 섬(2014)〉에 게재된 표제명의 시다.

는 얼마나 행복했던가.

"그런데 말이야." 그가 말했다. "우리 아버님이 걔를 굉장히 좋아하셨어."

김인배의 부친은 시아버지의 로망과 같은, 이쁜 며느리와 함께 백화점을 구경하고 그곳 카페에서 커피를 마시는 등의 낭만적인 생각을 하고 있었다. "그때 알아봤어야 했는데."

김인배는 얼음을 더 가지러 갔다가 복도에서 거울에 비친 자기 모습을 힐 긋 보았다.

"이게 끝이라고, 결심한 적이 있어?" 그가 돌아오면서 말했다.

"무슨 말이야?"

김인배가 윤창호 옆에 앉았다. 이 친구와는 영혼까지 나누겠다고, 그는 생각했다. 서로의 결혼식에서 사회를 맡았다. 둘도 없는 친구였다.

"내 말은, 거울을 보면서 이젠 안 돼……. 이게 끝이야, 한 적이 있느냐고."

"무슨 말이야?"

"여자하고 말이야."

"인마, 넌 그냥 오인희랑 끝났을 뿐이야."

"여자가 정말로 필요하냐고?" 김인배가 물었다.

"농담해?"

"내가 발견한 사실 하나 알려줘?"

"뭔데?"

"몰라……." 김인배가 기운 없이 말했다.

"무슨 말을 하려고 했는데?" 윤창호가 물었다. "그게 기억이 안 나는 거니?"

"아, 내 이론 있잖아. 내 이론은 말이야." 김인배가 대답했다. "여자와 영혼을 공유하지 않아야 헤어지더라도 오래 기억한다고."

"그럴지도 몰라." 윤창호가 말했다. "하지만, 그래서 뭐 해?"

"일찍이 오인희와 긴장이 해소되어 평화를 찾았더라도 틀림없이 이혼했을 거야. 이유는 물론 지루함 때문이겠지. 지구에서 권태는 가장 치명적인 질병이니까. 그냥 이론일 뿐이야. 여성은 정신과 육체를 분리해서 남자를 소유하길 원해."

"나눈다고?" 때로 윤창호는 김인배가 스스로 뱉은 말을 이해하는 건지 알고 싶었다.

"대충 그런 의미지. 대부분 여자는 자신의 약함을 과장하는 데 있어서 교묘해. 그네들은 어디까지나 곧 깨질 듯한 장식품처럼 보이기 위해 약함 속에서 지혜를 짜내지. 상황을 만들어 남자에게 아둔함과 죄의식을 느끼게끔 하잖아. 특유의 방식을 사용해서 강자와 모든 권한에 저항하는지도 몰라."

"재혼하는 게 어떠냐?" 윤창호가 물었다.

"사회가 나를 배반한다고 해서 나까지 사회를 배반하면 되겠어?" 김인배가 대답했다. "여자를 믿지 마, 뛰어난 여성 철학자가 없는 이유를 알아? 여자는 사정射精을 하지 않기 때문이야."

"너, 취했구나."

"헤어지고 나면 오히려 결혼보다 편안하게, 지극히 평온한 기분으로 세상을 받아들이게 되지. 슬픔도 괴로움도 극에 달하면 그저 그래. 평온해져. 다 버리게 되는 거야." 김인배가 말을 이었다. "이혼이든 독신이든 남자가 혼자 살아간다는 건 가혹한 일이야. 고독을 즐길 줄 알아야 해. 고독을 견디는 힘이 있어야 자유를 즐기는 거야. 그럴 힘만 있으면 이혼을 해도 상관없어."

"남녀의 사랑이란 고대 서양학자들이 잠자리 날개에 열광하여 인생을 바쳤다는 기록처럼 허망하기 짝이 없어. 정열만 가득했지, 지적인 행동은 아닌지 몰라." 이번에는 윤창호가 말했다. "시간이 지나면 술집의 가장 늙은 매춘부에게 가하는 손가락질 같은 남루한 속성만 내비치곤 하더라고."

유성용은 그들만큼 마시지 않았다. 몸이 좋지 않았다. 오후 내내 병원에서 기다리다 나오니 딴 세상 같았다. 의사는 지난주 교통사고를 당한 박영미의 하반신이 마비되었다는 최종 통보를 했다. 그는 김인배와 윤창호에게 자신의 골치 아픈 일을 말하지 않았다. 결혼을 약속한 여자가 불구가 되어서 결혼을 다시 생각해야 하나를 의논한다면 비열한 인간으로 비난받을 게 뻔했다. 충격 때문에 일상의 좌우가 바뀐 데다 김인배의 집안 통풍이 안 된 상태여서 우주의 외딴 공간에 내던져진다고 해도 기쁘게 찢겨 죽을 수 있을 것 같았다. 그는 소파에서 일어나 거실을 걸어 다니다 김인배와 오인희가 결혼할 때 찍은 사진을 유심히 보았다.

"오인희와 앞으로 어떻게 되는 거야?" 유성용이 물었다.

"누가 알겠어?" 김인배가 말했다. "지금처럼 살겠지. 그러다 제 마음에 드는 남자가 나타나면 생활 방식을 고쳐가며 살겠다고 마음을 고쳐먹을지도 모르지. 외모는 쓸만하잖아. 노래나 부르자. 거실 끝에 노래방 기계가 있어."

그는 오디오와 연결된 노래방 화면에서 노래를 고르다가 맘에 드는 곡목을 클릭해서 틀었다. 잠깐 아무 소리도 나지 않다가 갑자기 삑삑거리는 소리가 들렸다. 대금산조 소리였다.

"아, 뭐야, 이게!" 그가 소리를 지르더니 정지 버튼을 눌렀다. "기계에 다른 게……. 인희의 애창곡이 들어있네."

그는 곧 다른 곡을 찾았고 저음으로 이어지는 반주 소리가 천천히 거실에 퍼졌다. 이문세가 부른 재즈풍 노래 '빗속에서'. 그는 춤을 추기 시작했다. 윤창호도 일어났다. 그러고 나서 다른 노래가, 한 명 또는 여러 명이 부르는 듯한 백 코러스가 들려왔다. 아래층과 위층에 소음을 안기면 안 된다는 사실을 의식한 그들은 마이크 없이 같은 가사를 되풀이해서 불렀다. 윤창호가 춤을 추다 멈추고 술을 마셨다.

"그만 마셔라." 김인배가 말했다. "너무 마시지 마."

"왜?"

"그러면 콘서트를 계속할 수가 없잖아."

"여기서 콘서트라니? 너 많이 취했구나."

"빨리 불러라." 김인배가 유성용 쪽으로 돌아 손짓하며 말했다.

"싫어, 인마. 난 별로⋯⋯."

"어서 해."

셋이서 율동 음악에 맞추어 몽롱한 자세로 춤을 추었다. 놀이로 하는 일은 언제나 즐거웠다.

"노래를 부르고 춤을 추는 일이란 얼마나 즐거워? 하지만 춤과 노래를 직업으로 하면 고통스러운 법이야." 김인배가 말했다. "사랑하는 사람과 함께 사는 일도 마찬가지 아니야? 놀이로 하면 마냥 신나는 일이지만 책임과 구속이 따르면 가시덤불에 떨어져 뒹구는 꼴이 되고 말아."

노래와 춤이 끝도 없이 계속되었다. 갑자기 슬픈 감정이 들었는지 얼굴이 축축해진 유성용은 소파에 앉아 춤을 추는 두 사람을 지켜보았다. 아무에게도 말할 수 없는 고민은 영혼까지 고갈하게 만드는 법이다. 남자들은 클럽에서 함께 춤을 추고 심지어는 혼자서도 춘다. 춤을 추기엔 김인배와 윤창호는 술을 너무 마셨다. 왜 지나치도록 마셨을까? 예민한 타입도 아닌 것 같았는데. 어쩌면 둘 다 속으로는 아주 예민한지도 몰랐다.

김인배가 유성용 옆에 앉았다.

"이사는 생각도 하기도 싫다." 그는 머리를 아무렇게나 소파에 기댔다. 그리고 고개를 들었다. "다른 집을 찾기 위해 이곳저곳을 수소문하는 일은 이젠 지겨워."

"⋯ ⋯."

"2년도 못 가서 오인희는 나를 잊을 거야. 가끔 '내 전남편'이 어쩌고저쩌고 하겠지. 나는 아이를 갖고 싶었어. 그녀는 아니었고. 배란기가 언제냐고 물으면 그때가 되어도 마음대로 안 된다고 그러더군. 술을 많이 마셔서, 골초여서 그랬는지도 모르겠다. 뭐, 어쩔 수 없잖아. 다음에 가지면 되니까. 내게 다음이라는 게 있다면 말이야. 그때는 간단하게 생각했어." 그가 유성용에게 물었다. "그런데 어이 친구, 자네는 거시기가 튼튼하지?"

유성용은 할 말이 없었다. 그런 말을 할 용기를 내본 적이 없었다.

"난 벌써 그게 잘 안돼." 김인배가 말했다. "게다가 페이로니 병Peyronie's disease8)이 생겼어. 그게 바나나처럼 휘어졌거든."

"뭐가 문제야? 오히려 명기名器가 된 거지." 윤창호가 바보처럼 말했다.

"상관없어." 유성용이 인상을 찌푸리며 말했다. "돈이 있으면 문제없잖아, 뭐든 고칠 수 있어."

"그럴지도 몰라. 시간을 잘 보내야 한다고 생각해." 사실이 아니라고 생각하면서 김인배가 말했다. "나이 먹는 게 중요한 게 아니고, 늙는 게 괴로운 시간도 아니고, 시간을 그때그때 잘 보내면 되는 거지."

유성용은 저축한 돈이 상당했다. 월급 생활을 하다 동료가 추천한 전자 회사 주식에 투자해서 번 돈이었다. 자신의 재주라기보다는 투자한 시점의 경기가 상승일로였기 때문이다. 원하면 고급 승용차를 살 수도 있었다. 그랜저 말고 B.M.W나 벤츠 같은. 융자로 산 다음 3~4년 걸쳐 갚으면서 주말이면 교외로, 양양으로, 강릉이나 영덕 같은 해안 마을로 드라이브하러 갈 수도 있었다. 어딘가에 차를 세우고 외벽을 하얗게 칠한, 작은 레스토랑에서 점심을 먹는 장면을 상상했다. 어쩌면 그곳에 박영미가 아닌, 더 멋진 여자가 있을지도 모른다고 생각했다. 물론 오인희나 이혜란과 같은 부류는 원하지 않지만, 그와 비슷한 분위기의 좀 냉소적이면서도 감성적인, 그때까지 만나보지 못한 부류의 여자를 상상했다. 저녁을 먹으면서 길고 재미있는 얘기를 할지도 모른다. 그는 술을 즐기지 않았지만, 분위기로 여자를 취하게 만드는 재주가 있었다. 그리고 코타키나발루로 갈 수도 있다고 생각했다. 그가 언제나 가보고 싶어 하는 곳, 아무도 안 갈 때, 겨울에 가고 싶었다. 끝없이 펼쳐진 해변이 내려다보이는 호텔을 떠올렸다.

숨 막히게 푸른 밤과 이국적인 아침을 그녀에게 안겨줄 수도 있었다. 상대방도 때로 기억이 날, 어쩌면 생각날 때 전화하는 그런 남자가 될 수도 있다. 그곳에는 여자의 블라우스와 스커트, 그리고 무슨 종류인지 알 수 없는,

---

8) 음경해면체에 섬유성 판막(plaque)이 생기는 질병으로 음경이 전후, 좌우 어느 방향으로든지 휘어 있는 증세를 보인다.

반쯤 남은 와인이 있을 것이다. 프랑스 포도주면 더 좋다. 차 탁자에는 책도 몇 권 뒹굴지 모른다. 장석주의 시집이면 더 좋다. 밤에는 남태평양에서 불어오는 바람이 바다로 향하는 냇가 맹그로브 숲을 지나 창으로 들어오고 그는 매일 아침 일찍, 동이 트기도 전에 잠에서 깰 것이다. 곁에서 새근거리는 여자를 보기 위해. 낮이면 코타키나발루 설산 꼭대기의 태양이 그들이 앉은 노천 테이블까지 출렁하며 번지점프를 해 대고, 출렁이는 햇볕 속에 파인애플 향이 섞여 있을 거라고 상상했다.

거시기가 튼튼해 보인다니, 그건 부럽다고 말하는 거나 다름없었다. 유성용은 우울해졌다. 김인배에게 무슨 말을 하고 싶었지만 적절한 때가 아닌 듯했다. 아니면 그 자신도 완전히 받아들이지 않는지도 몰랐다.

다른 반주가 들리자 그들은 다시 춤을 추기 시작했다. 물러섰다 다가섰다 하면서, 팔은 날갯짓을 하다 서로 얼굴을 보며 웃었다. 윤창호는 최고급이라고 부르는, 근사한 옷차림에 걱정 없이 사는 그런 부류였다. 열정에 한 번 사로잡히면 쉽게 빠져들어서 누가 무슨 말을 해도 듣지 않았다. 그는 일종의 화석이 된 인생이었다. 사고 싶은 걸 사는 데 지나치게 돈을 쓰며 오랫동안 계속해서 사들이는 부류. 비싼 양복이나 골프용품과 사치품. 유성용이 가물에 콩 나듯 서유럽에 출장 갈 때나 입을 옷이었다. 유성용은 대학에 다닐 때 연애를 하지 않았다. 아는 사람 중에 그런 사람은 자기밖에 없었다. 이제 유성용은 내핍하며 생활해온 사실이 후회스러웠다. 언젠가 공기 중에 자신이 뿌려지거나 사람들의 기억에서 멀어진다는 사실이 감당할 수 없을 것 같지는 않았다.

"가야겠다." 유성용이 말했다.

"뭐라고?" 김인배가 음악 소리보다 크게 소리를 내었다.

"이젠 가야겠다고."

"오늘 재미있었어." 김인배가 그에게 다가가며 말했다. 현관에서 어정쩡하게 악수하다가 거의 넘어질 뻔했다.

"친구! 내일 아침에 전화할게."

*

저녁의 거리는 차들로 붐볐다. 오인희는 거리로 나와 택시를 잡았다. 칠십 살 정도로 보이는 나이 많은 남자가 운전하는 택시였다. 노인 냄새가 나리라는 예상과 달리 택시 내부에는 깨끗한 공기가 느껴졌다. 그녀는 운전사에게 마포대교 근처를 통과해서 목적지로 가자고 말했다. 멀리서 강물이 물결치고 있었다. 강 복판에 꽂혀 있는 해가 아래로 뚝 떨어지자 하늘은 한층 붉게 타오르며 강을 붉게 물들였다.

택시가 마포대교 입구로 들어서자 그녀는 한강에 부서져 떨어지는 석양의 잔광을 눈시울 적시며 바라보았다. 사위는 자신의 온몸에 석양을 쏘아 부으며 소멸의 시간을 영접하고 있었다. 마포대교 중간에서 차량 행렬은 정체되어 거북이걸음을 계속했다. 운전사가 룸미러로 그녀를 흘깃 쳐다보았다. 고상하고 기품있는 여자가 울고 있었다.

"손님. 무슨 일이 있으세요?"

오인희가 고개를 저었다. 하지만 거의 그렇다고 인정한 것이나 마찬가지였다.

"무슨 일인가요?"

"아무 일도 아니에요." 그녀가 고개를 저으며 대답했다. "몸이 좋질 않아서 그래요."

"어디 아프세요?"

"아니요. 아픈 게 아니라, 살아야 할 날이 얼마 남지 않아서요." 그녀가 한숨을 쉬며 또박또박 말했다. "차를 저곳 앞에 세워주세요."

오인희는 몸이 아파서 병원에 갔으나 어느 의사도 병명을 알지 못했다. 김인배와 결혼 후 통증 때문에 술 마시는 시간이 늘어갔다. 며칠 전, 마지막이라고 여기며 종합 진찰을 받은 대학병원에서 누구에게도 듣지 않은, 처음 만난 의사로부터 사형 선고와 같은 내용을 듣게 되었다. 암의 병기에는 종양이 발생한 부위와 크기 정도에 따라 네 단계가 있는데, 그녀는 마지막 단계, 4기였다.

"아." 운전사가 말했다. "그게 정말입니까?"

인구가 천만 명 이상 사는 대도시에는 별의별 사람들이 있고 여자의 말이 진짜인지 아니면 지어낸 건지는 판단할 수 없었다.

"하이고, 뭐라고 드릴 말씀이 없군요."

"괜찮아요. 그냥 여기서 내릴게요."

"다리 위인데 여기서 내리면 어떡하시려고요?"

"머리도 식히고 일몰 풍경도 구경하고 싶어요." 그녀가 차비를 내며 말했다. "즐거운 하루 보내세요."

눈물이 흐르고 있었지만 맑은 얼굴이었다. 차량 행렬은 다리 위에서 서행과 정체를 반복했다. 그녀를 내려주고 난 뒤에 운전사는 사이드미러를 통해 다리 위 보행로를 걷고 있는 그녀의 얼굴 이외 모습도 보았다. 인생을 오래 살아본 이라면 몇 마디 대화와 옷차림, 몸매와 태도만 봐도 해당 인물의 됨됨이와 삶을 파악하게 되는 법이다. 나머지도 괜찮았다. 하지만 그녀가 말하는 게 사실이라면 어쩐다, 생각한 순간이었다.

서행하는 차가 다시 멈춘 순간, 그는 자기 눈을 의심하지 않을 수 없었다. 차로 옆 보행로를 걷다 걸음을 멈춘 그녀가 1.5m 높이 다리 난간을 뛰어넘어 투신하는 장면을 본 것이다. 마포대교는 자살로 유명하지만, 자신이 직접 본 것은, 그것도 자신이 태운 손님이 다리 아래로 뛰어내리는 장면을 본 것은 처음이었다. 그는 충격에서 헤어나지 못하다가 간신히 정신을 차렸다. 자기 경험과 의지가 인생을 살아가는 데 있어서 얼마나 중요한지 오랫동안 체험해왔지만, 그것만으로 만날 수 없는 세상의 풍경도 있다고 그는 혼자서 중얼거렸다.

기망欺罔

죄책감이 든다는 게 터무니없이 느껴지기까지 했다.

은미는 나를 쳐다보더니 매우 침착한 태도로

"선배님, 내가 참한 친구를 한 명 소개해드릴게요."

라고 말하며 웃었다.

순간, 등골이 서늘해지는 느낌이었다.

‡‡‡

괴물과 싸우는 사람은 스스로 괴물이 되지 않도록 주의해야 한다.
— 프리드리히 니체

1

대학교 앞 사거리에는 하오의 햇살을 받은 분수가 치솟아 오르고 있었다. 학교 구정문舊正門 뒤편을 돌아 성심 기숙사 근처의 한옥 골목을 지나갈 때면 장미 넝쿨이 고개를 내민 담장 너머로 딩동딩동 맑은 피아노 건반 소리가 들려왔다. 건너편에는 어깨춤까지 곱게 머리를 땋은 예쁜 여고생이 하얀 카라가 눈부신 교복을 받쳐입고 계단 높은 집으로 막 사라지고 있었다.

나이가 들수록 하루 이틀 전에 경험한 일보다 어릴 적 일어난 일을 더 생생하게 기억하게 된다. 인정하기 싫지만, 사실인 듯하다. 군 복무를 마치고 복학할 때의 기억은 지금도 생생하다. 이게 과연 꿈일까 생시일까 하는 감정도 함께 말이다. 국민의 의무를 다하기 위해 3년이라는 긴 시간을 병영에서 심승처럼 보내다 마침내 제대한 다음 해이 봄이었다. 아침 일찍 등교하는 학생 무리가 전철역에서 내려 1km 떨어진 언덕 위에 자리한 대학교 단과대학과 중앙 도서관까지 걸어 올라가는 모습은 멀리서도 보였다. 어쩌면 공부하는 시간보다 도서관 언덕길을 걸어 올라가는 과정이 훨씬 즐거운지도 몰랐다. 내가 철조망과 바리케이드가 설치된 병영에서 아까운 청춘을 소진하는 동안 학과 구성원은 대폭 바뀌어서 학급은 새로 입학한 3년 후배인 여학생이 대다수였다.

교도소와 같은 군대 울타리를 벗어났다고는 하지만 군인이 다스리는 세상은 그대로였다. 제대 복학생들은 저녁마다 삼삼오오 무리를 이뤄 학교 앞 시장통 분식집에서 소주와 탁주를 마셨다. 다들 나름대로 역전의 용사였으므로 인생에 관해 나름의 노하우를 갖고 있다는 자부심이 눈가에 번들거렸다. 5년 전 입학했을 때의 무모함과 미숙함은 어딘가에 깊숙이 숨겨두고 약점을 상대방에게 잡히지 않으려 노력하고 있었다. 권투로 비유하자면 모두 탐색전과 아웃복싱으로 일관하는 느낌이었다. 술집을 나설 때 날은 이미 어두워져 그나마 함께 어울려 움직이는 행위조차 그만두지 않을 수 없어서 각자 집으로 쓸쓸하게 돌아갔다.

소름이 끼칠 만큼 맑은 햇살과 푸르른 교정의 풀밭, 잔디에서 누워서 바라본 하늘, 하늘 속의 내일, 새로이 올라오는 아까시나무의 새싹, 은행잎이 책갈피에 끼어 있던 대출한 도서관의 책, 읽어도 읽어도 죽는 날까지 영원히 읽지 못할 것 같이 느껴지는 책들과 흐르는 시간, 텅 비어 있는 도서관의 의자들, 막히는 숨, 술 마신 뒤의 고통, 좌절과 절망의 연습, 아직 너무나 모르는 인생, 취기와 함께 뒤죽박죽되는 온갖 의식에 부대끼면서 기어가는 소리로 고작 유행가를 흥얼거리다가 각자 흩어져 집으로 돌아갈 수밖에 다른 도리가 없었다. 병영에서 꿈꿨던 커다란 희망과는 달리 현실은 너무도 초라했다.

입대를 연기한 후 대학원에 진학해 교수가 되겠다고 애쓰던 동기를 만났다. 이제 막 복학한 내게 학과 조교인 최동준 선생과 나와의 관계를 그가 물었다.

"최 선생과 네가 친하게 보이더라?"

"아, 그는 고등학교 선배야. 3년 선배." 내가 답했다. "곧 우리 학과 교수가 될 사람이라고 소문났던데?"

"그렇지. 신영수 교수의 애제자이자 몸종이니…. 당연한 일 아니겠어?" 그가 내 눈을 바라보며 말했다. "게다가 학부생이나 대학원생들의 평판도 좋은 사람이거든."

그날 동기가 전한 자질구레한 소문은 이랬다. 대학원생들이 십시일반으로 호주머니를 털어 학과 교수와 대학원생 모두가 함께하는 회식 자리가 만들어질 때마다 일어나는 일인 듯했다.

술이 몇 순배 돌아 다들 취기가 올라갈 쯤이면 학과 교수진의 최연장자인 신영수 교수가 서너 살 연하의 후배 교수에게는 '○교수, 당신이 나 아니면 어떻게 이런 유수 대학의 교수가 되었겠소?'라고 면박을 준다든가, 이제 막 전임 강사가 된 나이 젊은 교수에게는 '너, 행동 좀 똑바로 하지 못해, 이 자식!' 하며 뺨을 때리는 행위 정도는 예사라는 것이다. 예의 봉건제를 연상하게 하는 구조 때문에 대학원에 진학하여 학문적 성취를 이룬다고 해도 신 교수의 애제자가 되지 않으면 교수의 길을 꿈꾸기는 불가능하다고 푸념했다. 신 교수는 정권의 교시를 정확하게 받아서 부하 교수들에게 강요하는 이른바 '어용 교수'의 전형이자 학과의 주인이었다. 학과學科라는 구조적 관점에서 평가한다면 교수 코스를 밟고 있는 최동준 선생에게 붙여진 '신영수의 몸종'이라는 표현은 매우 적절한지도 몰랐다.

학과 교수진은 신영수 교수 이하 7명이었다. 이들의 경력은 지나치게 평범해서 과연 국립대학교의 교수인가 하는 의문이 들 정도였다. 박사학위조차 없는 이들을 신 교수가 자신과 안면 있다는 이유로 뚝딱뚝딱 불러 모아서 성식 교수도 만들었다는 것은 공공연한 비밀이었다. 당시 시대가 권위주의 사회였기 때문이라고 말하기에는 신 교수와 나머지 교수 사이의 관계가 지나치게 주종主從적이었다. 신 교수가 왕이라면 나머지는 신하였고, 그들에게 배우는 학생들은 백성 또는 노예라고 불러도 지나치지 않았다.

3학년 지도교수 김유형 선생은 '남자라면 당연히 가야 할 군대에 가지 않았다'라는 열등감이 유독 강한 이였다. 그는 학부와 대학원을 마치자마자 30대 초반의 나이에 정규직 교수인 전임 강사가 되는 행운을 얻었다. 당시 군사정부는 집안의 대가 끊어질 상황을 고려하여 삼대독자에게 군 복무를 면제해 주었기 때문이다.

그는 강의하다 수업과 관련 없는 얘기를 꺼내곤 했다. 습관적인 행동이었다. 다른 지역의 국립대 교수 일행과 세미나를 마치고 색주가色酒家에 간 경험담이었다.

"옆에 계신 교수님들 대부분은 나보다 나이가 많았지. 내가 얌전하게 앉아있으니 바로 옆자리에 계신 교수님이 '자네는 자원을 제대로 활용할 줄 모르는군'이라고 하셔서 나도 자원을 좀 활용했지."

수업을 듣는 학생들은 실망하지 않았다. 틈만 나면 반복되는 행동이었기 때문이다. 그러나 뭔가 생각이 있는 학생들은 노골적으로 그를 성토했다.

"중·고교 교사도 임용할 때 자질 검사를 하는 것처럼 대학교수도 인성이나 자질을 평가한 후에 임용되어야 하는 것 아니야? 학과의 임자에게 잘 보였다는 이유로 개나 소나 교수가 되는 현실은 학생들의 장래를 암담하게 만들 뿐이야. 저런 작자가 교수라는 사실은 해도 너무 하는 것이지!"

국립대학교에 진학한 학생 대부분은 집안이 가난했다. 등록금 해결을 위하여, 가계에 뭔가 도움이 되기 위해서 직접 생활 전선에 나서야 했다. 군사정권이 학교 분위기를 적자생존의 정글로 만든 결과로 학생들은 지나칠 정도로 학점 따기에만 몰입했다. 과열된 경쟁은 급우 관계를 살얼음판처럼 만들어 집안이 넉넉한 학생들조차도 장학금에 매달리게 되었다. 교수가 어떤 학생에게 어떤 기준으로 장학금을 지급한다는 기준은 없었다. 전체 학생의 1/3 정도가 장학금을 받았는데 1/3의 반, 그러니까 1/6은 성적이었고 나머지 1/6은 교수가 임의대로 지급했다. 노골적으로 표현하자면 '그냥 교수가 재량껏 줘라'라는 분위기였는데, 영악한 학생들은 그 틈을 파고들었다.

농촌 출신 학생은 남루한 차림새의 시골 어머니를 데리고 교수실에 찾아가 읍소했고, 여학생들은 갖은 애교를 부리며 장학금을 달라고 사정하기도 했다. '다가오는 학기의 등록금을 생각하며 밤늦게 도서관으로부터 돌아오는 핏기없는 대학생. 그러다 보면 천재는 간 곳 없고, 비굴하고 오만한 낙오자만 남는다.'[9]라는 어느 소설가의 표현은 진심일 것이다.

교수와 학생, 사제관계지만 3년 동안의 군 생활을 통해 사회화가 이뤄진 제대 복학생들은 이십 대 후반이었고 교수는 삼십 대 초반이어서 연령 차가 몇 살 나지 않았다. 나이로만 따지자면 몇 살 많은 친구 또는 가까운 연배의 선후배 관계나 다름없었다. 술좌석에서 제대 복학생들이 해병대나 백골 부대, 수방사와 같은 전투력 강한 부대에서 겪은 병영의 마초적인 무용담을 늘어놓으면 군 미필자인 기 교수는 열등감에 사로잡히곤 했다. 그들이 권하는 대로 술을 마시며 학교 인근 식당에서 출발한 술자리는 마침내 홍등가로 옮겨졌다. 그들은 '교수님을 위하여'라는 명목으로 술집 여자를 교수 옆에 앉힌 후에 그가 만취하기를 기다렸다. 이후 복학생 제위는 십시일반으로 모은 돈을 여급女給에게 건넸다. 교수님의 즐거운 하룻밤을 위하여 여관으로 모시는 이른바 '정해진 코스'였다.

복학생들이 교수를 홍콩으로 보냈다며 떠들던 다음 날 오전 1교시 수업이었다. 그들과 만취했던 어젯밤의 교수가 평소에는 하지 않는 '올백all back' 머리를 하고 교실로 들어왔다. 뒷줄에 앉은, 지난밤의 복학생들이 낮은 목소리로 낄낄거렸다. 술자리에 참석한 그들이 갹출한 돈은 여급과의 동침은 물

---

9) 서정인(1936~)의 단편소설 '강江'에 등장하는 문구다.

론이고 아침, 이발소에서 머리를 정리하는 데까지 쓰였기 때문이다.

심유형 교수는 나를 '숨은 운동권' 즉, 경찰 정보부서가 학교에 통보하지 않은 운동권 학생이라고 확신했다. 여러 차례 내가 최고의 성적을 받았음에도 당연히 받아야 할 장학금을 받지 못한 이유는 뻔했다. 철저한 어용 교수인 그는 군사정부가 내린 '정부 방침'을 이행하기 위해서 제자들 가운데 누군가 수상하다고 느껴지면 필요 이상으로 불이익을 주었다.

*

마초적인 기질로 정부 방침을 무조건 따르는 남자 교수들에 비해 그래도 여자 교수는 뭔가 달라서 교육자다운 면모를 보일지도 모른다고 기대한 적이 있었다. 그런 이가 오현숙 선생으로, 신영수 교수가 민간 경제연구소에 근무하는 그녀를 교수로 스카우트했다고 알려져 있었다. 그녀는 신 교수라는 왕 아래에 존재하는 신하였으나 학생들을 무시하고 억압하는 면에서는 또 다른 형태의 왕이라고 부를 만했다. 그녀는 자신이 과일나무꽃 이름을 딴 여자대학교 출신이라는 사실을 수업 시간 때마다 필요 이상으로 강조해서 학생들의 미움을 샀다. 당시의 대입예비고사[10] 커트라인으로 따지자면 교수가 졸업한 여자대학교는 그녀가 재직 중인 학교보다 한참 아래였기 때문이다. 게다가 '여자의 적敵은 여자'라는 속언처럼 여학생들이 오 교수를 극도로 싫어했다. 평소 히스테리와 변덕이 심하고 몇몇 여학생만 편애한 게 원인이었다. 선택받은 여학생에게는 '오 교수 애제자'라는 별명이 붙었다. 아무튼, 신 교수가 학과 교수 모두를 장악한 황제인 데 반하여 그녀는 학생을 심리적으로 억누르고 괴롭히는 데 일가견이 있는 여왕이었다.

그날, 총학생회가 전일 발생한 건국대 사건[11]의 개요를 대자보를 통해 알

10) 대학 입학시험에 응시할 수 있는 자격을 주기 위하여 해마다 실시하던 시험. 1981년에 폐지되면서 대학 입학 학력고사로 바뀌었다.
11) 1986년 10월 28일부터 31일까지 3박 4일 동안 건국대학교에서 일어난 대학생들의 점거

리자, 모든 학과에서 해당일 수업을 거부하게 되었다. 대자보에는 건국대 학내에서 백골단12)에 쫓긴 학생들이 옥상까지 밀려났고 결국 그곳에서 경찰에 구타당한 후 헤아릴 수 없이 많은 학생이 아래로 떨어져 사망했다고 적혀있었다. 내용을 읽은 전교생이 분개하여 궐기하기 시작했다.

다음 날 오전, 3학년 학과 전공 수업의 담당 교수는 오현숙 선생이었다. 수업 10분 전에 학년 대표가 앞으로 나와서 교탁에 섰다.

"학교 전체 분위기가 어수선한데 우리만 수업에 임해도 되겠습니까? 군사 정권에 대항하는 가투街鬪에는 참가 못하더라도 싸우는 학우들에게 최소한의 성의라도 보냅시다."

문제는 다음 날에 터졌다. 전날 수업에 학과 3학년 학생 전원이 자신의 수업을 거부해서 제자들에게 수모를 당했다고 여긴 오현숙 선생은 격분한 표정으로 수업을 시작했다.

"어제, 유감스럽게도 여러분은 건국대 사태를 빌미로 내 수업을 거부했어요! 나는 이 순간부터 여러분과 같은 폭력 집단의 똘마니들을 상대로 수업할 수 없음을 분명히 밝히겠어."

교수는 말 한마디만 남기고 곧장 교실을 나가버렸다. 교실에 앉은 모든 학생이 웅성거리기 시작했다. 혼란한 틈을 이용해, 해병대 출신 복학생 강재준이 교단으로 나갔다.

"여러분! 방금 교수는 우리를 지칭해서 '폭력 집단의 똘마니'라고 말했습니다. 이게 과연 교수가 할 말입니까? 민주주의를 모르는 어용 교수가 학생에게 가하는 폭력 아닙니까? 이젠 우리도 더는 참지 맙시다!"

해당 발언이 도화선이 되어 수업에 참여한 3학년 학생 모두는 해당 교수에게 '본때'를 보이기로 의견을 모았다. 잔이 넘치는 순간은 언제나 마지막 한 방울 때문이다. 오 교수가 몇 년 동안 독선적으로 학생들을 대한 결과였고 필연이었다. 60명의 갑론을박 끝에 다섯 명이 대표자로 추천되었는데 제대

농성 사건.
12) 시위를 진압하는 사복 경찰을 속되게 이르는 말.

복학생 세 명, 현역 여학생이 두 명이었다. 남학생은 검정고시 출신의 문수와 해병대를 선역한 새준 그리고 나였고, 여학생은 강성 오동권으로 시경市警에 중요도 서열 4위로 등재됐다는 예린이와 은근히 문학소녀 냄새를 풍기는 충무 아가씨 은미였다.

학교 앞 다방에 모인 다섯 명은 교수에게 어떻게 대응할까를 생각하다가 결론을 내렸다.

'성명서를 만들어서 뿌리자!'

학생들의 의견을 취합한 성명서를 만들어 단과대학 교실마다 그리고 건물 옥상에서 아래로 뿌리자는 주장이었다. 전체 급우들의 의견을 분석한 내가 문장을 기안하고 다듬어 최종적으로 탈고했다. 4절지 종이를 꽉 채운 내용을 은미가 손으로 썼고, 학교 앞 복사가게를 거치자 마침내 수백 장의 전단으로 복사되었다. 성명서는 다음날 단과대 교실마다, 그리고 경영대 건물 앞 광장에서 봄날의 벚꽃처럼 허공을 날아다녔다.

며칠 후, 오현숙 교수는 슬그머니 수업에 들어와서 학생을 자극하는 발언을 삼갔다. 학생들도 더는 사건을 확대하지 않고 수업에 참여하는 것으로 교수에게 나름의 예의를 표하게 되었다. 좋은 게 좋다는 식으로 사건은 마무리되는 듯했으나 본래 가재는 게 편이어서 학과의 나머지 교수들은 사건을 그냥 넘기려 하지 않았다. 어떻게 파악했는지 그들은 성명서에 관여한 다섯 명을 알아내어 학점으로 불이익을 주기 시작했다.

건국대 사건이 계기가 되어 다섯 명의 인연이 이뤄졌다. 친숙해진 우리는 틈만 나면 모여서 각기 다른 삶의 내밀한 내용을 토로하기 시작했다. 가지지 못한 자들을 외면하는 사회구조, 자유를 억누르는 군사 정권, 기억하기조차 고통스럽고 부끄러운 폭력과 착취의 순간들, 우리가 나눈 대화에는 이전에 맛보지 못한 자유가 있었다. 동시에 비극의 불씨 또한 싹트고 있었다.

성명서를 뿌리고 난 후 다섯 명이 학교 앞 술집에서 모였을 때 복학생 광규도 합석하게 되었다. 그는 엉터리 시詩를 습작해서 노트에 간직하곤 했던 나를 '대단한 시인'으로 인정한 유일한 급우였다. 그는 180센티가 넘는 큰 키에다 과묵한 표정, 보호 본능을 일으키는 센티멘탈한 외모에 씨크한 태도, 게다가 약간 유머 감각까지 갖고 있어서 학과 여학생들이 무척 호감을 느끼는 복학생이었다.

10월 말, 초저녁부터 학교 앞 중국집 골방에서 개시한 술자리는 초장初場의 취기가 이차와 삼차로 계속 이어졌다. 이차에서 술 때문에 조심성을 잃은 나는 가방 속에 보관해둔 엉터리 시를 꺼내놓고 떠들기 시작했다.

"어떤 이는 시라는 것이 기껏 이성을 향한 동경 등을 늘어놓은 데 불과한, 지나친 감상이나 과장의 산물로 여기고 못마땅해하지. 그러나 우리 삶이 실로 엄숙하고 진지한 건가는 의심스러워. 모든 결정이 언제나 절박하고 무게 있는 원인과 진중한 판단으로 이뤄지지는 않잖아?"

심각하게 말하면서 예술을 이해하려면 노력을 해야 한다고 나는 횡설수설 떠들었다. 술 때문이었을 것이다. 내가 그들 앞에서 읊어댄 엉터리 시는 아름다운 도시 충무13)의 풍경과 그곳에서 잠시 생활한 가난한 화가 김환기, 그리고 아름다운 처녀 아무개를 생각한다는 서정으로 마무리된 내용이었다. 기분은 별로였는데 술이 잘 받으니 시적인 기쁨과 환멸이 밀려왔다. 나는 그때 이미 내 안에 어떤 충동이 있었고, 서정의 열병을 고백함으로써 누구에게 뭔가를 말하고 싶었던 게 아닌가 생각한다.

복학 후 은근히 마음을 두었지만, 먼 거리에서 바라볼 수밖에 없었던 충무 아가씨 은미를 향한 내 마음의 우회적 표현인지도 몰랐다. 낭독을 마치자 네 명의 남자들이 내가 용감하다는 의미로 "우와!"라는 감탄사를 내뱉었다. 사이, 나는 엉터리 시를 낭독한 죄책감이 들었는데, 죄책감이 든다는 게 터무니없이 느껴지기도 했다.

은미는 나를 쳐다보더니 매우 침착한 태도로, "선배님, 내가 참한 친구를

---

13) 경상남도 통영시 옛 지명. 충무시는 1995년 1월 1일 행정구역개편에 따라 통영군과 통합되어 통영시가 되었다.

한 명 소개해드릴게요."라고 말하며 웃었다. 순간, 등골이 서늘해지는 느낌이었다. 은미가 내게 미움이 없음을 확인하는 순간이었기 때문이다. 그때 왜 쓸데없는 만용을 부렸을까 아무리 생각해도 어처구니없다.

*

주머니를 탈탈 털어서 밤늦게까지 마신 술자리는 자정이 되어서야 파했다. 거리는 어두워져 가로등 불빛밖에 없었고 자정이 되어 버스는 이미 끊긴 뒤였다. 은미는 친구와 숙식하는 학교 반대편의 자췻집으로 갔다. 문수도 근처의 친구 하숙집으로 향했다. 결국, 나와 재준, 광규와 예린이만 남게 되었다. 자신이 혼자 자취하는 방이 굉장히 넓으므로 네 명이 충분히 자고도 남는다고 광규가 제안했다. 마지막 남은 버스비를 털어 일행은 근처의 구멍가게에서 소주와 콜라, 새우깡 등속을 샀다. 네 명은 광규의 자취방에서 사 들고 간 술을 마셨다.

"왜 삶이 항상 두 개로 보이는 걸까? 누리는 사람과 억울한 사람…." 누군가 내게 말했다. "나도 두 개로 보여. 말만 하는 사람과 말을 듣기만 하는 사람." 엉망으로 취한 내가 대답했다.

새벽 두 시가 넘자 어느 순간 쓰러진 나는 잠이 들고 말았다. 와중에 나머지 세 명 중 누군가가 '어, 술이 떨어졌네?'라고 말하자 또 누군가 '빨리 자자, 새벽 세 시가 되어간다'라고 말했다. 그들의 대화를 들으면서 나는 더 깊은 잠에 빠졌다.

새벽 여섯 시쯤에 일어나 보니 방 좌측 끝에 광규가 자고 있었고 옆에 재준, 우측 끝에 예린이 자고 있었다. 그리고 재준과 예린 사이에 내가 몸을 누이고 있었다. 본의 아니게 여학생과 같은 방에서 밤을 보내느라 조심스러워서 그랬을 것이다. 다들 평소의 옷차림에서 양말만 벗은 상태였다. 예린은 두꺼운 스웨터에다 청바지를 입었는데 목도리를 챙챙 감고 곤히 자는 모습이 특이했다. 어머니가 밤새 기다리셨겠다는 상상이 나를 또 괴롭게 만들었다. 아버지가 돌아가신 후 홀로 된 어머니와 둘이서 살았기 때문이다. 나는 얼른 양말을 신고 옷매무새를 고친 뒤 일어섰다.

"어이, 친구! 같이 가자."

내가 만든 부스럭거리는 소리에 깼는지 재준이 낮은 목소리로 나를 불렀다. 6시가 채 되지 않은 새벽녘이었다. 재준이와 나는 버스 정류장으로 향했고 내가 기다리는 버스가 오자 그곳에서 둘은 헤어졌다.

*

사는 것은 초현실주의적인 세부 묘사와 불행한 언어 조합으로 이루어진, 중언부언으로 점철된 책을 읽는 것과 같다. 우연과 우연이 모여서 만든 비극이 인생이라는 생각도 든다. 중간고사 후 보름 동안 강의가 없었지만 나는 하루도 빠짐없이 등교하여 중앙 도서관 1층에서 취업 공부를 쉬지 않았다. 그러나 그날 아침에 귀가한 이후 나는 며칠 동안 학교에 가질 않았다. 나에게도 '신기神氣'라고 하는 묘한 예감이 내재하고 있었는지, 뭔가에 휘말리지 않아야겠다는 본능 같은 느낌이 있었는지도 모르겠다. 학교에 가지 않았던, 사흘째가 되던 날 오후에 광규에게서 전화가 왔다. 낮술을 마셨는지 목소리에서 술 냄새가 났다.

"무슨 일이야?"

내가 심드렁하게 전화를 받으니 얼마간 침묵이 이어졌다.

"그게…. 말이야…. 친구! 이러면 안 돼…. 제발 학교에 와……."

평소 그는 술에 취하면 슬프게 울어대는 주사酒邪가 있었는데 그날도 그랬다. 알아듣지 못할 몇 마디를 하곤 계속 울어댔다.

"그러니까, 제발…좀. 학교에 나와……."

신음에 가까운 몇 마디를 남기고 그가 전화를 끊었다.

다음 주 월요일에 학과 수업이 재개되어 도서관에서 재준이와 문수를 만나게 되었나. 도시관 앞 벤치에 재준과 나 그리고 문수가 앉았는데 심각한 얼굴의 문수가 한숨을 푹 쉬며 말을 꺼냈다.

"그게 말이야…. 철수야, 너도 알아야겠지…. 그간, 너만 몰랐던 사건을 말이다."

"너희들 무슨 일이 있었는데 그래?" 분위기가 이상하게 돌아가자 사태의 심각성을 감지한 내가 물었다. "도대체 무슨 일이야?"

"그날, 그러니까 한잔하고 광규네 자취방에서…." 재준이 나를 쳐다보며 말을 이었다. "우리 네 명이 함께 잔 날 말이야."

"그래서?"

"너랑 나랑 아침에 일어나 광규네 자췻집을 나왔고 버스 정류장에서 헤어졌잖아? 네가 탄 버스가 떠난 후 시간을 보려고 팔을 드니 손목에 시계가 없더라. 광규네 방에 놓고 온 거지." 그가 말을 이었다. "그래서 다시 광규네 자취방에 갔어. 가다가 길에서 광규네로 가는 문수를 만났지. 문수는 친구에게 돈을 얼마 빌려서 너를 포함한 우리 다섯 명이 함께 아침이나 먹자는 계획이었고."

재준은 말을 멈추고 점퍼에서 담배를 꺼내어 불을 붙였다. 나도 담배를 꺼내 물었다.

"그때가 아침 일곱 시 정도가 되었을 거다. 재준이와 내가 광규 하숙집에 도착했지. 2층에 있는 광규의 방문을 열기 전에 복도에서 여자가 앓는 소리 같은 게 드문드문 그리고 크게 들렸는데 아래층에서 나는 소리겠지 하며 개의치 않고 문을 열었어." 문수가 말을 이었다. "광규와 예린이 실오라기 하나 걸치지 않은 알몸으로 뒤엉켜있더라. 흡사 포르노 영화 한 장면 같았지. 한마디로 경악했어. 민망해서 그냥 문을 쾅 닫고 그곳을 나왔지."

내가 예상하지 못한, 상상조차 할 수 없는 일이 벌어졌다고 그들은 얘기하고 있었다.

"당황한 문수와 내가 발길을 돌려 학교로 가려는 중이었어." 문수의 말에 이어서 재준이가 상황을 설명했다. "마침 광규네로 향하는 은미를 길에서 만났지. 선배님들 어디로 가세요? 어쩌고 하길래 우리가 목격한 장면을 그대로 얘기해야만 했지. 전화로 너에게 말하지 않은 이유는 네가 많이 놀랄 것 같아서 그랬다."

"은미에게 우리가 목격한 장면을 이야기하며 이제 모임을 끝내야 할 것 같다고 말했다." 문수가 말했다. "철수, 네 의견은 물어보나 마나 뻔하잖아? 재준과 나도 그렇고, 어떻게 예린과 광규, 둘을 이해하겠어? 너는 항상 사리 분별이 명확하잖아."

"둘은 앞으로 어쩔 거라고 말하든?" 내가 그들에게 물었다.

"결혼하겠다고 하더라." 재준이 말했다. "그러니까, 철수야. 네가 학교에 안 나올 때 문수와 은미 그리고 내가 만난 적이 있어. 내가 모임을 끝내자고 말하니까 은미가 격렬하게 반대하더라. 이러면 안 된다, 우리가 어떻게 만났는데 하면서 말이다. 그런데 친구, 네 의견도 뻔하고 은미를 제외한 우리 세 사람의 의견이 일치하니 이런 모임은 막을 내리도록 하자."

오후에 학과 전공 수업이 있었고 교실 입구 복도에서 광규가 보였다. 나는 그를 향해 눈길조차 주지 않았다. 늘 그렇듯 예린은 수업에 오지 않았다. 수업이 끝나자 은미의 제안으로 나와 재준, 문수, 은미가 다시 자리를 갖게 되었다. 비 오는 시장통 술집에서 모두 아무렇지도 않은 표정으로 고등어 갈비를 뒤적거렸지만 지나치게 서먹한 분위기였다. 누군가 '포항제철 직원들은 왜 철이 들지 않을까?'라는 농담을 던졌지만, 아무도 웃지 않았다. 분위기는 영성체 때 성당 제대祭臺 앞을 걷는 순간처럼 근엄하기만 했다. 담배 연기와 침묵이 흘렀고, 시곗바늘 소리만이 째깍째깍 공허하게 들려왔다. 어색한 분위기를 깨려고 누군가 계속 술을 권하자 모두 연달아 마실 수밖에 없었다. 뜨거운 국물과 소주를 함께 들이켜니 내장의 뜨거움과 가을비의 차가움이 부딪쳐 흡사 총격전이라도 벌이는 느낌이었다. 시간이 흘러 인당 두 병꼴로 마신 소주가 모자랐는지 누군가 맥주 타령을 했다. 문수가 내 어깨를 '툭'하고 쳤고 나는 은미를 비겨보았다. 감정이 주체가 되지 않는지 그녀 역시 소주를 한 병 이상 마시고 있었다.

구정문 방향의 길목 지하에는 '에트랑제'라는 간판을 단 맥줏집 비슷한 술집이 보였다. 테이블과 좌석이 있다지만, 안줏값이 파격적으로 저렴한 주점으로 소문나있었다. 재준과 문수 두 명이 먼저 계단을 내려가고 나도 그들을 따라 내려가는 중이었는데 은미가 내 팔목을 잡았다.

"선배님, 나하고 얘기 좀 해요."

드디어 올 것이 왔다는 생각과 회피하지 말자는 다짐이 겹쳤다. 내가 가벼이 입을 놀려서 나온 말이고 그래서 후회하지 않을 수밖에 없는 구설□☆ 때문이었다.

"이야기는 들으셨죠?"

"휴…. 한숨이 나네. 둘이 결혼을 하겠다 어쩌겠다 하는 말은 누가 들어도 거짓말이겠지. 게다가 두 사람 모두 문란한 사실을 은미도 알고 있잖아?"

"나는 광규 선배가 그런 부류인지는 몰랐어요."

"설마 저런 짓을 할 줄은 어떻게 알았겠어. 내 잘못도 크지. 녀석을 불러들이다니."

"호호, 선배님." 은미는 억지웃음을 내며 말했다. "예린이도 애가 아니잖아요."

"둘 다 거짓말을 하잖아? 그들은 우리 네 명을 기만하고 있는 거지."

"선배님, 그건 그렇고 단도직입적으로 묻겠어요." 은미는 서로가 돌리고 돌린 대화에서 자신이 말하고 싶은 내용을 곧장 던졌다. "두 선배가 말하던데 철수 선배님은 나와 광규 선배가 그렇고 그런 관계일 수도 있다고 생각했다면서요?"

"그렇게 판단할 수밖에 없었지. 녀석은 너에게 호감이 간다는 말을 여러 번 했으니까. 얘기는 재준, 문수 그리고 나 사이에서 한 추측인데…. 불쾌했다면 진심으로 사과할 테니 받아주었으면 좋겠어."

"알고 있어요. 철수 선배님이 날 걱정해서 한 말 같은데……. 미안해하시니 제가 받아들이죠. 알겠어요." 은미는 항상 냉철했다. 내게 팔짱을 끼며 말했다. "선배님, 이젠 내려가서 술이나 마셔요."

지하 술집으로 내려가니 생맥주를 10,000CC나 시켜놓은 상태였다. 실내는 재준과 문수가 뿜어 올린 담배 연기로 자욱했다. 네 명이 앉은 후 얼마간 조용하다가 술이 계속 들어가자 말들이 많아졌다. 5,000CC를 다시 시켰고 나는 은미가 찢어놓은 쥐포를 씹었다. 그러다가 30분 정도 지나자 누군가가 또다시 5,000CC를 시켰다. 내 옆에 앉은 은미는 계속 침묵을 지키고 있었다. 연기가 그녀 근처에 가지 않도록 손으로 지우면서 나는 조심스럽게 담배를 피웠다. 골초인 예린이와는 달리 은미는 담배를 피우진 않았다. 그렇다고 해서 담배 피우는 남자들에게 면박을 주거나 흡연을 제지하지도 않았다. 여러모로 이해심이 많고 지적이며 상대방에게 배려심이 투철한 처녀였다. 형광등 불빛에 비친 그녀의 머리카락이 비에 젖은 선로線路처럼 빤짝거렸다.

은미는 학과 공부보다는 문학과 이념 문제에서 누구보다 치열한 모습을 보였다. 그런 연유로 나는 그녀를 대할 때마다 후배 여학생이라는 감정보다 무슨 '성녀聖女'를 대하는 마음가짐이었다. 그녀는 내가 오래전부터 그녀를 연모했음을 알기나 하는지, 그녀가 어디엔가 존재한다는 사실만으로 내게 한없는 위안이 되었음을 짐작이나 하는지, 나는 가끔 그런 것들이 궁금해지곤 한다.

2

이후 가을이 깊어져 초겨울이 다가왔다. 부드러운 여명과 함께 찾아오던 차가운 아침들, 정욕과 함께 시작되는 알람 시계의 빨간 숫자가 옆에서 조용히 반짝이고 첫 햇살이 나뭇가지를 비추는 광경이었다.

교실에서, 복도에서, 도서관에서 광규를 마주치곤 했지만 나는 그를 향해 시선조차 두지 않았다. 본 체도 아는 체도 하지 않았다. 그는 죄인 코스프레를 하려는지 나를 발견하면 멀리서부터 고개를 푹 숙이고 지나갔다. 예린과 광규 사이의 관계도 끝난 듯 보였다. 네 명이 짐작한 대로 둘의 행동은 짧은 춘정春情을 못 이긴 동물 간의 무엇이었고 예린은 우리 네 명을 배신하고 아주 멀어지고 말았다.

영어의 'Betray'라는 단어는 참으로 유용한 말이라는 생각이 들었다. 배신한다는 뜻을 가진 해당 말을 아무리 달리 꾸며도 폭로한다는 뜻으로 쓰이곤 하기 때문이다. 그들이 행동으로 자신을 폭로했기에 우리를 배신한 게 아닌가 하는. 누군가는 이론으로 몰입된 이가 말썽을 일으키지 않는다고 말했다. 그들에게는 행동력이 없기 때문이다. 오히려 문제가 되는 것은 이론이 없지만, 저돌적인 행동력을 가진 맹신인지도 몰랐다. 예린은 자신이 시경이 작성한 '운동권 학생 리스트'에서 전체 서열 4위라고 자랑했는데 그 말을 믿는 이는 우리 중 아무도 없었다.

어쨌든 예린은 수업 시간에 얼굴을 비치지 않았고, 총학생회를 뒤에서 움직이는 언더그라운드 조직과 같은 비밀 동아리 모임에 열중한다는 소문이었다. 재준은 제대 복학생 몇 명과 작당하여 김유형 교수와 술자리를 가진 듯했다. 이전에 누군가 행한 것처럼 그도 교수를 '홍콩으로 보냈다'라고 말했다. 원래 논리에 사심이 개입되면 해당 논리는 끝인 법이다. 그는 자신이 운동권임을 자랑스러워했지만, 돈으로 환산되는 가치와 충돌할 때는 별개로 생각했다. 함께 자리한 다른 복학생은 몰라도 그는 그러면 안 되는 자였다. 그에게 장학금은 보장됐고 그와 함께 자리한 이들도 그랬다.

며칠 후, 수업을 받기 위해 강의실로 가는 길이었다.

"어젯밤에 영희가 대주더라."

문수가 나와 재준에게 말했다. 영희는 같은 학과에서 '날라리'로 소문난 여학생으로 예린과 은미보다 한 학번學番 빠른 선배였다. 문수는 두 달 전 연상의 교회 선배와 결혼한 상태였다. '대주더라'라는 말은 섹스했다는 의미일 것이다. 세상에 불평이나 불만을 품으려면 뭔가 희망 사항 같은 동경이 있어야 할 듯했다. 그런 게 전혀 없이 사라져갔다. 세상에는 조금도 새로울 게 없다는 걸 확인하기 위하여 하루하루를 살아가는 느낌이 들었다.

3

학과의 조교 최동준 선생은 나와 나름대로 친분이 있는 사이였다. 고등학교 선배였기 때문이다. 복학 후 둘이서 술자리를 여러 번 가진 적이 있었고 문학에 관한 관심사가 많다는 점에서 통했다. 부드럽고 신사적인 겉모습과는 달리 시국 문제를 함께 얘기할 때, 그는 침묵으로 일관하거나 극도로 보수적인 성향을 드러내기 일쑤였다. 시국 문제로 학과의 문제아問題兒 1호로 거론되는 예린이에게도 그랬다.

"걔 때문에 학과가 얼마나 큰 피해를 보고 있는지 자네는 알지 못한다." 그가 말했다. "그뿐만 아니라 걔네 가계는 유명한 교육자 집안으로 알려져 있는데 딸 하나 때문에 풍비박산 났다고 알려졌지. 이게 도대체 말이 되는 상황인가?"

그는 자유를 추구하고 폭력을 지양하는, 진보적인 견해를 드러내는 나의 발언에는 침묵하고 우려했다.

"자네가 동료 학생은 물론, 학과의 교수들에게 좌파라는 시선을 받는다는 건 좋지 않은 일이야."

소신인지 아니면 또 다른 이유 때문인지는 알 수 없었다. 어느 날 볼 일 때문에 학과 사무실을 들르니 최동준 선생 외에는 아무도 없었다.

"어떻게 생각하나?" 단과대학에 뿌려졌던 예의 성명서를 언급하며 그가 물었다.

"아주 잘 쓴 글이라고 생각하지요."

학생들의 의견을 취합했다곤 하지만 해당 글 속에는 나의 객기가 어느 정도 숨어있었다. 담배를 끝까지 피운 그는 다시 담배 한 개비를 꺼내어 불을 붙였다.

"내가 읽기에는 평범한 학생이 쓴 글은 아니더구나." 확신에 찬 표정으로 그가 말했다. "운동권 핵심 분자가 쓴 글이 분명해."

그날 나는 너무 솔직했는지 모르겠다. 내가 초안을 잡았으며 마무리했다고 고백하고야 말았다. 이후 그럴 수밖에 없었던, 저간의 사정을 구구절절 설명했다. 내용의 요점만 전하려 했는데 계속된 그의 질문에 대답하다 보니 불필요한 얘기까지 추가하게 되었다. 성명서를 위한 모임을 만들자고 학생들이 의견을 모을 때 교실의 격앙된 분위기를 설명하면서였다. 여학생 누군가 성명서와는 별도로 자신이 단독으로 오 교수에게 '협박 전화를 하겠다'라고 소신을 밝힌 순간을 전했다. 갑자기 그가 불같이 화를 내기 시작했다.

"협박 전화를 하겠다니? 교수가 다소 과했다 하더라도 배우는 학생이 그럴 수가 있나? 걔가 도대체 누구야?"

화기애애하게 진행되던 대화는 갑자기 냉랭해지고 말았다. 어떤 사람에게는 있는 그대로의 사실을 입 밖에 내는 일에 굉장히 용기가 필요하다는 사실이 다른 사람에게는 아무 일도 아닌 것처럼 무시되곤 했다.

"… …."

"걔가 누군지 내게 알려줄 수 없겠나?"

내가 머뭇거리자 그가 계속해서 채근하며 물었다. 대답하면 일경日警에게 독립군의 소재를 알려준 앞잡이와 같은 존재가 되겠다는 생각이 들기 시작했다.

"안 됩니다. 이름을 말하면 해당 여학생에게 치명적인 결과를 초래하지 않겠습니까?"

"내 인격을 믿지 못하느냐? 단지 그런 말을 했다는 학생이 누군지 알고 싶을 뿐이다. 약속하지."

"… …."

"내가 이렇게까지 부탁하는데도 안 되겠냐?"

"죄송합니다. 어떤 방식이든지 그 여학생을 보호하고 싶습니다."

내가 계속 침묵하자 그는 거의 부탁 조로 말했다. 냉정한 표정으로 내가 대답을 거부하자, 그는 실망을 금치 못한 눈초리를 내게 던지고 있었다. 그날 격앙된 분위기 속에서 오 교수에게 협박 전화하겠다고 말한 이는 은미였다. 일 년 내내 말 못 하고 바라보기만 했던, 그녀를 향한 나의 마음은 행여 그녀에게 불이익이 생길까를 우려하고 있었다.

*

두 달이 지났다. 3학년이 끝나고 겨울방학이 시작되는 날이었다. 우연히 들른 학과 사무실에는 최동준 선배가 뭔가를 정리하고 있었다. 대학원 석사 과정을 이미 마친 그는 일 년 동안의 학과 조교 생활을 뒤로하고 박사 과정을 공부하기 위해 국가 장학생 자격으로 일본으로 떠나게 되었다고 말했다. 한 시간 이상 난상토론과 같은 수많은 얘기를 나누다 보니 또 예린이가 주제에 올랐다.

"소문을 들어보니 여학생, 특히 운동권 여학생들의 정조 관념이 문제더구나." 그가 물었다. "예린이, 걔는 특히 우리 학과 학생 중에서 말썽을 많이 피우는 애가 아니냐? 자네는 어떻게 생각하나?"

운동권이면 알만한 사람은 죄다 알고 있었다. 표현만 하지 않을 뿐이었다. 재빨리 화제의 초점을 옮겨야겠다고 생각한 것이 화근이 되고 말았다.

"과연 그런 부류가 있을까요? 피치 못할 사정 때문에 오해를 받을 수도 있지 않을까요? 예를 들어 밤샘 스터디를 한다든지……. 그게 사실과 다르게 문란함으로 소문났겠지요. 나도 예린이와 함께 밤을 보낸 적이 있거든요."

말을 끝낼 때까지 나는, 내가 한 말이 어디서 어떻게 잘못되었는지를 파악하지 못하고 있었다. 갑자기 노기怒氣에 가득 찬 고함이 들리기 시작했다.

"아니, 어떻게 그런 일이 있을 수 있어!"

나는 뭔가 잘못 받아들여지고 있다는 것을 파악했고 혼란 속에서 합당함을 설명하려 했다.

"선배님이 생각하는 그런 뜻이 아닙니다. 말뜻은….."

"됐어! 더는 들을 필요도 없어!"

궁지에 몰린 나는 무슨 말이라도 꺼내어 위기를 모면해야겠다는 생각밖에 할 수 없었다. 그래도 그렇지, 왜 그렇게까지 불필요한 말을 했는지 모르겠다.

"실은 예린이와 저는 결혼하기로 한 사이입니다."

말이 끝나자마자 그의 얼굴에는 놀라운 표정이 돌았다. 그는 직접 예린이를 만나 확인하겠다고 했지만 나는 그럴 필요가 없다고 잘라 말했다. 그때부터 줄기차게 나를 괴롭힌 것은 기만이었다. 내 논리는 철자가 틀린 부분과 오타는 말할 것도 없고 온통 불합리한 변명과 그릇된 합리화의 산물일 뿐이었다. 말을 뱉은 순간에는 안도감이 넘쳤지만, 다시 생각하니 유치하기 짝이 없는 자기방어일 뿐이었다.

창문마다 하나둘씩 불이 켜졌고, 길가 선술집은 사람들로 차기 시작했으며, 골목에서 늦게까지 노는 아이들은 집으로 뛰어갔다. 모두에게 역할이 주어진, 대단한 연극의 막이 오르는 저녁이었다.

*

돌이켜보면, 그때 내가 마음속에서 공들여 만들어낸 자기 확신은 아마도 실제로 있었던 일보다 훨씬 비도덕적이었을 것이다. 나를 신뢰하는 이에게 거짓말을 했다는 사실 하나만으로 커다란 죄책감에 빠져들었다.

6월 항쟁 이후, 학내 민주화를 요구하는 학생들의 시위로 교내는 조용한 날이 없었다.

"학우 여러분. 총장 저 개새끼를 내 손으로 직접 때려죽이고야 말겠소!"

아무리 세상 대부분에 포괄적이고 진보적인 척해도 뇌관을 건드리며 스스로 흙을 퍼서 얼굴에 끼얹는 부류들이 많았다. 내가 졸업한 고등학교의 직속 후배인 대학교 총학생회장이 몇백 명의 학생이 모인 집회에서 해서는 안 되는 언행을 되풀이했다. 총장이 자신과의 합의를 이행하지 않았다며 마이크에 대고 차마 듣기 민망한 쌍욕을 퍼붓기 시작했다. 목적이 정당하다면 수단은 아무래도 괜찮은 것일까? 학내 민주화를 위해서라면 죽는 게 무섭지 않다고 그가 내 앞에서 떠들던 일들이 모래알 같은 연민으로 다가와서 씁쓸하게 입 안에 고였다. 집단에 있어서 개인이란 존재는 전체를 위한 하나의 부품에 지나지 않는다는 점은 분명했다. 그 집단 속에서 누구든 독립된 세계를 지켜서는 안 됐다. 생각의 자유, 더군다나 집단이 추구하는 내용과 다른 신념을 떠벌리는 행위는 위험천만한 일이었다.

나 자신이 운동권이었다는 사실이 부끄러웠다. 용기, 침착성, 자신감, 감정의 원칙이라든가, 크고 사소한 모든 생각은 개인이 아니라 집단의 영역에 속하는 부분이었다. 그리고 집단은 제도와 방향이 지닌 거역할 수 없는 힘이라든가, 조직과 여론의 힘을 맹목적으로 신임하고 있었다. 그들은 그들만의 확고한 집단의식과 도덕적 우월감에 취해 있었다. '우리는 민주화를 추구하는 존재이므로, 확고한 목표를 갖고 있으므로, 수단이야 어째도 괜찮다'라고 하는.

어느 순간부턴가 내가 가진 신념에 금이 가기 시작했다. 사상이란 무엇인가? 정과 부정을 가려내는 가치관이 아닌가. 선과 악을 판별하는 판단력이 아닌가. 그러나 자연의 작용에는 정·부정이 있고 선과 악이 있지 않은가. 사람은 자연의 일부가 아닌가. 자연의 일부인 사람은 자연 그대로 살면 될 것 아닌가. 사상이란 자연 속에서 벗어져 나오려는 노력이 아닌가. 그렇다면 사상이란 인간을 부자연스레, 그러니까 불행하게 만드는 작용 이상도 이하도 아닌 무엇이 아닌가.

어린 시절, 동네 앞에 아이들과 뛰어놀았던 철길이 있었다. 레일은 녹이 슬어 붉은색이었고, 침목 옆 도상道床의 자갈 더미에는 잡초가 무성했다. 그곳을 1km 정도 따라가면 철길은 10m 아래 하천이 흐르는 오래된 나무다리 위로 이어졌다. 아찔한 철교鐵橋 위를 건널 때마다 발을 디디는 곳을 보지 않았던 우리의 대책 없음에, 우리의 눈먼 행동에 아직도 몸이 떨려온다.

4

그해 가을, 가망이 없는 줄 알면서도 나는 유명 대기업의 그룹 공개채용 시험에 응시했다. 같은 날 신문기자 시험에 응시한 친구는 유명 방송사나 조·동·중은 출신학교를 따지지 않지만, 경제지나 마이너 신문사들이 유독 출신 대학을 많이 따지고 지방대학교를 홀대한다고 내게 푸념했다. 우리 학교는 5대 명문대학에서 바야흐로 평범한 대학으로 변모하고 있었다. 최종 면접을 본 후 공개채용 시험이란 떨어뜨리는 과정이라 생각했는데 의외로 나는 합격했다. 장래에 관한 나의 희망은 기업에 가서 월급을 받는 데 있지 않았다. 무언가 세상에 도움이 되는 일, 글을 써서 세상을 바르게 하는 일, 가지지 못한 이를 위해 온몸을 바치는 삶, 정의를 실현하는 일 등으로 생각했으나 모두가 뜬구름 잡듯 추상적일 뿐이었다. 성인으로서 책임 있게 살아가는 일은 취직을 해서 안정적인 생활을 영위하는 것이 분명했다.

11월 말, 석 달간의 신입사원 입문 교육을 받기 위해 서울로 떠났다. 몇 달 동안 직장인이 되기 위한 갖가지 교육을 받은 후 직장 배치를 받아 현업에 투입되었다. 나는 학생티를 털어내고 직장인 비슷한 무엇이 되어 졸업식 참가를 위해 1박 2일 휴가를 얻어 귀향했다.

졸업식 날, 다른 급우들과는 가볍게 악수하며 덕담하는 정도로 인사하고 헤어졌다. 졸업식 때 남학생은 양복 정장에 가운을 입었고 여학생은 한복 위에다 졸업가운을 입는 게 관례였다. 은미는 한복이 아닌 검은색 정장 재킷과 바지 차림 위에다 가운을 입은 차림새였다. 은미는 멀리서 나를 발견하자 활짝 핀 봄꽃 같은 얼굴로 나를 향해 인사했다. 나도 반갑게 눈인사했으나 별도의 대화를 나눌 수는 없었다.

굳이 말을 주고받지 않아도 서로의 존재만 확인할 수 있다면 그 사람의 인생은 큰 대가代價 없어도 행복하리라 생각하던 시절이었다. 그런데도 인제 은미와 만날 수 없다는 생각이 드니 비감하기 짝이 없었다. 반면, 모두가 오지 않으리라 예상한 예린이는 졸업 가운을 입고 졸업식장 이리저리 떠들고 다니더니 내게 다가와서 말했다.

"형! 나, 이뻐?"

*

직장생활은 정글 자체였고 그곳에서 나는 살아남기 위해서 무슨 짓이든 해야만 한다는 사실을 깨닫곤 했다. 회사의 간부들은 마른 수건을 쥐어짜듯 업무 목표를 강조하며 나를 짓눌렀다. 실현 불가능한 무엇을 추구할 때 방식이 허용될 것이든 아니든 거기서 광기를 보곤 했다. 소위 S.K.Y라는 명문대나 R.O.T.C 출신이 아니면 조직이라는 정글의 먹잇감이 되고 만다는 걸 본능적으로 알게 되었다. 나 자신은 넥타이를 매고 양복만 입었다 뿐이지 18세기 산업혁명 시대 영국의 피곤한 노동자와 다르지 않았다. 그때나 지금이나 생산수단을 독점한 자본가는 임금 형태로 생계에 필요한 최저한 이하로 지불하고 나머지 부지불 노동이 창출해낸 잉여가치를 배타적으로 소유하는 관계를 강제적으로 지속함으로써 자본 축적을 이어 나갔다.

그런 점에서 폭력이야말로 가진 자가 나머지 인간에게 생산하는 힘의 최고 발현인 듯 보였다. 육체적인 힘만이 아니라 정신적인 힘까지도 포함해서. 다른 사고방식을 가진 사람에 대하여 그들은 바로 정신적인 폭력을 사용함으로써 잘못을 깨닫게 했다. 그들은 대상이 반드시 자신과 똑같은 사고방식을 갖게 되리라 믿었다.

나 자신을 견디게 하는 힘이 무엇인지 알고 싶어졌다. 산다는 건 불행이든 고통이든 무언가에 익숙해진다는 사실을 깨닫게 되었다. 우리가 금과옥조로 믿고 있는 교훈이나 도덕률도 자기 삶으로 검증되지 못한다는 점에서는 선입견과 비슷했다. 새벽에 일어나 늦은 밤에 퇴근하는 일은 변함없는 일과였다. 휴일도 일해야 했다. 학생 시절, 좌와 우라는 측면에서 서로 신념은 달랐지만 내 의견을 줄곧 경청해준 최동준 선배가 힘들 때마다 생각났다.

직장생활 2년 차에 접어든 어느 날이었다. 무엇인가를 정리해야 한다고 판단한 나는 과거 그가 살던 아파트와 전화번호를 생각해 내었다. 늦은 저녁, 사립대학의 교수가 된 그는 동네를 산책하는 운동복 차림으로 집을 나와 나를 만났다. 조용한 술집을 찾을 수 없어 '그렇고 그런' 선술집에 들어가게 되었다. 술집 주인에게 아가씨는 필요 없다고 그와 내가 동시에 말했다. 그가 1년 만에 교토에 소재한 어느 대학에서 박사학위를 받았다는 내용과 나의 직장생활에 관한 소재로 얘기를 나누게 되었다. 일곱 병째 맥주를 마실 때 그가 내게 '결혼했느냐'고 물었고 나는 '그렇다'라고 대답했다.

"그럼 예린이랑 결혼했겠구나?"

"아니요, 중매를 통해 결혼했습니다."

질문을 예상했다는 듯 내가 대답했다.

"왜? 무슨 일이 있었길래?" 동공이 커진 그가 놀란 표정으로 물었다. "예린이와는 어떻게 해서 헤어지게 되었나?"

"예린이가 광규와 그런 짓을 한 사실이 알려지면 여자로서 매장될 가능성이 있었지요. 제가 덮어쓰면 예의 여전사女戰士를 보호할 수 있겠다고 판단했습니다. 예린이와 결혼할 사이라고 말한 것은 구차한 기지機智였고 말실수를 순간적으로 모면하기 위한 비겁한 속임수였어요." 내가 말을 계속했다. "각설하고, 제가 할 수 있는 최대한의 사과를 드리겠습니다."

"그래, 그랬구나. 어쨌든, 그때 자네가 판단한 게 최선이었다면 그로써 된 게 아니겠나. 무슨 말인지 잘 알겠다."

얘기를 듣는 내내 그는 의외로 담담한 표정이었으며, 중간에 개입함 없이 충분히 경청해주었다. 그는 말을 극도로 아꼈으며 서로 몇 잔을 더 주고받다 헤어졌다. 분위기는 극도로 차가워져 있었다. '감히 네가 나를 속여'라는, 배신감 때문이라고 나는 생각했다.

*

직장생활 3년 차, 직속 상사는 알코올 중독자였다. 매일 그는 퇴근 때마다 술자리를 원했다. 요구를 거부하면, 다음날에 업무를 빌미로 괴롭혔다. 근무 시간이 끝나도 업무의 연장선상인 양, 낮에 일어난 일을 지적하며 면박을 주었다. 일주일 중 단 하루도 술을 원하지 않는 날이란 없었다.

그날도 고문과 같은, 3차까지의 술을 마시고 귀가하는 길이었다. 전철에서 내려 버스를 타기 위해 환승 정류장을 향했다. 취하긴 했으나 몇 푼의 월급 때문에 젊은 시절을 이렇게 허송해도 되는가 하는 생각에 자신이 한심스러워졌다. 비참한 생각이 드니 혐오감이 들 정도로 싫어진 술을 더 마시고 싶어졌다. 환승 버스 정류장의 뒤편은 식당과 주점이 밀집된 거리였다.

자주 지나친 일식집 거리가 눈에 들어오고 꽤 거나하게 취한 일행이 일식 당에서 나오는 모습이 보였다. 아주 우아하지만, 다리를 저는 장애인 여성 한 명이 눈에 띄었는데 해당 일식집을 나오는 일행 중 한 명이었다. 취중에 자제력을 잃고 잠시 그들을 유심히 쳐다보는 순간, 누군가가 내 어깨를 '탁' 하고 쳤다. 깜짝 놀라서 뒤를 돌아보니 최동준 선배, 그였다.

그는 일식집에서 일행과 회식을 마치고 나오는 중인 듯했다. 뭔가 반가워하면서도 어색하고 피곤한 웃음을 지었다. 그를 알아본 나는 그에게 인사를 했고 그는 내게 말없이 악수를 청한 후 사라졌다.

세월이 또 흘렀다.

25년, 강산이 두어 번 바뀌고도 남을 만큼의 세월이 흘렀다. 삶은 알 수 없는 걸음마다 자신의 흔적을 늘어뜨렸다. 어느 날 모 잡지사 편집장에게서 내가 인터넷에서 쓴 소설을 지면紙面에 연재하고 싶다는 연락이 왔다. 이후 해당 잡지에 연재를 계속했다. 그것과는 별개로 인터넷에서 발표한 소설에다 앞뒤로 살을 더하고 약간 수정을 가하여 장편소설 단행본을 출간하게 되었다. 오래전 한국을 떠나 일본에서 교수 생활을 하는 최동준 선배의 주소를 알아낸 나는 책에 편지를 동봉하여 국제소포를 보냈다. 한 달 후 그가 보낸 이메일이 도착했다. 책을 잘 받았다는 인사말을 서두로 세월이 흐른 느낌과 책을 읽은 소감 등이 적혀있었다.

여러 차례 이메일E-mail을 주고받은 끝에 그해 12월 말, 그와 30년 만에 재회하게 되었다. 갓 육십을 넘긴 나이. 눈가에 약간의 주름살과 흰머리만 보인다 뿐이지 그는 여전히 청년 시절의 모습을 간직하고 있었다. 그는 약속한 장소에 먼저 와서 기다리고 있었다. 바다가 보이는 식당 앞뜰을 지나 건물 입구의 자동 출입문이 열리자 나는 그를 발견하고 다가가 머리를 깊게 숙여 인사했다.

술잔이 몇 순배 돌자 학교 졸업 후 일어난 인생의 중요한 몇 장면을 서로 얘기했고 화기애애한 분위기가 이어져갔다. 그러나 마냥 편하지만은 않아서 조심스러운 자리이기도 했다. 그는 내가 우려하던 대로 그 사건을 꺼내고 있었다.

"그 녀석. 마산 출신 그놈 이름이 뭐였나?"

"누구 말입니까?" 애써 모르는 체하며 내가 대답했다.

"그놈 말이야, 여전사 예린이에게 나쁜 짓을 했던."

"아직도 기억하시는군요?"

"… …."

"그일 이후는 물론이고 대학 졸업 후에도 그를 만나지 않았지요. 만날 이유도 없었고요." 대답하면서 나는 갑자기 우울한 기분이 들었다. "가치관이란 시대와 상황에 따라 바뀌는 무엇이겠지요. 그때 내가 누군가를 기망한 사실은 틀림없습니다만 다른 방법을 선택하지 못할 정도로 폭력적인 분위기였다는 사실도 분명합니다. 본인은 긴가민가하시겠지만."

"… …."

그의 장점은 상대방의 얘기를 항상, 그리고 충분하게 경청한다는 점이었다. "이렇게 나이가 들어 반추해보니 예린이에게도 문제가 많았지요. 그때는 무조건 보호해줘야 할 대상이라고 생각했는데…." 이제는 쉬쉬하던 것들을 말하고 싶었다. "그 사건 이후 알게 되었지요. 헤프다는 표현을 써야겠지요. 걔는 동료, 선·후배 관계없이 잘 대어준다고…."

그가 생각하는 여전사는 애초부터 없었는지 몰랐다. 어차피 인간은 자신이 보고 싶은 시야에 갇혀서 세상을 바라보는 거니깐. 우리의 회상과 야단법석과 진중함은 과거를 향하는 검시 보고서檢屍報告書였던 셈이다. 밤은 부드럽고 관대하게 펼쳐져 있었다.

*

복학 절차를 밟기 위해 학교에 갔던 기억이 되살아났다. 그때 나는 스물다섯 살이었고 강제로 징집된 군대를 제대한 지 넉 달이 채 안 되었을 때였다. 죽거나 다치지 말고 건강한 몸으로 다시 만나자고 약속했던 친구를 캠퍼스 언덕 위 약학대학 근처에서 만났다. 회색 벽돌 건물 안 복도에서 자판기 커피를 함께 마셨던 순간이 기억났다. 해당 건물이 음악대학이었을까. 블라인드 사이로 가늘게 배어 들어오던 2월의 오후 햇살과 의자 위나 바닥에 떨어진 악보들, 축축하게 반복되었던 드보르자크의 아다지오 음계, 머리가 멍해지도록 길방했던 사유, 그서, 또는 그에게, 또는 뭐라고 말해도 상관없었던, 물가에 심어둔 새싹 오른 버드나무처럼 흔들리지 말자고 다짐했던. 아아, 그날 창밖의 봄빛은 너무도 따사로웠다.

그와 나 사이의 대화가 계속 이어져 갔다. 그는 조용히 내 얘기를 경청했고 나 또한 그랬다. 그러다 예상치 못한 내용 때문에 나는 귀를 의심해야만 했다.

"나는 일본의 대학에서 영국의 수정사회주의 경제 체제를 주제로 한 논문으로 박사학위를 받았다네. 한국에 돌아와 교수가 된 후에는 학문적 소신을 위해 기득권 보수 세력과 학술지 등에서 논쟁을 계속했고 그들과 싸웠지. 그러다 어느 순간 한국에서 사회주의적 신념을 이루기란 불가능하다는 사실을 깨달았어." 그가 말을 이어갔다. "학자로서 신념을 펼치기 어려울 때 일본의 대학에서 교수직을 제의받았어. 건너가기 전에는 민주화를 촉구하는 교수 단체에서 간부를 맡았지. 실천하지 않는 양심이란 악의 편이잖아. 현재 대통령은 그때 재야인사 아무개 변호사였다네. 나는 그분 사저에도 초대받곤 했고."

그는 내가 예상치 못한 얘기를 전개하고 있었다. 나는 지난 시절의 투사가 아니었다.

"… …."

"내가 한국에서 모교의 조교로 근무할 때, 그러니까 자네가 학부생이었을 때, 수배 중인 박용호를 우리 집에다 숨겨주기도 했지."

"선배님도 나를 속였군요." 모든 사실을 알아버린 순간, 술집의 공기가 차갑게 다가왔다. "그러니까 나름의 방식으로 나를 기망한……."

"굳이 말하자면 속였다기보다는 자네에게 말하지 않았을 뿐이지."

얘기를 듣다 나는 갑자기 귀가 멍해지는 느낌이었다. 그가 자신의 정체를 밝히지 않은 탓에 나는 그를 속였고, 30년이라는 기나긴 시간을 죄의식 속에서 살아야 했기 때문이다.

 나는 이제 시가 싫다. 사상가나 예술가가 힘을 가져야 한다고 믿는 일군의 무정부주의적 성향에도 관심이 없다. 나는 목적을 위해서라면 수단이야 어째도 좋다는 식이 아닌, 평범한, 지극히 선량한 평화주의자가 좋다. 다단계 판매자처럼 세상의 여러 단계를 거치는 동안 나에게는 옛날의 험한 시절을 극복해내려는 향수가 생겼다. 과거를 그리워하는 모더니즘인지, 새로운 전통주의인지, 이도 저도 아닌 망상에 불과한지도 모르겠다. 늦은 밤, 술자리가 파하자 그에게 인사하고 문을 나서며 속으로 중얼거렸다.
 '누구의 잘못도 아니다. 그때 누구도 잘못하지 않았다. 우리의 삶은 실상 이런 것이 아닐까. 우리의 삶과 우리의 사랑, 이념 그리고 우리의 노래는, 실체는 공중을 맴도는 허상의 그림일지도 모른다….'

아니다 그렇지 않다

"같이 있는 애가 지난주에 죽었어."
호진이 수잔에게 말했다.
"갑자기. 멀쩡했는데."
유이치는 정수기 물을 받아 어항에 넣어주었다.
금붕어는 이제 환한 햇빛 속에 조용히 움직이고 있다.
"얘들은 혼자서는 살지 못할 것 같아."

‡‡‡

희망은 모든 악 중에서 가장 나쁜 것이다. 인간의 고통을 연장하기 때문이다.
– 프리드리히 니체

  태평양 바다의 끝자락에 자리 잡은 한국 제2의 도시, 해변 뒤쪽에 자리한 게스트하우스의 건물 내부는 어둡다. 큰길은 죄다 바다를 향하고 있고 도시는 텅 빈 듯 조용하다. 효진李曉珍은 자고 있다. 그녀의 몸은 흐트러진 시트에 감겨 있어서 조용히 잠자는 모습이 숨도 쉬지 않는 듯하다.
  침대 맞은편에는 장식장이 있다. 위에 놓인 원형 어항에는 빨간색과 흰색이 혼합된 금붕어 한 마리가 움직인다. 어항 속에서 여느 바닷가에서 주워 온 조개껍데기와 울퉁불퉁하게 생긴 바닷가 돌 몇 개가 모여 있다. 장식장은 깨끗한 색상의 벽면 옆에 자리 잡고 있으며 근처 탁자 위 화병에는 꽃이, 그릇에는 연둣빛 포도와 노란 오렌지가 담겨있다. 금붕어는 어항의 끝에서 다른 끝까지 규칙적으로 왔다 가기를 반복한다.

유이치本多雄一도 자고 있다. 잠자는 그의 우뚝한 코가 외항선의 구상선수球狀船首14)를 연상시킨다. 영국인의 피를 물려받은 모계의 영향으로 그의 코는 어머니 코의 복제품 같아서 보기에 따라서 얼굴에 붙은 이상한 장식 같다. 게다가 그의 치아는 일본인 부계를 상징하듯 삐뚤삐뚤해서 정돈된 느낌을 주지 않는다.

벽의 동쪽으로 난 창문에는 동백섬 맞은편 100층 빌딩군과 달맞이 언덕의 하늘을 막고 초고층으로 우뚝 선 빌딩 세 개의 기이한 모습이 기다란 해변과 불편한 조화를 이룬다. 철근과 유리로 세워진 고층빌딩 여러 개의 긴 그림자가 검은 데생처럼 번져 보인다. 마치 거대한 괴물이 바다를 향해 걷는 듯한 환상을 일으킨다. 햇살은 없다. 하얀 정적뿐이다. 일요일 아침이다. 한국 여름의 이른 아침. 옅은 안개가 도시를 둘러싼 금련산과 장산, 수평선 건너 수정산을 덮고 있다.

*

잠에서 깬 효진은 샤워를 하고 나서 테라스로 나왔다. 수건을 몸에 두르고 있다지만 아직 물기가 피부에 남아 빤짝인다.

"날이 흐리네. 습기가 많아." 그녀가 말했다. "이런 날은 물이 차겠지? 바다에 들어가거나 해변으로 가기에는 별로인 날씨야."

유이치는 하늘을 쳐다보았다. "이곳 해변은 언제나 인파가 붐벼. 날씨는 금방 갤 거야."

아침인 것을 강조나 하듯 스피커에서 김광민의 곡이 흘러나왔다. 굿바이 어게인Good bye again. 유이치는 낯선 도시의 이국적인 경치에 푹 빠져 깊은 애착을 느끼곤 했다. 잠시 후 그는 어항을 창문 옆 공간으로 옮겼다.

---

14) 구상선수(球狀船首, Bulbous bow)는 선수(bow)의 종류 중 하나로, 배의 수면 아래에 혹 모양의 돌기를 만들어 붙인 앞머리다. 선박의 조파저항을 감소시키기 위해 원형 또는 타원형으로 설계되었다.

유이치와 효진이 한 달 전 임대한 게스트하우스는 광안대로의 뒤편 외진 곳에 있다. 그리고 효진의 본가는 도시 중앙에 자리 잡은 백양산의 선암사라는 사찰 아래의 동네이다. 한국전쟁 때 피난민의 집합지였지만 아파트 단지로 변모한 곳이다. 본가는 해당 동네의 아파트가 아닌, 재래식 주택이 빽빽한, 오래된 동네이다. 그곳의 아파트 단지는 번지르르하고 깨끗하지만, 그 외의 주택 지역은 노동자와 노인이 거주하는 동네로. 쓰레기 냄새와 화장실 냄새가 풍기는, 낡은 기억 같은 마을이다. 유이치는 효진과 결혼을 합의한 후 그녀의 아버지에게 인사하기 위해 그곳을 방문한 적이 있었다. 한국이 고속 발전을 했다지만 효진의 아빠가 사는 골목은 마닐라 외곽의 빈민촌을 연상시켰다.

한국에서 고등학교를 졸업한 효진은 교토로 유학 가서 대학을 졸업했다. 효진은 가끔 생각해보곤 했다. 연 수입의 절반에 육박하는 등록금을 부담하면서까지 자신을 일본에 유학 보내면서 아빠는 딸이 어떤 방식의 삶을 살아가기를 바랐을까. 한국인도 일본인도 아닌, 말하자면 코즈모폴리턴 같은 존재가 되기를 갈망했는지도 몰랐다. 같은 대학에서 만난 한국 유학생과 사귀었으나 남자 측 부모의 반대로 헤어지고 말았다. 효진 부모의 이혼을 문제 삼았기 때문이다. 그러다 그곳 IT 회사에 취직한 후 거래처를 방문하다 만난 남자가 유이치였다. 그는 아버지의 친구분들, 농담을 주고받기가 쉬운 나이 많은 남자들이 젊고 매력적인 여자를 앞에 두고 부끄러워하지 않는 모습과 같은, 부담 없는 남자들과 함께 할 때 느끼는 따스함을 주는 남자였다. 도쿄에서 동거를 시작한 둘은 한국에서 여름휴가를 보내기 위해 게스트하우스를 빌려 머물고 있다. 유이치는 해당 장소가 만족스러운데 가로수가 우거져 시원한 대로大路와 깨끗한 식당 그리고 긴 저녁 시간이 마음에 들었다. 그는 그녀와 함께하는 느긋한 생활에 깊이 빠져있다.
베이지색 스웨터를 입은 효진이 테라스로 나왔다.

"커피 마실 거야?" 그녀가 말했다. "내려가서 사 올까?"

"응." 그는 잠시 생각하다 말했다.

"어떤 커피로?"

"한국인이 좋아하는 아이스아메리카노."

"얼음 넣은 블랙 말이네?"

건물 엘리베이터는 느릿느릿 올라왔다. 엘리베이터에서 그녀는 거울 속에 비친 자기 모습을 보았다. 내가 아닌 타인이 전개하는 삶의 형태는 항상 변하기 때문에 그녀의 삶에서 순수한 지성은 그다지 중요하지 않았다. 아빠가 결코 이해하지 못할 인생관이었다. 아빠는 습관처럼 말했다. '지성이 없는 기회주의자들의 싸움에 나는 별 관심이 없어. 그냥 원칙이 승리하기를 바랄 뿐이야.' 아빠를 제외한, 그녀 주변 인물들에게는 그런 게 없었다. 즐기며 노는 데만 관심이 많았다.

10시 30분에 전화벨이 울렸다. 그녀가 소파에 누워 전화를 받으며 일본어로 얘기했다.

"누구야?" 통화가 끝났을 때 유이치가 물었다.

"유이치, 얼마 전에 얘기한 해변에 가고 싶어? 서너 시간 걸리는데?"

"응. 가고 싶어."

"수잔susan boogaerts이 한 시간 뒤에 오겠대."

유이치는 여러 차례 들어서 수잔이라는 여자를 알고 있다. 효진의 이종사촌 남동생과 약혼한 네덜란드 여자다. 백색 인종의 유럽 여자라니 호기심이 생겼다. 게다가 그녀는 차를 갖고 올 예정이라고 말했다.

아파트 아래의 도로에는 때 이른 차량 정체가 일어났다. 햇살이 잠시 비추다 사라졌고 다시 비췄다. 창밖 멀리 보이는 커다란 해상대교의 첨탑 네 개가 구름이 만든 그늘과 햇살의 눈 부심 사이를 오고 가는 모습이 보였다. 광안대교 사이사이에 햇살이 비출 때마다 높이 뜬 구름이 흘러갔다.

아홉 시에 수잔이 웃음 띤 얼굴로 도착했다. 히프에 착 달라붙는 낙타색 치

116

마에 코발트 색 블라우스를 입었는데 맨 위 단추는 채우지 않았다. 여자는 훤칠한 키에 약간 살집이 있는 편이어서 몸에 붙은 짧은 치마가 부담스러워 보였다. 자기 나라에 살 때는 사귀는 남자에게 쉽게 몸을 주곤 했으나 대개는 예측할 수 없었다. 효진이 두 사람을 소개했다.

"어젯밤에 왜 전화 안 했어Why didn't you call me last night?" 수잔이 이번에는 영어로 물었다.

"전화하려 했는데 시간이 너무 늦어버렸어. 우리는 밤 11시에야 저녁을 먹었거든." 효진이 설명하듯 한국어로 대답했다. "틀림없이 네가 외출했으리라고 생각했어."

"아니. 집에 있었지. 밤새도록 약혼자의 전화를 기다리고 있었어."

그녀는 일본에서 구매한, 그림이 그려진 쥘부채를 흔들어 얼굴을 향해 바람을 일으켰다.

"이 나라 남자들은 형편없는 자식들이야." 수잔은 유이치가 듣도록 목소리를 높였다. "약혼자가 6시에 내게 전화하기로 되어있었거든. 그런데 10시가 되어서야 전화한 거야. 얘기할 시간도 없었어. 잠시 후에 다시 전화하겠다고 떠들더라고. 그렇지만 전화는 없었어. 결국, 나는 잠이 들고 말았지."

효진은 잔주름이 촘촘한 연회색 통치마에 하얀색 상의를 입었다. 그녀는 거울을 통해 자신의 뒷모습을 보았다. 소데나시袖無し. 팔이 드러난 소매 없는 옷이었다.

"남자들은 어떻게 처신해야 하는지를 몰라. 그게 문제야. 아무 생각도 없어. 내 약혼자는 야구장과 클럽에 자주 가지만, 그것 말고는 아는 게 없어."

수잔이 거실에서 그들을 향해 떠들기 시작했다.

"여자와 함께 잠자리에 든 기억이 있다면 이후에 잘 처신해야 하는 거야. 서로 예의 바르게 대해야 한다고. 하지만 이곳에선 그러지 않아요. "

그녀는 키가 훤칠한 데다 동양인보다 히프가 컸다. 게다가 머리는 금발이고 눈동자는 회색이며 눈자위는 하얬다. 이도 하얬다. 유이치가 이런 여자와 산다면 어떤 기분일까, 효진은 생각했다.

"효신!"

유이치가 부르자 효진이 머리를 빗으며 나왔다.

"내가 남자를 깜짝 놀라게 해줬어." 수잔이 말했다. "어떻게 한 줄 알아? 새벽 5시에 전화를 했어요. 내가 말했지. 왜 전화를 안 했어? 그이가 모르겠어, 라고 한 다음 나는 그이가 잠자다 깼다는 사실을 알았지. 지금 몇 시야, 하고 물었지. 5시. 내가 말했어. 나한테 화나지? 그러자 그이가 조금, 하고 말했어. 잘됐네, 나도 당신한테 화가 나 있으니까. 이렇게 하고 싶은 말만 하고 나서 내가 전화를 탁 끊었지."

효진이 테라스 문을 닫고 어항을 거실 안으로 들고 왔다.

"날씨가 더워." 유이치가 금붕어를 들여다보며 말했다. "거기 놔두지, 왜? 햇볕이 필요하잖아."

처음 이곳에 왔을 때 효진은 근처의 공원을 산책하다 길가에 버려진 물고기를 발견한 적이 있었다. 물고기는 숨이 끊어지지 않은 채 꿈틀거리고 있었다. 효진은 해변의 모래를 파서 물고기를 묻어 주었다.

"어디가 안 좋아 보여." 효진이 어항을 보며 안쓰러운 표정으로 말했다.

"아무 이상 없는데?"

"원래는 두 마리였지. 같이 살던 애가 지난주에 죽었어." 효진이 수잔에게 말했다. "갑자기. 멀쩡했는데."

유이치는 정수기의 물을 받아 어항에 넣어주었다. 금붕어는 다시금 환한 햇빛 속에 조용히 움직이고 있었다.

"인간이 어떤 방식으로든…. 다른 생명을 소유해야만 할까?" 그녀가 말을 이었다. "애들은 혼자서는 살지 못할 것 같아."

"괜찮아." 유이치가 그녀를 안심시켰다. "보면 알잖아?"

햇볕 덕에 금붕어 색깔이 매우 선명하게 보였다. 녀석은 물 윗부분에서 왔다 갔다를 반복했다. 눈에는 완벽하게 생긴 둥근 눈꺼풀이 보였다. 눈을 깜박거렸다.

그들은 커피를 마시기 위해 아래층에 있는 조그만 카페에 들렀다. 유이치가 두 여자가 안에 들어올 때까지 문을 잡아주었다. 종업원 외에는 아무도 없었다.

"약혼자에게 다시 전화할까 봐." 수잔이 말했다.

"왜 아침 5시에 깨웠냐고 물어보면 어쩌려고?" 효진이 물었다.

"아하." 그녀가 웃으며 말했다. "어쩔 수 없잖아요. 앞으로도 똑같이 할 거예요."

"자기는 저들 예비부부에게 관심 없어?" 유이치가 갑자기 일본어로 물었다.

"응." 효진이 한국어로 대답했다.

수잔이 몰고 온 차는 한국인이 즐겨 타는 준중형차로, 흰색에다 약간 상앗빛 느낌을 주는 색상이었다. 뒤쪽 범퍼에 살짝 흠이 가 있었다.

"좀 아는 사람한테서 샀어요. 그런데 사고가 났다네. 주차장에 세워두었을 때 다른 차가 박아서 흠집을 낸 것 같아." 유이치가 차를 살펴보기 시작하자 그녀가 계속 말했다. "서툴어도 나는 운전할 줄 알아요."

"목적지까지 갈려면 도로 사정에 익숙하지 않은 이가 가기엔 먼 거리인데?" 효진이 말했다. "장거리이므로 유이치가 운전하는 게 좋을 것 같아."

"그럼."

유이치가 운전석에 앉아 시동을 걸었다. 효진은 뒷좌석에 앉았다.

"차가 어떤 것 같아요?" 수잔이 물었다.

"잠시 후에 말할게요." 그가 대답했다.

차는 1년밖에 안 됐다는 데도 다소 낡아 보였다. 내부 천장의 재질은 빛이 바랬고 운전대도 함부로 거칠게 다룬 흔적이 보였다. 서너 구역쯤 운전한 후에 그가 말했다.

"선반석으로 펜찮이요."

"그래요?"

"하지만 브레이크가 좀 밀려요."

"그렇다면요?"

"브레이크 패드를 새로 갈아야겠네요."

"거기에 윤활유만 치면 되는 줄 알았어요."

수잔의 말이 끝나자 그가 그녀를 쳐다보았다. 진지한 표정이었다.

"여기서 왼쪽으로."

교차로가 등장하자 차에 내비게이션이 없어서 효진이 길을 안내했다. 차량의 정체가 많이 늘어서 그들이 탄 차는 쉬엄쉬엄 나갔다. 도시 교차로 가운데 많은 경우는 방사선 형태로 뻗어 있었다. 또한, BRT라는 버스 전용차선 때문에 승용차가 빠르게 주행하기란 쉽지 않았다. 차는 해변의 아파트가 모여 있는 넓은 지역을 통과하여 컨테이너 야드 지대를 건너 도시 변두리를 지나갔다. 멀리서 강이 보였다.

"나는 이제 이곳이 넌더리가 나. 페낭Penang으로 가고 싶어." 수잔이 고개를 돌려 효진을 보며 말했다. "차가 많지 않고 사람들이 질서를 잘 지키더라고. 아주 잘 살지는 않지만, 인종차별이란 없어."

"한국인은 유럽인에게 상당한 호감을 느끼고 있지 않나? 동남아인이나 아프리카계 흑인에게는 정반대지. 그건 그렇고, 말레이시아나 인도네시아의 경제 수준이 한국보다 낙후된 건 어느 정도 맞는데 그렇다고 생각이나 문화 수준까지 몇십 년 뒤떨어진 건 아니야. 그들이나 한국인이나 브리트니 스피어스 노래를 따라부르고 저스틴 비버를 좋아하잖아. B·T·S에게도 열광하고." 효진이 말을 이었다. "어디에 가나 사람이 사는 모습은 다 비슷해. 유럽인, 특히 서구 유럽인의 인종차별은 상상을 초월하잖아? 15세기 대항해 이후 그들은 아프리카와 아시아, 아메리카 원주민을 짐승으로 여기고 노예로 만들어 착취했어. 오늘날 지구 남반구가 빈곤한 것은 전적으로 서구인의 책임이야. 세상을 지배와 피지배로 이분화해서 만들어 놓고 그들의 후예가 인종차별 운운한다는 사실은 뻔뻔스러운 일이야. 지금 전 세계 인구의 1/3은 굶주리고 있고, 굶주리는 사람 가운데 1/3은 죽어가고 있지. 작금과 같은 구조는 오롯이 서구 제국들이 만든 거야."

"그러니까…." 수잔이 말했다. "인류의 1/6이 현재 굶어서 죽는다는 말이야?"

"엄연한 사실이야. 다른 측면이겠지만 일본도 마찬가지야. 대동아공영이다 뭐다 하면서 아시아를 초토화했잖아. 내게 일본인 피가 흐르는 건 별로 자랑스럽지 않아. 반쪽이 영국 혈통이라는 점도 그렇고. 어떠한 목적을 위하여 진실을 외면한다면 우리의 삶은 의미가 없어." 유이치가 말했다. "동쪽 아시아 대륙에서 저지른 만행, 그리고 20세기 초반 한반도에서의 악행을 관찰하면, 일본 군대의 잔학이 문제가 아니라 깊은 뿌리를 국민성에서 찾아야 한다는 인식을 하게 되지. 일본의 외교관과 엘리트 청년들이 한 나라 왕비를 난자해서 죽였고 그들이 알몸으로 만든 주검을 불에 태워 없앴다는 유사 이래 찾아보기 어려운 사례도 그래. 일본 군인의 욕정을 해소하기 위해 만든 군대 위안부도 그렇고. 반만년 인류 역사에 찾을 수 없는 사례라고 해야지."

두 사람의 대화로 갑자기 분위기가 무거워졌다. 수잔이 침묵하는 사이, 차는 공항 인근을 지나가고 있었다. 육지에서 커다란 섬으로 연결된 지하도로의 입구가 보였다. 도시를 벗어나서 바다로 가는 길은 붐볐다. 도시에 산재한 차량이, 버스와 트럭과 수많은 작은 자동차들이 모두 모이는 것처럼 보였다.

"한국 사람들은 운전이 거칠어. 앞차 사람들 지금 뭐 하는 거지? 지나갈 수 없어요?" 수잔이 짜증을 내었다. "이런 젠장."

그녀는 운전하는 유이치 앞으로 손을 뻗어 경적을 울렸다.

"소용없는 일이야." 그가 말했다.

수잔이 다시 경적을 울렸다.

"새들도 움직일 수 없는걸."

"아, 정말 열 받게 만드네."

햇빛은 하얀빛이었고 하늘 아래의 땅은 밀짚 빛깔로 누운 모습이었다. 길은 해안과 나란히 달리며 텅 빈 작은 해안, 가든 식당, 집, 모텔을 지나쳤다. 길과 바다 사이에 소나무 숲길이 이어졌고, 바다를 안은 해수욕장으로 향하는 조그만 터널이 난 풍경이었다. 30분쯤 달리자 바다가 보이는 장면은 사라졌다. 차는 드넓은 전답 사이의 도로를 달렸다.

"한국 젊은이들에게 유럽 여자의 갈색 눈은 너무나도 매력적인 듯해요." 수잔이 혼자서 말했다. 그녀는 앞으로 손을 뻗어 경적을 울렸다.

"저걸 좀 봐요! 차들이 엉금엉금 기어가잖아!"

피곤한 표정의 효진은 시트에 기대어 먼 곳을 바라보았다.

"저들은 뭔가 즐기려고 해변에 와요." 수잔이 말했다. "휴가를 만끽하려고 젊은이들은 돈을 모으고, 각양각색의 수영복을 사지요. 그런데 어떤 일이 벌어지나요? 즐기기 위해서 하룻밤 동안 섹스를 하겠지요. 그게 다예요. 한국 남자들은 여자를 대하는 방법을 모르거든요."

뒷좌석에 앉은 효진은 말이 없었다. 얼굴은 차분한 표정을 짓고 있으나 그건 지루하다는 뜻이었다.

"그들은 정말 아무것도 몰라요." 수잔이 말했다.

여수는 새로 지은 호텔과 작은 카페들, 공단과 불규칙하게 조성된 아파트 단지가 혼합된 해변 도시였다. 어디에나 차가 주차되어 빽빽하게 줄을 이루고 있었다. 마침내 그들은 바다에서 두 구역 떨어진 곳에서 차를 세울 자리를 발견했다.

그는 건물 입구 근처에 다소 삐딱하게 주차했다. 늘 하는 버릇대로였다. 그는 자기 나름의 방식으로 살아가는 이로, 타인을 의식하지 않는 그만의 습관대로 행동했다. 셋은 포장된 보행로를 걸었다. 오랜 더위 때문에 도로의 표면이 휘어진 느낌이었다. 주변에 보이는 거라곤 장식 없는, 오래된 조잡한 집들뿐이었고 집들은 매우 가까이 붙어있지만 낯설지 않았다. 많은 차량에도 불구하고 도시는 묘하게 비어 있는 느낌이었다. 오후 2시에 그들은 예약된 숙소의 객실로 들어갔다.

유이치는 윤이 나는 파란색 데님 천으로 만든 시원한 반바지 차림으로 갈아입었다. 옷은 손가락처럼 가느다란 조그만 벨트가 부착되어 편하게 보였다. 그의 몸매는 올림픽 육상선수의 몸매처럼 흠잡을 데가 없었다. 간이 건물의 뒷벽은 콘크리트이고 바닥에 도끼다시15)라고 불리는 인조석을 갈아낸 바닥재가 깔려있었다. 그는 벽에 붙은 옷걸이에다 아무렇게나 옷을 건 다음 통로로 나섰다. 여자들은 아직 옷을 갈아입는 중이었다. 두 여자가 어느 문 뒤에 있는지 그는 알지 못했다. 벽면에 조그만 거울이 걸려 있었다. 그는 머리를 매만지며 기다렸고, 바깥에는 태양이 뜨거웠다.

유리 조각처럼 날카로운 쇄석碎石이 깔린, 경사진 길이 바다로 향했다. 유이치가 앞장서자 효진이 뒤를 따랐다. 물은 차가웠다. 그는 물속으로 깊이 들어갔다. 효진도 잠수했다가 얼마 후 유이치 옆에 와서 한 손으로 젖은 머리를 뒤로 넘겼다. 유이치가 그녀의 허리를 한쪽 팔로 감쌌다. 그녀는 자신이 언제 가장 아름다운지를 아는 확실한 본능을 지닌 듯 보였다. 둘은 잠깐이나마 평화롭게 서로에게 기댔다. 유이치는 두 팔로 그녀를 안아 올려서 바닷물의 반동을 받아 더 깊은 곳으로 들어갔다. 효진의 머리가 그의 어깨에 얹혔다. 수잔은 비키니 차림으로 해변에 누워 패션 잡지 〈보그Vogue〉를 읽고 있었다.

"수잔은 뭐가 문제지?"

"모든 게. 다."

"아니, 왜 물에 안 들어오냐고?"

---

15) '도기다시(togidashi)'의 비표준어. 돌 따위를 갈고 닦아서 윤을 내는 일을 속되게 이르는 말.

"생리 중이라는데?"

그들은 따로따로 수건을 깔고 수잔 근처에 누웠다. 유이치는 효진의 벗은 몸을 대낮에 보며 그녀가 짙은 갈색으로 피부를 태웠다는 사실을 알았다. 그는 아무리 밖에 오래 있어도 효진처럼 피부 빛을 바꾸지 못했다. 수잔 역시 하루 만에 온몸을 건강한 모습으로 태웠다고 그들에게 말했다. 그녀는 사실을 증명하려는 듯 자기 팔과 다리를 내보였다.

"햇볕에 바짝 태웠죠."

모래 위에 알몸으로 누워서, 수잔은 자신의 복부를 내려다보았다. 토실한 살이, 처녀답게 접힌 몇 겹의 얇은 뱃살이 드러났다.

"너, 살쪘다." 효진이 말했다.

"이건 내가 저축한 거야." 수잔이 웃으며 말했다. "어차피 자극적이지 않은 것은 모두 사라지게 되어있지 않나?"

수잔의 뱃살은 도자기를 연상하게 만들어 벨트가 허리를 압박한 자국으로 약간 들어가 보였고, 그녀가 입은 옷 일부처럼 보였다. 그녀가 다시 모랫바닥에 등을 대고 눕자 뱃살은 사라졌다. 복부는 그녀의 다른 부위와 마찬가지로 희미한 금빛 솜털로 덮여 있었다. 사이, 동남아에서 온 이주노동자로 보이는 젊은이 두 명이 수영 팬티가 아닌, 속옷 팬티를 입은 채 바다를 향해 어슬렁어슬렁 지나갔다.

"쟤들이 물에 들어갔다 나오면 페니스가 팬티에 다 비칠 텐데." 효진이 혼잣말을 했다.

"저렇게 입을 수밖에 없는, 뭔가 사정이 있겠지." 유이치가 대답했다. "수영 팬티를 살 형편이 못 되는지도 몰라."

"설마?"

"약혼자가 동의한다면 나는 페낭에서 살고 싶어요." 수잔이 말했다.

"인도와 중국, 말레이와 영국 분위기가 공존하는 동네지요." 유이치가 말했다. "그곳에는 아주 좋은 해변이 있죠."

"그렇죠?" 수잔이 먼 산을 보며 혼잣말을 했다. "나는 아랍인처럼 까매질 거예요."

"학생 시절에 여름을 거기서 보낸 적이 있어요. 그곳은 모든 면에서 식민지의 흔적이 여태껏 남아 있더군요. 대로변의 화려한 외양과는 달리 도시의 외곽에는 빈민가와 파리떼가 자리를 차지하고 있죠. 그 사이에서 중간적인 존재를 향락하며 살아가는 사람들이 대다수이기도 하지. 예닐곱 종류의 인종이 붐비고 41개의 생활 언어가 소음을 이루고, 몇 다스의 교리가 서로 반목하고 질시하는 곳이기도 하고요." 유이치가 말했다. "좋은 면만 보려 하다가 실제 그곳에서 살게 되면 크게 실망할 수도 있어. 그리고 그곳에서는 옷을 입고 지내는 게 좋을 거요. 이슬람교도가 대부분이거든."

해변에 누운 효진은 자는 것 같았다. 계속해서 그들은 말없이 누워 있었다. 태양의 힘이 사라진 후였다. 더위가 그들의 몸을 핥았다. 바람은 사그라지고 구름은 그들의 머리 위에 맥없이 떠 있었다. 힘을 잃은 햇볕은 사방과 둘레에 흘러넘쳤다. 모든 게 끝나고 난 뒤의 우울함이 찾아들었다.

6시가 되자 효진이 일어나 앉았다. 그녀는 시원한 바람을 느끼며 바다를 바라보았다.

"자, 일어나요." 수잔이 말했다. "바닷가를 좀 걸어보죠." 해가 아직 지지 않았음에도 그녀는 매우 쾌활한 기분이 되었다.

"자, 어서." 그녀가 말했다. "여긴 아주 좋은 곳이네요. 언덕 너머에는 커다란 건물들이 모여 있네요. 걸어 다니면서 우리 둘의 몸매로 해변의 노인네들을 즐겁게 해주자고."

"나는 누구를 즐겁게 해주고 싶지 않아." 효진이 팔짱을 낀 채 말했다.

바닷가에서 바람이 불어왔다. 작은 파도가 일었고 해조음이 정적을 깨뜨렸다. 파도가 부서지는 소리는 잊힌 존재의 소리처럼 아득했다. 효진은 등이 파인 연두색의 원피스 수영복을 입고 있었다. 수잔이 떠드는 동안 효진은 모래밭을 걸었다.

수산이 바다로 들어갔다. "들어와. 물이 따뜻해요." 그녀가 소리 내어 웃으며 즐거워했다. 유이치가 천천히 그녀를 뒤따랐다. 물은 차갑지도 않고 따뜻하지도 않았으나 수정처럼 맑았다. 정오보다 더 맑아진 듯도 했다. 바다는 텅 비어 있었고 눈길이 미치는 곳 어디에도 사람은 없었다. 그들만이 수영하고 있었다. 파도가 밀려와 그들을 가볍게 들어 올렸다. 물이 찰싹 얼굴을 때리며 정신을 맑게 했다.

간이 건물 입구 주위에 고등학교 남자애들이 서 있었다. 샤워실 문이 재수 좋게 살짝 열릴 때 재빨리 엿보려고 기다리는 눈치였다. 아이들은 파란색 나이론 수영 팬티를 입고 있었는데 검은색 팬티를 입은 아이도 있었다. 그네들의 넓적다리는 말 허벅지처럼 근육으로 울퉁불퉁했다. 샤워실은 하나뿐이었고, 샤워기도 하나만 있었다. 수돗물은 차가웠다. 수잔이 먼저 들어갔으며 샤워실 입구의 가는 틈새로 그녀의 옷이 보였다. 조그만 팬티에 이어 블레이저가 천정이 없는 문 꼭대기에 걸쳐지는 사이 유이치는 차례를 기다렸다. 부드럽게 물이 쏟아지는 소리와 그녀의 손놀림이 빚어내는 소리, 그녀가 좌우로 움직일 때마다 물이 비닐 벽에 부딪혀 사방으로 흩어지는 소리가 들렸다. 입구의 남자애들을 생각하니 수잔은 우쭐한 기분이 들었다. 유이치가 그들을 흘끗 쳐다보았다. 녀석들은 낮은 목소리로 소곤대고 있었다. 장난치는 동작처럼 손을 움직이며 서로를 놀렸다.

한 시간이 지나자 저녁이 되었다. 여수의 거리 모습이 바뀌었다. 거리는 어디서나 한가롭게 거니는 사람들로 붐볐다. 갑자기 늘어난 인파 때문에 그들이 떨어지지 않고 함께 붙어 다니기란 쉽지 않았다. 유이치는 두 사람을 각각 팔로 두른 채 걸었다. 여자 둘은 조랑말처럼 그의 팔이 이끄는 대로 걸어갔다.

"이곳 사람들은 우리 셋이서 그걸 함께 한다고 생각할 거야." 수잔이 씩 웃으며 말했다. "쓰리썸Threesome!"

그들은 카페처럼 생긴 식당에 들어갔다.

"그다지 좋은 레스토랑은 아니네." 수잔이 불만스럽게 말했다.

"아니야, 아주 좋은 곳이야." 효진이 까칠하게 대답했다.

효진은 낯선 장소에 갈 때마다 어느 곳이 좋은 장소인지, 어떤 곳이 좋은 식당이고 호텔인지를 한눈에 알아보았다. 그녀만의 장점이었다.

유이치는 두 여자의 대화를 신경 쓰지 않는 듯했다. 효진의 뒤에다 대고 그가 속삭였다.

"수잔은 무얼 찾는 거지?"

"몰라서 물어?"

그들은 서로 떨어져서 자리에 앉았다. 오랜 시간 햇볕에 몸을 태운 탓에 피부가 검게 그을고 머리털에 하얗게 소금이 앉은 젊은 남자들이 그들 주위 곳곳에 앉아 음흉한 눈빛을 두 여자에게 던졌다.

"한국 젊은 남자들은 돈이 없어." 수잔이 혼잣말하듯 중얼거렸다. "유원지에서 능력이 있는 사내는 아무도 없어. 한 명도 못 봤어. 돈 잘 벌고 유능한 남자는 대도시의 오피스에서 지금도 일만 하겠지. 이곳은 한국의 시골일 뿐이야.".

전날, 효진은 저녁 먹을 장소를 예약했다. 낮 동안 그녀는 평소보다 변변치 못 한 사람이 되고 말았다. 수잔이라는 오랜 친구 때문이었다. 효진이 도쿄에서 생활할 때는 아는 사람 하나 없고 심지어 거리 이름도 몰랐던 시절이 있었다. 몸이 아플 때마다 한국에 있는 아빠에게 전화를 걸어 하소연하곤 했다. 늘 바쁜 엄마에 비해 아빠는 만사를 제치고 전화를 받았으며 진심 담은 목소리로 그녀가 가진 문제에 관한 대안을 제시해주곤 했다. 아빠는 공황장애라는 낯선 병을 앓으면서 사십 대 중반에 회사를 그만두어야 했다. 아빠는 회사의 고객 응대 부서에서 일했는데 고객들의 거친 요구를 응대하다가 덜컥 병이 들고 말았다. 그때 한국의 기업들은 일본 기업을 흉내 내 '고객 만족'이라는 구호를 걸고 제품을 판매하기 시작했다. 고객이 요구하면 죽는시 늉이라도 해야 한다고들 믿고 있었다. 직원이야 죽든 말든. 여러 회사가 앞다투어 제시한 '고객은 왕이다. 또는, 신이다'는 식의 과잉 친절이었다. 평소 그들이 '가·봉·게'로 여기던 소비자를 왕이나 신으로 믿게 만든 건 아이러니였다. 어느 날부터 아빠는 알코올 중독자로 변모하고 있었다. 회사는 아빠의 병을 이해하지 못했고 심지어 '저 인간 저거, 정신력에 문제가 있네?'라며 비난하기 일쑤였다. 고객이라고 칭하는 이가 전화로 또는 직접 찾아와 거친 언사로 '책임자 나오라'라고 따질 때마다 저자세로 응대할 수밖에 없었던 아빠는 갑자기 호흡이 가빠지며 숨이 막히고, 가슴이 답답하며 어지러운 증세를 보이기 시작했다. 아빠는 손발이 저리거나 몸이 떨리는 등의 신체 증상과 함께 공포·불안·두려움과 같은 심리 증상까지 겪으며 고통스러워했다. 그때마다 아빠는 엄마에게 하소연했다. "여보, 곧 죽거나 미칠 것 같아!"

아빠가 대책 없이 회사를 그만둔 후 회사는 아무런 보상을 하지 않았고 이 년 후 엄마는 이혼을 통보했다. 남겨진 아빠는 예기불안16) 증세를 보이게 되어 행동이나 생활에 더욱 무능력하게 되고 말았다. 의사는 발병 원인을 뇌 전달물질의 기능 이상이라고 진단하며 스트레스가 원인이 되어 문제가 발생하는 경우라고도 말했다. 게다가 공황장애가 만든 우울증까지 안은 채 아빠는 현실과 싸우고 있었다.

아빠는 집 근처에 사는 삼류소설가인 죽마고우와 술을 마실 때마다 효진의 전화를 받았고 취기 때문에 통화를 제대로 이어가지 못했다. 수잔은 효진이 낯선 도시에서 적응하기 위해 버둥거리며 힘겹게 살아갈 때 격식을 차리지 않고 함께 생활한 친구였다. 옆에서 지켜보던 수잔이 뭔가 매몰찬 말, '노인네, 친구를 새로 사귀어야 하는 거 아니야?'라고 말했다. 수잔의 갑작스러운 막말 때문에 효진은 체면과 자존심이 한꺼번에 뭉개진 기분이었다. 수잔은 도쿄 시절처럼 또다시 효진을 기분 상하게 했다.

---

16) 자기가 실패할 것이라는 예감 때문에 생기는 신경증. 수면, 성교, 수험 따위의 평범한 일상적 행위를 할 때 한 번 실패했던 일이 연상되어 또다시 실패를 예감하고 불안을 느끼는 상태이다.

저녁을 예약한 식당 옆에는 횟집이 있었다. 횟집 입구 옆에는 커다란 수족관이 벽면을 대신해 자리 잡고 있었고, 수족관 안에 조개나 멍게 옆에 해산물과 광어, 우럭, 돌돔 등이 헤엄치고 있었다. 횟집 주인은 물고기와 잠시 실랑이를 벌이다가 마침내 커다란 농어를 뜰채로 끌어올렸다. 야구 글러브 크기의 씨알이 두툼한 농어의 몸통은 매끄럽고 고운 비늘로 덮여 있었다. 길을 가다 멈춘 세 사람은 뻐끔거리는 물고기의 작은 입을 들여다보았다.

"칼로 목을 자르더라도 물고기는 고통을 느끼지 못한다는데 그게 사실일까?" 유이치가 물었다.

잠시 물고기를 향하던 시선을 돌린 그들은 예약한 식당으로 급히 발걸음을 옮겼다.

테이블보는 희고 눈부셨다. 효진은 나이프와 포크를 보면서 수술을 위해 놓인 도구와 비슷하다는 상상을 했다. 주문한 음식은 돈가스. 음식은 차갑게 보였고 그녀는 배가 고프지 않았다. 그러나 먹지 않겠다고 말할 엄두를 내지 못했다.

"그이는 형편없는 남자야." 수잔이 약혼자 얘기를 계속했다. "감정이 없는 사람이지. 하지만 나는 이해해. 나는 그이가 원하는 걸 알아. 오로지 섹스만 원하지. 아무튼, 여자는 남자의 전부이기를 바랄 순 없잖아. 그건 자연스러운 일이 아니거든. 남자에게는 많은 여자가 필요해."

"너 미쳤니? 걔는 나의 이종사촌 동생이야. 걔는 그런 부류가 아니야. 혐오감의 기색까지 풍기는 집착으로 상대방을 조르는 게 사랑일까?" 효진이 얼굴을 찌푸리며 말했다. "싫으면 지금이라도 관두면 되잖아? 용납과 거부를 결정하는 건 자율 의지니까. 두 엄마 사이의 솔로몬이라도 그건 어쩔 수 없는 일이야."

수잔의 사기를 꺾는 데는 몇 마디의 말로 족했다. 그들의 대화를 유심히 들으면서 유이치는 자신의 스마트워치 가죽 시곗줄을 살펴보고 있었다. 그는 두 여자의 갈등을 너그럽게 여기는 듯했다. 효진은 생각했다. 싱글맘의 자

식, 수잔은 출신 배경이 미천한 년인데도 유이치는 이해하려 했다. 나는 한
국에서 일아구는 양반기, 전주 이씨오州本氏 집안이 딸이야 유이치는 그들의
대화에 시나브로 중독되어 마치 딴생각하는 것처럼 보였다. 두 여자의 대화
가 이제는 그의 핏줄 속을 떠돌아다니고 있었다.

그들은 식사를 마친 후 커피를 마시러 '여수의 밤'이라는 간판이 달린 카페
로 장소를 옮겼다. 효진은 두 사람과 떨어져 따로 앉았다. "피곤해서."라고
말한 그녀는 푹신한 소파에 몸을 웅크리고 앉은 채 잠시 잠이 들었다. 저녁
공기는 꽤 선선해졌다.

어떤 소리가 그녀를 깨웠다. 음악이었다. 중간중간에 나오는 기타 선율과
트럼펫 음률이 조화된 놀라운 연주였다. 효진은 잠결에 음악을 듣고 똑바로
앉았다. 유이치와 수잔은 계속해서 얘기를 나누고 있었다. 음악은 오랫동안
기다려온 무엇인 것만 같았다. 그녀가 찾고 있는 무엇. 그녀는 유이치에게
손을 뻗어 그의 팔을 만졌다.

"들어봐."

"뭘?"

"들어봐." 그녀가 다시 말했다. "산울림이 연주하는 '백합'이란 연주 음악이
야."

"백합?"

"아빠가 좋아하는, 산울림이라는 오래된 록그룹의 연주곡인데 특이하게도
사람의 목소리가 안 들리는 곡이야." 효진이 말했다. "가볍지만 클래식 음악
느낌이 나고 짙은 슬픔이 묻어 나와."

단순한 곡조지만 극한의 아름다움이 묻어나는 음악이었다. 그녀는 곡조를
따라 콧노래를 불렀다. 마치 천상의 소리가 들리는 듯했다. 비슷한 듯하면서
달리 들려서 신비롭게 반복되는 선율의 조화로운 구성이었다. 누군가의 슬픔
을 위로하는 느낌이었고 또 누군가를 칭찬하는 토닥임으로 들려왔다. 가난한
자에게 선사하는 안식과 같은 속삭임이었다.

유이치는 참을성 있게 음악에 귀 기울였지만, 어떤 감흥도 느낄 수 없었다. 잠시 후, 다른 곡이 연주되고 있었다. 사이, 수잔의 목소리가 들렸는데 불편한 얘기가 오갔다.

"해리슨 포드가 말했죠. 진지한 게 혐오스럽다고. 나도 그래요. 나 자신은 결코 남자의 필요로 살지는 않아요."

상대방, 상대편의 세상을 이해하는 여자라면 할 수 없는 말이라고 효진은 생각했다. 언젠가 효진을 지배했던, 구시대의 유물 같은 이야기들 말이다. 수잔은 침착했고 자기 확신이 지나치게 강했다. 그건 서구인만의 사고방식인지도 몰랐다.

길은 어두웠다. 그들은 선루프를 열며 밤길을 달렸다. 밤하늘에는 별들이 빼곡했다. 수은처럼 떠돌아다니는 어둠, 창백한 밤 기온 위에 떠 오른 주의 깊은 별들, 유일한 존재처럼 보이는 별들이 밤하늘 아래 그들의 머리 위로 비추기 시작했다. 별들이 차 안으로 쏟아져 내리고 있었다. 마치 거품과 같이 잔뜩 무리 지어, 가볍게 떠 있는 별들과 빛들은 무엇일까. 어쩔 수 없이 세상을 빠져나가야 하는, 죽은 이들의 동정 어린 시선일까, 아니면 구조물과 같은 삶을 잠시나마 이탈한, 살아있는 우리들의 지치고 고단한 영혼일까, 뒷좌석에 앉아 담배를 피우며 효진은 생각했다.

수잔이 계속 떠들었다. 그녀는 습관처럼 손을 뻗어 느리게 가는 차들을 향해 경적을 울렸다. 유이치가 그걸 보고 웃었다. 서울 근교에 살 때였다. 수잔은 자국인自國人 남자 친구와 함께 펜션의 타오르는 장작불 앞에서 겨울 오후를 보내곤 했다. 은밀한 공간. 그들은 호숫가 펜션에 기거하며 모피 담요 위에서 사랑을 나누곤 했다. 물론 그때 만난 남자가 그녀에게 잘해주었다. 수잔은 이태원의 클럽에서, 교외 야영장에서 유럽인들끼리 연 파티를 회상했다.

도착한 도시의 도로에는 인적이 드물었다. 자정이 가까운 시간이었다. 그들은 낮 동안 햇볕에 지쳤고, 물놀이에 힘이 빠졌다. 차는 반대 방향으로, 그늘이 오선에 출밀한 원짐으로 들어왔다. 두 사람은 헤번 근처인 수영 료터리에 이르러 차에서 내렸다. 그리고 차창을 통해 작별 인사를 했다. 엘리베이터는 일상처럼 아주 천천히 올라갔다. 그들의 입에는 침묵이 걸려 있었다. 돈을 잃은 노름꾼처럼 둘 다 바닥을 내려다보고 있었다.

돌아온 게스트하우스는 어두웠다. 효진은 불을 켜고 빈방으로 들어갔다. 실내는 아주 조용했다. 유이치는 손을 씻은 후에 천천히 이곳저곳을 살펴보다가 그녀를 발견했다. 그녀는 마치 넘어진 듯한 자세로 테라스 문 사이 놓아둔 어항 앞에 무릎을 꿇고 있었다. 금붕어가 물 위에 둥둥 떠 있었다. 유이치를 보면서 그녀가 어항에 손을 넣었다.

"손가락을 넣어 살살 만져봐."

"죽었어."

"내가 좀 볼까?"

금붕어는 움직이지 않았다. 작은 몸체는 약간 불어 있었다. 해바라기 씨만한 심장이 멈췄고, 어항은 차가운 문간에 덩그러니 놓여있을 뿐이었다. 달리할 말이 없었으므로 유이치는 문을 닫았다.

언젠가, 효진은 유이치와 해변 보행로를 산책하다 길 위에서 파닥거리는 물고기를 발견한 적이 있었다.

"나는 가질 수 없는 존재에 집착하지 않아."

그녀는 살아있는 물고기를 해변 모래밭에 묻어 주었다. 하지만 그들이 걷는 곳에서 몇 발짝만 걸어가면 횟집 수족관이 있어 그곳에 물고기를 놓아줄 수도 있었다.

침대에 누웠을 때 그는 효진이 흐느끼는 소리를 들었다. 애써보았지만 달랠 수가 없었다. 그녀는 등을 돌린 채 누워 있었다. 무슨 말을 하더라도 대답하지 않을 것이다.

얼마 후 잠이 든 효진은 꿈을 꾸었다. 열 살쯤이었을까, 포항에서 살 때의 풍경이었다. 이혼하기 전의 부모님이 나타났다. 그들이 겨울 눈보라를 바라보던 층계 창에 난 창문, 허리를 굽혀 어린 두 딸에게 뽀뽀하던 젊은 모습의 아빠, 스탠드 불빛에 손목을 비추어 팔찌를 찬 채 그림을 그리던 엄마의 모습이 보였다. 그리운 기억은 항상 집뿐이었다. 나머지는 그리 강렬하지 않았다. 아무 생각 없이 지나가다 어느 날 아침 돌연 끝나버리고만, 상처만 남기고.

효진의 외모는 평범하고 키는 보통 또는, 보통보다 약간 작다. 그녀는 넓은 광장 길을 걷다가 길 복판의 섬처럼 떠 있는 외딴 길 구석에 서 있었다. 인구 3백만 명 이상이 사는 도시는 태평양 바다의 끝자락에 자리 잡고 있다.

백자주병 白瓷酒瓶

그토록 찾은 백자주병은 분옥 고모님이 갖고 있었기 때문에
발견할 수 없었다는 사실을 깨닫는 순간이었다.
어린 내가 술병에다 술을 넣어 마실 것도 아니었는데
사소한 일에 집착한 사실이 뉘우쳐졌다.
분옥 고모님에게는 술병이 무엇보다도 소중한,
상징적인 무엇임을 아는 데는 짧은 순간이어도 충분했다.

했다. 우체국에서 일용직 집배원으로 일한 아버지는 아침 일찍 출근해서 저녁 늦게야 퇴근했다.

2

초등학교 4학년 때였다. 우리 집도 슬레이트집이었지만 한 세대만 살 수 있게 지어진, 방 둘에 부엌 하나의 집이었다. 어느 날 우리 집 바로 앞에 일자로 된 동향의 기다란 하모니카 집이 만들어졌다. 다섯 세대를 위해 축조된 집으로 각각 다섯 칸의 방과 부엌으로 이루어진 다세대 슬레이트 가옥이었다. 세대마다 입구의 쪽문을 열고 들어가면 먼저 부엌이 나오고 부엌 끝 쪽에 방으로 들어가는 문이 있었다. 부엌에서 신발을 벗고 계단 두 개를 올라가면 방 하나가 나오는 구조였다. 대개 방 하나에 3~7명가량이 기거하는, 동네의 가장 보편적인 살림집이었다. 한 건물에 다섯 세대면 하모니카 집으로서 양호한 편으로 이웃 동네에는 한 건물 즉, 하모니카 가옥 하나에 스무 개의 방으로 이뤄진 살림집도 꽤 있었다.

어쨌든 우리 집 앞 공터에 하모니카 집이 완성되자 방마다 입주가 시작되었다. 가구주家口主는 기차표 신발공장에 다니거나 아래도급 업체에 다니는 이들이었다. 가장 왼편 방에는 당시로는 드물게 4년제 대학과 초급여자대학을 졸업한 고학력 신혼부부가 살았고, 바로 옆방에는 일본에서 외교관 생활을 했다는 누님과 젊은 부부가 기거했다. 또 다른 옆방에 사는 이는 기차표 신발회사에 다니는 부부였는데 젊은 새댁의 성깔이 대단하다는 게 동네 사람들의 중평이었다. 가운뎃방은 나와 같은 학년인 미숙이네 가족 다섯 명이 살았고, 끝방에 기거한 김해댁 부부는 슬하에 자녀 다섯을 둔 채 가장이 막노동을 했다.

하모니카 집 앞의 작은 공터는 뒤편에 사는 우리 가족을 비롯한 동네 사람들의 통행로이자 하모니카 집 거주자들의 생활공간이기도 했다. 공터 마당을 지나노라면 몇 번째 집에서 무슨 일이 일어났다는 사실을 대번에 알 수 있었다. 골반 부위기 짧은 청바지를 즐겨 입는 학사 출신의 글래머 새댁이 마당에 쭈그리고 앉아 빨래할 때면, 잘록한 허리 아래로 터져 나올 듯 푸짐한 히프 맨살이 꼬리뼈까지 적나라하게 드러났다. 통행로를 오가는 동네 남자들이 은근히 곁눈질했다. 아는지 모르는지, 새댁은 허리 부위가 짧은 청바지를 즐겨 입었다. 학사 새댁의 옆방에는 다섯 살과 일곱 살 남매를 둔 30대 부부가 살았다. 가구주 누나는 일본에서 외교관을 했다고 소문났는데, 동네에서 그 사실을 믿는 사람은 아무도 없었다. 늙은, 술집 마담일 뿐이라고 그들을 잘 아는 다른 이웃이 말했다.

도시 변두리라고는 하나 옆집을 친척처럼 생각하는 이웃 간의 인정과 미담도 꽤 많아서 전근대적인 농경사회의 모습이 유지되고 있었다. 그러나 종업원 5천 명이나 보유한 기차표 신발공장이라는 거대한 공장이 제공하는 반사회적인 모습도 적지 않았다. 가난하지만 평화로운 동네는 어느 순간 누군가 동네의 분위기를 싸늘하게 깨뜨리곤 했다. 하모니카 집 앞에는 우리 집과 비슷한 모양을 한 슬레이트집이 한 채 더 있었다. 내 친구 창호네 집이었는데, 창호의 양친 외에 누이 세 자매와 이혼한 고모 등 일곱 명이 방 두 개의 집에 살았다. 강창호의 큰 누나는 2년제 교육대학에 다녔고 창호 아버지는 동네에서 인격자로 소문나 있었다. 내 엄마의 가장 친한 친구인 창호 어머니는 부드러운 미모에다 상냥하고 사려 깊을 뿐만 아니라 예의 바른 성품이어서 동네 사람 모두에게 신망이 두터웠다.

중학교 1학년 내 형은 나랑 대화를 나눌 때마다, '병신'이라는 말을 입에 달고 다녔다.

"야, 병신아, 그건 아니야. 병신아! 좀 빨리 오라고."

형은 자신에게 만만한 이에게 '너'란 호칭 대신 '병신'이라는 말을 끊임없이 사용했다. 어느 날, 집 앞 그러니까 하모니카 집 마당에서 형이 기차표 신발공장의 작업반장 마누라인 최 씨 여자에게 혼쭐이 나고 있었다. 형은 여섯 살 되는 최씨 아이에게 장난삼아 말을 걸곤 했는데, 길에서 주운 유리구슬을 선심을 쓰듯 아이에게 던지면서였다. 어린애가 제때 구슬을 받지 못했다.

"야, 이 병신아. 그것도 빨리 못 받노?" 형이 한마디 툭 던졌다.

장면을 지켜본 아이 엄마가 부엌인 하모니카 구멍에서 마당으로 튀어나오면서 일이 발생했다.

"야! 이수야. 너는 무엇 때문에 우리 아이를 병신이라고 부르니!"

형이 우물쭈물 대답하지 못하자 스물여섯 살의 새댁은 고삐를 늦추지 않았다.

"우리 애가 왜 병신인데? 이 자쓱아!"

여자가 고래고래 고함을 질렀다. 목소리가 우리 집까지 전해지자 끝내는 엄마가 대문 밖으로 뛰쳐나오게 되었다. 엄마 역시 싸움닭 기질이 대단했다. 하지만 누가 보더라도 형의 잘못이 명백했으므로 형의 사과로 사건은 일단락되고 말았다. 서부 경남의 농촌 처녀에서 우리 동네 기차표 신발공장 여공으로 삶의 터전을 바꾼 최 씨 여자는 기차표 신발공장에서 자신이 속한 공정의 작업반장과 눈이 맞아 결혼한 이였다. 남자와 하모니카 집에서 동거하다 아이가 생기자 여자는 회사를 그만두었다. 공교롭게도 부부 모두 성이 최씨여서 동네 사람들이 그녀를 '최 씨 여자'라 불렀다.

하모니카 집 마당, 정확하게는 최씨 부부가 사는 가구家口 마당에는 아침마다 이불이 걸려 있었다. 아이가 이불에 오줌을 싸느냐는 엄마의 질문에 남편이 싼 오줌이라고 최 씨 여자는 천연덕스럽게 대답했다. 말인즉슨, 작업반장 최 씨는 술을 지나치게 좋아해서 만취한 날이면 어김없이 이불에다 오줌을 싸댄다고 떠들었다. 최 씨 여자가 사용하는 언어에서 쇠락과 붕괴의 냄새가 풍겼다.

하모니카 집을 앞에 두고 살면서 겪은 특이한 사건은 최 씨 여자가 내 친구 창호 엄마와 동네 한복판 길거리에서 대판으로 싸운 장면이었다. 그때 최 씨 여자는 스물여섯 살 정도였고 창호 엄마는 서른여섯 나이로, 무려 열 살이나 나이 차이가 났다. 창호 엄마는 동네에서 조용하고 점잖기로 소문난 인품의 소유자였다. 최 씨 여자가 생활 쓰레기를 앞집 창호네 집 옆 도랑에다 버리자 다툼이 시작되었다. 투척 장면을 목격한 창호 엄마는 '젊은 사람이 이게 무슨 짓이냐'며 나무랐다.

"그럴 수도 있는 일 아니냐!" 최 씨 여자가 적반하장 식으로 덤벼들었다. "야! 이 씨발년아! 나는 시골의 우리 엄마에게도 잔소리 안 듣고 살았다. 네가 뭔데 이래라저래라하는 거야? 이 개잡년아!" 최 씨 여자는 열 살이나 많은 이웃집 언니에게 고래고래 악쓰며 대들었다.

시끄러운 소리에 동네 사람들이 구경거리라도 생겼다는 듯 모여들었다. 어디서 배웠는지 듣기도 민망한, 최 씨 여자의 욕지거리는 끝나질 않았다. 창호 엄마도 나름대로 대응했지만, 어린 내가 보기에도 상대가 안 되는 싸움이었다. 이제 남은 것은 머리채를 잡고 뒹구는 일뿐으로 창호 엄마만 손해를 볼 뿐이라는 사실도 자명해 보였다. 어떻게 해서 상대를 굴복하게 만든다고 해도 점잖은 체면에 금이 가기는 마찬가지니까.

두 사람의 다툼은 싱겁게도 내 엄마가 말려서 끝났다. 언쟁 소리를 듣고 현장에 온 엄마가 친구의 위기를 감지하여 싸움을 말렸고 두 사람은 확전을 멈췄다. 창호 엄마는 어린 애송이한테 당한 수모를 참지 못해 한 달 동안 밤잠을 설치고 말았다는 후문이었다. 동네 여인네 사이에서는 근본 없는 젊은 여편네를 조심해야 한다는 공감대가 이뤄졌다.

'저년을 잘 못 건드리면 누구든 동네 우세 당하기에 십상이야!'

3

부모님은 금실이 좋아서 새벽녘이면 잠이 깨어 도란도란 대화를 이어가기 일쑤였다. 잠결에 두 분이 옆방에서 나누는 대화 내용이 그대로 들려왔다. 아버지의 표현대로라면 '분옥이 누님'이란 분이 우리 집 뒷방에서 살아야 한다는 것이었다. 분옥이 누님이란 아버지의 외사촌 누님으로, 어쩌다 한 번씩 우리 집에 다녀간 적이 있었다. 몹시 점잖고 말수가 적은 분으로, 형이나 내가 아줌마라고 부르기엔 나이가 많고 할머니라 부르기에는 젊은 분이었다. 아버지는 당신의 친척 누님이므로, '고모님'이나 '아짐매'라고 부르면 무방하다고 말했다. '분옥 고모님'은 아버지가 새로 만든 방, 형과 내가 기거하는 방과 벽을 공유한 뒷방에 이사 올 예정이었다. 이사 올 분이 아버지의 외사촌 누님이므로 매우 공손하게 대해야 한다고 부모님은 여러 번 강조했다. 분옥 고모님은 어릴 적 아버지를 업어 키우다시피 했다는데, 사유나 내막을 자세히는 알 수 없었다. 한 달 후 분옥 고모님은 가재도구와 옷가지, 이불 보퉁이 등을 삼륜 용달차에 싣고 뒷방으로 이사 왔다.

더운 여름밤이었다. 개울가의 집이라 모기가 극성이었다. 매일, 저녁을 먹은 후에 가족 모두는 아버지가 마당에다 뚝딱거려 만든 널평상平床 위에 모여서 바깥바람을 맞으며 더위를 식혔다. 아버지는 개울가의 잡초를 낫으로 베어 말린 후 모깃불을 태워 벌레를 쫓았다. 분옥 고모님은 평상 위에서 부모님과 뭔가 심각한 이야기를 나누는 중이었다.

"동상17), 그놈이 이곳을 찾아내면 어떻게 하지?"

"그자가 여기를 어떻게 알겠어요?"

"워낙 영악한 놈이어서 어떻게든 알아내고 올 것 아닌가?"

"설마 그러기야 하겠어요?"

분옥 고모님은 아버지보다 열 살가량 나이가 많았다. 두 사람은 사촌 간이라지만 나이가 나이인지라 뭔가 상대방을 최대한 배려하려는 눈치였다.

"그치가 동양동 골짜기까지 찾아오지는 못할 거요. 이곳 고무신 공장 때문에 새로 이사 오는 사람들이 한둘이 아닌데 그치가 무슨 수로 찾아내겠어요? 너무 걱정하지 마시고 조금 기다려 보입시다."

'그놈' 또는 '그치'라고 불리는 이가 누군지 궁금했다. 부모님과 분옥 고모

---

17) "동생"을 뜻하는 충청도, 전라도, 경상도 사투리

님이 그의 등장 가능성을 공포처럼 생각하고 있었으니까. 궁금증을 이기지 못한 나는 임미에게 분옥 고모님이 말하는 '그놈'이 누군지 물었다. 엄마가 열한 살 나에게 어떤 방식으로 설명했는지 오랜 기억을 종합하여 요약해 보겠다.

내 친할머니를 고모라고 부르는 분옥 고모님은 열여덟 살쯤에 한약방을 운영하는 노총각과 결혼했으나 후사를 갖지 못했다. 그래도 고모부와 금슬은 좋았던 모양으로, 아이를 못 낳는다는 이유로 시댁에서 쫓겨나지 않고 다복하게 가정생활을 꾸려갔다. 이후 고모부가 폐병을 앓게 되었고 3년 후 세상을 떠나고야 말았다. 고모님의 나이 삼십 대 후반에 일어난 일이었다. 슬하에 자식이 없으므로, 분옥 고모님은 시댁에서 살기보다는 아버지의 고향인 친정 마을에 집을 구해서 살았다. 문제는 고모부가 남긴 쥐꼬리만 한 재산이었다. 갖은 악행을 저지르다 투옥된 전과자 시동생이 형기를 마치고 출옥出獄한 후부터였다. 고모부가 남긴 재산 모두를 자신에게 내놓지 않으면 죽여버리겠다고 형수를 협박하기 시작했다. 분옥 고모님이 우리 집으로 피신하게 된 이유였다.

분옥 고모님 때문에 가장 즐거웠던 기억은 고모부님 제삿날이었다. 자식이 없어 혼자 모시는 제사상은 단출했으나 큼직한 조기, 값비싼 소고기로 만든 산적 등 최고의 음식으로 차려졌다. 제사를 지낸 다음 날이면 풍성한 음식상이 우리 집으로 전해졌다. 제사상에서 가장 선명한 기억은 고기 산적이나 커다란 조기, 삶은 닭과 문어 등속의 음식과 함께 가져온 백자 술병이었다. 고모님은 주둥이가 한 뼘 반이 넘을 정도로 길고 빛깔이 우윳빛처럼 하얀 도자기 술병에다 청주를 가득 넣어 우리 방으로 들고 왔다. 나는 술병의 빛깔에 취해 귀한 제사음식을 맛보는 즐거움을 잊곤 했다. 어느 해인가, 명절 차례상인지 아니면 고모부님 제삿날인지 모르겠다.

"고모님, 도자기 술병이 너무 예쁜데 저걸 우리 집에 주시면 안 되나요?"

상째로 제사음식을 가져온 분옥 고모님에게 내가 말했다.

"돌아가신 영감님이 좋아하던 술병이다. 언제가 될지는 모르겠지만 내가 이 집을 떠날 때 너희 집에 두고 가마."

분옥 고모님이 웃으며 말했을 때 나는 도자기 술병이 틀림없이 조선백자 같은 골동품이리라 확신했다.

"하긴, 요즘에 제사 지낼 때 대개 놋쇠 주전자를 쓰지, 저런 도자기 술병을 사용하지는 않아." 아버지가 무표정하게 말했다. "왜정倭政 때 만들어진 흔하디흔한 술병일 뿐이야."

삼복더위가 기승을 부리던, 늦은 저녁이었다. 동네 입구에는 정 씨네 가게라고 부르는 잡화 상점이 있었다. 내 친구 미숙이의 형부 정 씨가 운영하는 가게였다. 가게 앞을 지나가는 나를 정 씨 아저씨가 불렀다.

"얘, 박철수, 철수야!"

문을 열고 어두운 가게 안으로 들어간 순간, 백열전구 아래에 누군가 서 있었다. 곱슬머리에 사납고 거무튀튀한 얼굴을 한 중년 남자가 얼핏 보였다.

"혹시 너희 집에 혼자 살고, 오십 살 정도 되는 아주머니가 지내지 않니?"

"예! 그런 분이 살아요. 아버지의 외사촌 누부18)인걸요."

순간, 갑자기 눈빛이 달라진 곱슬머리 남자는 상품진열대 옆에 놓인 의자에 가만히 앉더니 소주를 청했다. 정 씨는 그에게 사이다잔과 깍두기 보시기를 내밀었다. 표정 없는 곱슬머리의 얼굴은 험악해 보였다.

집에 도착한 나는 정 씨 가게에서 일어난 일을 부모님에게 얘기했다. 아버지는 저녁밥을 먹으면서 내 말을 듣다가 놀라는 눈빛을 하며 숟가락을 놓치고 말았다.

"언제였느냐?"

"약 이십 분 되었는데요……."

---

18) "누이"의 경상도 사투리. 이 말은 명사로서보다는 부르는 소리로 많이 사용한다.

아버지의 어찌할 바를 모르는 표정을 본 나는 낮잠에서 깨어나 흐린 저녁 나절을 새벽으로 착각하여 당황해하는 때의 심정이 되어버렸다.

"누가 물으면, 그런 사람이 없다고 말해야 한다고 너희들에게 미리 조심시켰어야 했는데, 미처 거기까지 생각을 못 했구나. 이거 큰일 났구나!"

아버지는 말을 더듬거리고 있었다. 하늘같이 높고 바위처럼 단단하다고 여겨온 나의 아버지는 어쩔 줄 몰라 하고 있었다.

그때였다. 누군가 대문을 두드리는 소리가 들려왔다. 안색이 변한 아버지는 드디어 올 것이 왔다는 표정으로 신발을 신고 마당으로 나갔다.

"올케야! 기어코 그놈이 이 동네를 찾아낸 모양이구나. 지금 대문 밖에서 문을 두드리는 자가 그놈 아니냐?"

언제 들었는지, 우리가 식사하는 안방에 달린 부엌 문틈 사이로 분옥 고모님 목소리가 떨리고 있었다.

얼마 후 우리 집 앞, 즉 하모니카 집 앞마당에 기다란 나무판자로 만든 장의자가 하나 놓였다. 분옥 고모님과 부모님 그리고 곱슬머리 남자가 거기에 앉게 되었다. 아버지는 집에 가서 종이와 볼펜을 가져오라고 내게 지시했다. 심부름을 마친 나는 부모님의 옆에서 진행되는 일을 지켜보았다. 전봇대에 붙은 30촉 백열등 아래로 남자의 표정은 차가웠고 매 순간 눈초리는 날카로웠다.

그날 밤은 바람이 한 점도 없어서 쏟아붓는 물처럼 더위가 와락 밀려왔다. 곱슬머리 남자가 칼로 사람을 찔러 15년이나 옥살이를 한 전과자라고는 하지만 한국전쟁에 참전하여 수많은 전투에서 죽음의 위기를 뛰어넘은 아버지의 눈빛 또한 예사롭지 않았다. 전등의 반사된 불빛이 아버지의 광대뼈에서 튀어나왔다. 행여 곱슬머리가 분옥 고모님에게 어떤 난행亂行이라도 가하면 절대 그냥 넘어가지 않겠다는 결기가 느껴졌다. 빨치산의 여동생으로서 우익에게 살해당한 오빠의 시신을 손수 찾아낸 엄마 또한 마찬가지였다. 삶의 쓰

146

고 매운 맛을 숱하게 경험했기에 분위기는 만일의 순간에 대비하고 있었다.

아버지는 곱슬머리와 한참 떨어져서 앉은 상태에서 뭔가 확인서 같은 걸 종이에다 적고 있었다. 내용은 분옥 고모님이 곱슬머리에 언제까지 얼마만을 지급하고 이후에 그가 더는 요구하지 않겠다는 각서였다고 기억한다. 일제 강점기에 소학교를 졸업한 후 중학교에 진학하지 못한 아버지는, 맞춤법이나 띄어쓰기가 부정확해서 몇 자를 적고 나서 글이 맞는지를 내게 계속 물었다. 분위기가 어두웠음에도 부모님에게 뭔가 인정받는다는 생각에 나는 기분이 좋아졌다. 나는 흥얼거리면서 아버지가 쓴 문구를 읽어갔는데, 오달진 콧소리까지 내며 문장의 오류 유무를 찾아갔다.

그날 사건은 별문제 없이 마무리되었다. 곱슬머리와 아버지는 언성을 높이지 않았으며 또한 곱슬머리는 분옥 고모님에게 어떤 공격적인 언행을 가하지 않았다. 부모님도 내게 어떤 식으로든 나무라지 않았다. 형 역시 내게 '병신'이라고 말하지 않았다. 다만, 몇 주 후에 분옥 고모님은 짐을 꾸려서 원래 살던 곳으로 돌아갔다. 집을 떠날 때 남겨놓겠다고 약속한 백자주병을 찾았으나 고모님이 떠난 빈방 아무 데도 없었다. 약속을 어길 분이 아니었으므로 이사 과정에서 분실되었으리라 나는 생각했다.

4

분옥 고모님이 우리 집을 떠나고 한 해가 지날 즈음이었다.

최 씨 여자. 즉, 기차표 신발공장 작업반장의 아내는 특이한 여자라고 기억할 수밖에 없는 일이 또다시 생겼다. 대낮에 아버지 직장동료 예닐곱 명이 열 근 정도의 돼지고기와 '대선 작살주酒'라고 불리는 됫병 소주 너덧 병을 사 들고 우리 집에 놀러 온 날이었다. 예기치 않은 잔치가 벌어져서 연탄 화덕에서 고기 굽는 고소한 냄새와 왁자지껄 사내들의 즐거운 목소리가 끊이지 않았다. 손님들이 가져온 고기가 지나치게 많다는 걸 깨달은 부모님은 동네 사람들을 청했다. 고기 몇 점일지언정 이웃끼리 나눠 먹자는 인심에서였다. 성일 짐심때여서 남가들은 모두 일하러 나가고 집에 도착한 이웃 사람 서너 명은 여자들뿐이었다. 그들 대부분은 별도로 차려진 음식을 마당의 평상에 앉아서 먹었는데, 최 씨 여자는 그들과 달라서 남자들의 술판이 벌어지는 안방을 비집고 들어갔다. 그녀는 용케 빈자리를 찾아 아버지의 직장 남자들과 함께 술과 음식을 먹기 시작했다. 그들과 함께 술잔을 즐겁게 주고받다 급기야 교태 넘치는 웃음소리를 내지르곤 했다.

열한 살의 내 눈에도 믿기 어려운 광경이 펼쳐졌다. 아버지의 직장동료 중한 사람과 최 씨 여자는 뭔가 텔레파시 같은 게 통하는 듯했다. 남자의 한쪽 손은 소주잔을, 다른 쪽 손은 최 씨 여자의 볼기 부위를 만지고 있었고 그녀 또한 싫지 않은 눈치였다. 아무리 어린애라지만 사실, 눈치로 나는 이미 알건 다 알았다. 남편이 있는 여자가 외간 남자와 함부로 친해도 되는 것일까.

다음 날 새벽, 옆방에서 부모님이 도란거리는 소리가 들려왔다.

"어제 보니 앞집 최 씨 댁은 저거 보통내기가 아니더구먼!"

"그러게요. 당신 직장의 박 씨가 궁둥이를 떡 주무르듯 만지는데도 싫다는 기색 하나 없데예."

"궁둥이가 다 뭐야? 나는 두 사람 앞에 앉았잖아. 젖퉁이를 만져도 헤헤거리기만 하더구먼."

"아이고! 여편네 저거, 잡년이네? 그런데 어제저녁 늦게 내게 찾아와서 남자의 근무 장소를 알려달라 그라던데요?"

"나 원 참……."

며칠 후에도 부모님은 밥상머리에서 내 존재 따위는 없다고 생각했는지, 비슷한 얘기를 계속 나누었다.

"어제 낮에 최 씨 댁이 우리 직장으로 와서 박 씨를 찾더구먼."

"아이고! 추접스러워라. 저년 저거, 더러워 죽겠네. 어디서 해괴한 짓을 배웠을꼬!"

동네 주변에는 빠른 속도로 하모니카 집들이 늘어났다. 기차표 신발공장에서 원료 찌꺼기인 고무를 태우는 연기가 하루도 빠짐없이 하늘 높이 품어 올랐다. 심한 날에는 마당에 널어놓은 빨래에 분진이 새까맣게 묻어 동네 여자들은 옷을 걷어 다시 빨기 일쑤였다. 아무도 신발공장에 항의하지 않았다. 동네의 가구마다 기차표 신발공장에 다니지 않는 이가 없었으니까. 맑디맑은 우리 집 옆의 개울은 생활오수로 더러워져서 악취가 풍겨 왔다. 버들치는 이미 사라졌고 개울 주변에는 쥐 떼가 우글거리기 시작했다.

5

6년이라는 시간이 흘렀다.

우리 집이 소방도로에 편입된 보상금으로 부모님은 뒷동네에 땅을 샀고 그곳에 양옥집을 지어 이사하게 되었다. 하모니카 집 앞의 창호네 집 또한 소방도로에 편입되어 앞 동네로 이사했다. 우리 집과 창호네 집은 사라졌으나, 최 씨 여자가 사는 하모니카 집은 해당 구역에서 제외되어 그대로 남아 있었다. 그러나 우리가 이사한 집과 그곳은 걸어서 10분 거리여서 언제든지 지나가게 되는 곳이기도 했다.

내가 고3인 그해 10월 26일이었다.

20년 동안 집권해온 대통령이 부하에게 암살당한 사건이 일어났다. 대학 입시를 앞둔 교실 분위기는 어수선하기 짝이 없었다. 다음 해 1월 말, 나는 고등학교를 졸업했다. 죽마고우 창호는 도시를 대표하는 국립대학교에 합격했으나 나는 고배를 마시고 말았다. 대학에 떨어졌다는 자괴감과 창피함에 그야말로 지옥 같은 겨울을 나는 보내고 있었다. 그런 와중에서도 재수하기 위해 정신 차려야 한다고 다짐했건만 마음대로 되지 않았다. 다행히 고등학교 때 글을 좀 쓴다는 평을 받은 터라, 고교 동창 중 누군가 그들의 친목회지에 낼 글을 대신 써달라고 부탁하면, 담뱃값을 받고 대필해 주었고 늦은 밤 숨어서 혼자 소주를 마셨다.

대입 새누학원 종합반은 3월부터 개강하므로 1. 2월은 시간이 넘쳤다. 하는 일이라고는 신문을 읽는 일이 하루 일의 전부였다. 신문 기사는 쿠데타에 성공한 국가보위상임위원회 위원장 전두환 장군의 동정과 삼청교육대에 입소한 인간쓰레기들을 처리한 사실을 칭송하는 기사로 넘쳤다.

어느 날, 구독하는 지방 신문을 펼쳐서 1면을 읽은 후 사회면으로 시선을 돌리다, '으악'하고 소리를 지를 만큼 나는 깜짝 놀라고 말았다. 정부情夫와 함께 남편을 잔인하게 살해한 독부毒婦를 경찰이 검거한 내용의 기사 때문이었다. 신문에서 거의 매일 살인사건 보도를 접해왔기에 경천동지할 새로운 내용이라고는 없었다. 기사를 읽으면서 알 수 있는 사실은 누가, 누구를 어디서, 언제, 무엇으로 죽였냐는 정도였다. 그런데 아는 사람이 희대의 살인마가 되어있었고 피해자 또한 아는 사람이었으며 범행 장소가 불과 1년 전에 내가 살았던 동네였다.

범인은, 우리 집 앞의 하모니카 집에서 살던 최 씨 여자가 분명했다. 해당 기사에는 범인 이름과 사는 동네명과 과거 우리 집 앞의 번지수까지 고스란히 기재되어 있었다. 또한, 사진도 첨부되어 있었는데 눈 부위를 검은 일직선으로 가렸다지만 최 씨 여자의 얼굴이 틀림없었다. 해당 기사의 내용을 정리하자면 다음과 같다.

부산 ○○화학 공장장 최○○ 씨(39) 피살사건은 4개월 전부터 살해를 계획한 최 씨 부인의 청부 살인극으로 밝혀졌다.

피살자 최 씨의 아내 최ХХ 씨(35)가 주범이며, 최 씨의 정부인 서ХХ 씨(27)·서 씨의 친구 박ХХ 씨(25) 등 2명이 청부살인범이다. 경찰은 이들 3명으로부터 범행 일체를 자백받아 이들을 살인 혐의로 각각 구속했다.

경찰은 또 이들이 범행에 사용했던 2개의 칼과 사건 당일 아내 최 씨가 남편으로부터 받은 봉급 26만 원 중 쓰다남은 22만6천 원, 보험가입증서 2개, 범행

현장에 떨어져 있던 서 씨의 「오리엔트」 손목시계 1개 등을 증거물로 압수했다.

 나는 이어진 아래의 기사를 읽으면서 유년 시절 목격한 최 씨 여자의 바람기가 우연이 아님을 알게 되었다.

 경찰에 따르면 아내 최 씨 여자는 평소 복잡한 남자관계와 「카바레」 등의 출입으로 가정불화가 잦았다. 최 씨는 남편이 자신의 남자관계에 방해되자 지난해 11월 초 남편을 살해하기로 결심, 11월 10일과 12월 9일 남편 몰래 남편 명의로 보험회사에 재해 사고 발생 때 보험금 2천만 원과 3천만 원을 각각 받을 수 있는 종신연금 보험에 각각 가입시켜놓고 살인을 계획해 왔다. 최 씨는 이에 따라 지난 1월 1일부터 3일까지 정부 서 씨를 자기 집으로 불러들여 남편을 죽이기로 모의했다,

 기사를 읽으며 의외라고 생각한 부분은 최 씨 여자의 정부가 8살이나 연하라는 사실이었다. 최 씨 여자의 남편은 4살 연상이었고 그날 우리 집에서 최 씨 여자와 희희낙락했던 남자는 무려 열 살 연상이 아닌가? 그러나 신문 다음 면 〈사건해설〉 기사에서 기자는 나의 궁금증을 풀어주었다. 일단 해당 기사를 인용하자면 다음과 같은데, 예의 하모니카 집이 등장했다.

 이들은 처음 남편 최 씨를 연탄「가스」중독사고로 위장하여 살해하려 했으나 사는 다가구 집에서 지난 8년 동안 「가스」중독사고가 한 번도 일어나지 않은 점으로 미뤄 한 지붕 아래의 다른 다가구 이웃의 의심을 받을 것으로 판단했다. 결국 강도 살인을 가장해 살해하기로 하고 보험금을 타 나눠 갖기로 계획했다.
 이들은 사건 당일인 지난 14일 시내 다방에서 범행계획을 논의했다. 이날 퇴근길의 남편 최 씨를 부인 최 씨가 유인해 술을 먹여 취하게 한 뒤 집으로 가는 길목에서 서·박 씨가 살해하기로 계획했다.

이에 따라 아내 최 씨는 이날 하오 7시쯤 남편 최 씨가 일하는 공장으로 전화를 걸어 "바깥에서 만나 함께 저녁을 먹고 집에 들어가자"라며 하오 8시쯤 시내 중심지의 유명 다방으로 유인했다. 커피를 마신 부부는 다방 근처 식당에서 돼지불고기와 술을 함께 먹었는데 아내 최 씨는 식사가 끝나자 목욕하러 가자고 인근의 호텔급 여관으로 함께 들어갔다.

이곳에서 남편 최 씨로부터 이날 받은 봉급 26만 원을 받아 챙긴 뒤 술을 사오겠다며 여관을 빠져나와 각본대로 다방 앞에서부터 이들 부부를 뒤따라와 여관 앞에서 대기 중이던 서·박 씨를 만나 일이 계획대로 돼가고 있음을 알렸다. 이후 최 씨 여자는 여관 앞 구멍가게에서 맥주 3병과 소주 2병을 사 다시 여관으로 들어가 함께 나눠 마시고 잠자리를 같이했다. 아내 최 씨 여자가 그날따라 유독 격렬하고 적극적으로 성관계를 해주니 남편이 무척 흡족해했다.

만화가 박광수가 〈광수생각〉이란 만화를 유명 일간지에 5년가량 연재한 적 있었다. 그때 30대 후반이었던, 나는 해당 만화를 하루도 빠짐없이 봤는데 예의 사건에서 힌트를 얻은 듯한 인상적인 내용이 있었다. 박광수의 해당 만화 내용을 글로 표현하자면 다음과 같다.

남편을 살해한 어느 여자가 저승에 가서 염라대왕 앞에서 심판받는 중이었다. 여자는 커피에다 독을 타서 남편을 살해했다. 염라대왕이 독부에게 '남편을 죽이면서 죄책감이 없었느냐?'고 물었다. 여자는 '남편이 커피가 맛있다며 한잔 더 달라고 할 때 죄책감을 느꼈다'라고 대답했다.

최 씨 여자가 저지른 사건 기사에서 박광수 씨가 해당 만화의 모티브를 얻었다고 지금도 나는 판단하고 있다. 최 씨 여자가 남편을 여관으로 데려가서 그날따라 유독 격렬하고 적극적으로 성관계를 해주니 남편이 무척 흡족해하더라는 부분이 바로 그것이다. 신문 기사는 다음과 같이 계속되었다.

이어 아내 최 씨는 밤 10시쯤 남편과 함께 여관을 나와 집으로 가는 체하며 도중 포장마차 등에 들러 남편 최 씨에게 술을 더 먹였다. 남편 최 씨를 잔뜩 취하게 한 뒤 범행 장소인 부산시 남동구 동양동 하모니카 집 근처의 산길로 유인했다.

아내 최 씨가 남편 최 씨를 숲길로 유인하자, 남편 최 씨가 '집으로 가지 않고 왜 이 길로 가느냐'고 물었다. 남편 최 씨는 만취한 상태였지만 어느 정도 최소한의 의식은 남아 있었다. 남편이 이렇게 묻자 아내 최 씨는 '나도 술에 취해 잘 모르겠다'라며 계속 함께 산길을 올랐다. 그러다 미행 중이던 서 씨와 박 씨 두 남자가 나타나 서 씨가 최 씨에게 칼을 겨누었다. 전과가 없었던 이들이 사람을 죽이기란 쉬운 일이 아니었다. 둘이 계속 망설이자 최 씨 여자는 난감해지기 시작했다. 여자는 정부 서 씨에게 '야! 이 병신아! 이것 하나도 똑바로 못해!"라고 소리치며 자신이 서 씨의 칼 잡은 손을 당겨 남편의 가슴팍을 찌르기 시작했다. 그로부터 본격적인 난도질이 되었고 옆에 서 있는 박 씨가 달려들어 함께 난자하자 남편 최 씨는 피투성이가 된 채 사망했다.

지방 신문은 육하원칙에 따라 잔인한 범죄 경위를 상세하게 기록한 후 관련 기사를 덧붙였다. 다음 면에는 기자가 해당 형사에게 전해 들은 사건의 이면 이야기까지 적어놓고 있었다. 담당 기자가 최 씨 여자를 심층 취재했다는 기사도 그런 점에서 대동소이할 뿐만 아니라 일맥상통했다. 죽은 사람은 말이 없었다. 오직 죽이는 것들만이 변명을 합리화할 수 있어서 다양한 얘기를 늘어놓았는데 다음 면의 사건 분석 기사는 아래와 같이 계속되었다.

'최〇〇는 굉장한 추녀醜女였다'

기자는 최 씨 여자가 지독한 추녀임에도 남편이 출근하고 집에 없는 대낮이면 엿장수, 서적 외판원, 이전에 함께 공장에 다니던 남자 할 것 없이 방에 들여 싱판세했디고 격었다. 추녀여서 납자를 밝히다는 말인지, 추녀임에도 분수를 모른다는 말인지 도무지 문장을 이해하기 어려웠다. 그리고 추녀의 기준이 무엇인지도 궁금했다. 고전소설 박씨전에 나오는 괴물과 같은 외모를 추녀라고 하는지 아니면 예쁜 얼굴이 아니면 무조건 추녀라고 부르는지도 모호했다. 내가 볼 때, 최 씨 여자는 평범한 얼굴에다 주근깨가 많고 눈매가 날카로워서 약간 사나워 보이는 인상이었지만, 추녀라는 표현은 좀 지나친 감이 있었다. 그렇지만 최 씨 여자가 엄청난 사건을 저지른 점은 경악스러웠다. 기사의 끝부분에는 피고인 최 씨 여자가 범행을 자백하도록 유도하여 결정적인 임무를 수행한 형사의 심문 후기도 적혀있었다.

새벽에 남자가 동네 인근 산길에서 잔인하게 살해된 시체로 발견되자 수사관은 아내 최 씨의 행적에 수상한 점이 없는가를 살폈다. 우선 아내 최 씨 명의로 여러 보험에 든 점이 특이했고, 그날 저녁 둘이 만취하여 집으로 오다가 집 근처에서 남편이 어디론가 사라졌다는 진술도 이상했다는 것이다.

수사팀은 일단 최 씨 여자에게 용의점이 있다고 판단하고 쇠고랑을 채워 연행하여 경찰서 유치장에 가둬놓고 심문을 했다. 자신이 범행을 저지르지 않았다고 극구 부인하는 여자에게 해당 수사반의 미남 형사가 심문에 투입되었다. 형사는 조사에 솔직하게만 대답하면 무죄로 처리하여 곧바로 귀가시키겠다고 약속하며 여자를 꾀었다. 형사는 최 씨 여자를 피의자라기보다는 이성으로서 대하는 '미남계 美男計' 작전을 사용했다. 곧 풀어준다는 말과 잘생긴 남자와 관계를 이어갈 수 있겠다고 확신한 최 씨 여자는 범행 일체를 술술 불기 시작했다.

여자가 단순해서 쉽사리 사건을 해결했다는 형사의 후일담도 해당 기사 끝에 상세하게 나열되어 있었다. 숨김없이 말하면 무죄로 방면하겠다는 감언이설은 하나의 심문 기법이었을 것이다.

여자가 체포되어 범행을 자백해서 세상을 시끄럽게 할 때가 그해의 2월 중순이었다. 3월이 되면 학원 개강이 시작되어 나는 대입 학원의 재수생 종합반에서 새 출발을 도모하고 있었다. 그러나 사정은 여의치 않았다. 도시에는 육군 소장 전두환 장군의 정권 탈취를 반대하는 대학생 데모가 심해져서 계엄령이 시행되었다. 시내의 대입 종합학원과 집을 오가는 불쌍한 재수생을 대학생으로 오인한 특전사 계엄군이 묵사발이 되도록 팼다는 소문들이 들렸다. 피투성이가 되도록 맞은 이는 고등학교 동창 녀석이었다. 나는 집 근처 버스 정류장에서 학원, 학원에서 집 근처 정류장까지 왔다 갔다 하기만을 반복했고 다른 장소에는 얼씬조차 하지 않았다.

5월 중순이 되자 AFKN[19] TV의 방송 뉴스를 통해 '광주 사태'라는 전대미문의 상황이 벌어지고 있었음을 알게 되었다. 모두 쉬쉬했으나. 어중간하게 공부하던 재수생은 하루에 한두 시간이나 할애하여 신문을 읽었다. 5월 마지막 날의 신문으로 기억한다.

글을 쓰면서 그때의 살인사건에 관한 내 기억이 맞는지를 확인하기 위해 구글Google을 통해 검색하니 다음과 같은 기사가 떴다. 나는 속으로 중얼거렸다. '아, 내 기억이 정확했구나……'

부산지법 형사 4부 권○○ 부장판사는 29일 보험금을 노려 남편을 살해한 최○○ 피고인 (35·여· 부산시 동양 2동 390)에게 살인죄를 적용, 구형대로 사형을 선고하고 하수인 서○○ (27·전남 □□군) 박○○ (25·전남 △△군) 피고인 등 2명에게는 무기징역을 선고했다.
[출처: 중앙일보 1980.05.31] 보험 노려 남편 죽인 아내에 사형을 선고]

최 씨 여자는 이듬해 형장의 이슬로 사라졌다.

---

19) American Forces Korea Network 주한미군 방송망.

6

간신히 대학에 입학한 다음 해 7월, 이전 사건보다 더 큰 벽이 나를 기다리고 있었다. 평소처럼 집배원 일을 하시던 아버지가 길에서 쓰러져서 세상을 떠나고야 만 사건이었다. 병원에서 간암 말기라는 사형 선고를 받은 아버지가 한 달 동안 생사의 갈림길에서 신음할 때는 학교의 기말시험 기간이었다. 나는 지도교수를 찾아가 시험 연기를 해달라고 부탁했다. 나를 운동권 학생으로 확신한 교수는 시험에 불응 시 유급 조치하겠다고 말하며 요청을 한마디로 거부했다. 아버지는 나의 기말시험 기간에 운명하셔서 장례식을 치르느라 나는 시험에 불참할 수밖에 없었다.

장례식이 끝나자 아버지의 주검을 실은 장의차는 선영으로 향했다. 아버님의 본가 뒷산이 장지葬地여서 영구차는 친척들이 모여 사는 마을, 아버지가 태어나서 어른이 될 때까지 크고 자란 큰댁의 대문 앞 공터에 멈췄다.

큰댁 마당 앞길에는 아버지의 죽음을 통보받은 할머니, 큰아버지, 숙부叔父, 고모姑母, 종숙從叔, 종고모從姑母, 종숙모從叔母, 나의 사촌, 육촌 등 일가친척들이 늘어서 있었다. 영구차 운전기사는 정사각형 모양의 버스 뒷문을 열어 관을 밖으로 꺼냈고, 관 위에다 아버지의 사진을 얹어놓으며 친척에게 마지막 작별 인사를 하라고 알렸다. 그때였다.

군집한 사람 가운데 누구보다 먼저, 도열한 줄 앞으로 나와 관 위에 세워놓은 사진을 껴안고 오열하는 이가 있었다. 분옥 고모님이었다. 그녀는 사진을 부둥켜안고 오랫동안 대성통곡을 했다. 얼마 후 울음을 멈춘 그녀는 작은 보퉁이에서 뭔가를 꺼내 잔에다 가득 부었는데, 그건 유년 시절 내가 무엇에 홀린 듯 감상한 백자주병이었다.

오랜 시간 내가 찾은 백자주병은 분옥 고모님이 소중히 간직하고 있었다는 사실을 알게 된 순간이었다. 그간 백자주병의 행방에 집착한 사실이 뉘우쳐졌다. 분옥 고모님에게는 술병이 무엇보다도 소중한, 상징적인 물건임을 아는 데는 짧은 순간이어도 충분했다.

"동생, 이 사람아! 술을 마실 때마다 좋아하더니 이러려고 몹쓸 간암에 걸렸나? 자, 한잔 드시고 가시게!" 분옥 고모님이 다시 목메어 울기 시작했다. "아아……. 으아…. 아아…. 아이고…."

아버지는 뒷산에 누운 채로 작아지고, 더 작아지고 사라져 갔다. 아버지가 유년 시절 살았던 초가집의 방은 창이 되고, 건물 앞면이 되고, 일군의 건물이 되고, 들판과 구역이 되고, 마침내 마을 전체가 되었다. 나의 슬픔은 누군가 상상할 이상이 되었다. 초가집과 기와집의 지붕들이 여름 더운 공기 속에 빤짝였다.

7

유년 시절엔 분옥 고모님을 괴롭히는 '그놈'을 막기는커녕 어처구니없이 첨병처럼 길을 안내한 기억이 사춘기 이후 나를 줄곧 괴롭혔다. 그와 별개로, 성인이 될 즈음에 일어난 또 다른 두 사건도 기억에 남게 되었다. 내 이웃에 사는 평범한 이가 살인마가 되어 세상을 떠들썩하게 할 수 있다는 것과 내 개인의 의지와는 달리 역사적 사건은 제 마음대로 일어나 인간의 운명을 좌지우지한다는 사실도 그랬다.

그해 겨울, 입영통지서를 받은 나는 아버지를 잃은 슬픔을 뒤로하고 군문軍門으로 향했다. 3년이란 긴 시간 동안을 보내면서 나는 맞고, 때리고, 갑질당하고, 갑질하며 눈치껏, 요령껏 살아야 한다는 인생의 방식을 터득하게 되었다. 교도관과 죄수는 별 차이점이 없어서 사실은 다 같이 갇혀 지내는 자들임도 깨닫게 되었다. 인간의 운명은 우연과 우연의 모임이 만든 불가사의의 집합이며 해당 사항이 삶의 본질이라고 나는 믿게 되었다.

주변에 존재하는 흔한 사람이 살인마가 되고, 생각 없이 행한 누군가의 행동이 어떤 사람에게는 치명타가 되어 그의 인생을 고통의 구덩이 속으로 빠뜨린다는 사실도 그랬다. 찾아도 보이지 않던 백자주병처럼 나에게는 그저 옹빗거리로 삳고 싶은 무엇이 너년 이에게는 삶의 중요한 존재가치었다. 지신의 의지와 결단이 인생을 살아가는 데 있어 얼마나 중요한지 오랫동안 교육받아 왔지만, 그것만으로는 만날 수 없는 세상의 풍경들이 있다는 사실에 눈뜨게 되었다.

제대 후 복학했으나 교수들이 내게 자국을 낸 '운동권 학생'이라는 낙인은 사라지지 않아 졸업할 때까지 계속되었다. 이후 민주화가 이뤄지고 문제의 어용 교수들은 한둘씩 도태되기도 했으나, 나를 괴롭힌 이는 학장이 되고 총장이 되고 이후에는 장관이 되는 등 오히려 승승장구했다.

밤은 내가 있는 쪽으로 몰려왔다. 모든 게 변하고 있었다. 나는 거리를 걷다가 달렸다. 너무 늦지 않을까 두려웠다.

베짱이

선하디선한 그를 괴물로 만든 이는 누구일까?

원인을 제공한 특정인이 없다면

그를 괴물로 만든 상황이나 계기는 무엇일까?

돈이면 모두 된다는 물신주의일까?

향락과 소비를 지상 최고의 미덕으로 여긴 증권회사의 분위기 때문일까?

아니면 자신이야말로 최고 엘리트라고 믿은 알량한 자부심 때문일까?

‡‡‡

이것이 삶이던가? 그렇다면 다시 한번.
　　　－ 프리드리히 니체

1

　도저히 믿을 수 없는 사건을 그가 이야기하고 있었다. 있을 수 없는 일이고 있어서도 안 되는 일이었다. 여자 한 명과 그를 포함한 세 남자가 같은 방에서 관계했다고 그가 말했기 때문이다. 세상에서 모르는 일이 없다고 생각해 왔기에 나는 그의 이야기를 처음부터 끝까지 들어야만 했다.

　그에게 도착한 입대 영장은 본적本籍으로 기재된 도시의 향토사단 신병훈련소로 해당일 오전 10시까지 입소하라는 내용이었다. 전날 집에서 출발한 그는 고향의 시내에서 하룻밤을 묵은 후 다음 날 오전 해당 군부대에 들어가기로 계획했다.

1982년 겨울 어느 날, 오후 서너 시에 그가 탄 시외버스는 밤 8시경에 고향 노시의 역전에 도착했다. 저녁을 먹고 여관에서 잠을 청한 후 다음 날 아침 8시경에 일어나서 조식 후 군부대로 향하면 되겠다는 일정을 그는 머릿속에 담고 있었다. 그는 역 앞의 낡은 식당에서 순댓국을 먹다가 근처에서 식사하는, 머리를 짧게 깎은 청년 갑과 을을 발견하게 되었다. 미리 삭발하여 비슷한 모습의 서로를 발견한 셋은 누구 먼저라고 할 것 없이 인사를 나누게 되었다. 식사를 마친 그들은 의기투합하여 자리를 한군데로 모아 소주와 안주를 추가 주문하여 술을 더 마시게 되었다. 이윽고 밤이 찾아왔다. 증가한 알코올 농도 때문에 얼추 얼얼하게 된 그들은 이왕이면 돈도 아낄 겸 큰 방 하나를 얻어 함께 자기로 했다. 공식적인 건 아니지만 이미 입대 동기同期가 된 셈이었다.

밤 10시, 역전 여관에서 큰 방 하나를 얻은 그들이 여장을 풀고 이불과 요를 깐 뒤 잠을 청하려는 참이었다. 오십이 다 되어가는 중년의 주인 여자가 방문을 두드리며 들어왔다.

"총각들, 예쁜 아가씨를 불러 줄까?"

"됐으니 나가세요!"

세 명 가운데 그만이 주인의 제의를 완강하게 거부했으나 갑과 을의 속내는 그렇지 않은 모양이었다. 이후 주인 여자가 두 차례나 더 찾아왔다. 일행의 의사를 무시하고 홀로 일방적인 주장을 했다는 생각에 그는 침묵을 지키고 말았다.

"주인 말대로 하면 어떻겠냐?" 갑이 을에게 물었다.

"내일이면 입대인데 마지막으로……." 을이 대답했다.

침묵하고 돌아서 누운 그도 어쩔 수 없이 그 상황을 합의한 결과가 되고 말았다.

"옆방이 비어 있으니 그곳에서 연애하면 되걸랑요."

주인 여자는 그들이 십시일반으로 낸 화대花代를 챙겨갔다. 그런데 10분 후 주인 여자가 다시 찾아왔다.

"어쩌지? 사정이 생겼어. 총각들, 비어 있는 옆방에 방금 손님이 들어와 방이 모두 차버렸네. 그리고 아가씨도 모자라네? 화대를 돌려받든가 아니면 세 명이 묵고 있는 이 방에서 알아서 하면 안 되겠어?"

주인 여자가 다시 제안했다. 여자를 기다리며 소주를 마시던 갑과 을은 술 때문에 마음이 동한 탓인지 자신들이 묵는 방으로 여자 한 명을 불러들이기로 합의했다.

얼마 후, 소위 '갈보'라고 불리는 여자가 방에 들어왔다. 세 사람이 떠드는 소리에 그가 잠이 깨어 일어나게 되었다. 그가 합석하자 몸 파는 여자 한 명과 장정 셋이 소주를 마시는 진풍경이 연출되었다. 을이 밖에서 사 들고 온 소주 두 병은 금세 동이 났다. 술 때문에 부끄러움이 없어진 탓이었다. 옷을 죄다 벗은 여자가 이부자리에 눕자 갑이 위로 올라갔다. 옆에 앉은 그와 을이 형광등 불을 끄려고 했으나 갑이 제지했다.

"그럴 필요가 있겠소. 내일이면 인생 끝인데."

여자와 갑이 관계를 갖는 동안에 그와 을은 옆에 나란히 앉아 정사 장면을 구경할 수밖에 없었다. 한 차례 정사가 끝나자 여자는 옆에 앉은 그들에게 뭔가를 이야기했다. 신파조新派調 영화에 나오는 장면을 연상시켰다. 삼 년 전, 여자가 사랑하는 애인이 입대하여 불과 몇 달 후 병영에서 사고로 사망했다는 것이다. 애인에게 미안한 마음 때문에 입대하는 장정에게는 추가 비용 없이 원하는 만큼의 관계를 허락하겠다고 말했다.

여자와 갑의 관계가 끝나자마자 천천히 옷을 벗은 을이 여자의 몸 위로 올라갔다. 장면이 바뀌어 그와 갑이 옆에 앉아서 둘의 정사 장면을 지켜보게 되었다. 어느새 정사가 끝나자 망설이는 그를 여자가 불렀다. 마침내 갑과 을이 그와 여자의 정사 장면을 구경하게 되었다. 그들은 완전한 '구멍 동서同壻'인 동시에 '구멍 동기同期'가 되고 말았다. 입대라는 절망감이 그들 사이의 수치심을 완전히 없애버렸기 때문이다. 그날 밤 그와 갑, 을 등 세 남자가

한 여자와 각각 세 번씩, 여자는 아홉 차례의 관계를 반복했다. 계속하여 정사를 깆다 보니 시간은 새벽 세 시경까지 흘러갔다. 역 앞 식당에서 해장국을 함께 먹은 후 여자는 장정 셋과 헤어졌다. 그들은 여관에 돌아와 짧게 눈을 붙인 후 오전에 군부대로 향했다. 군대에서의 만남이란 그렇고 그런 것이어서 훈련소 이후론 다시 만날 수 없었음은 물론이다.

"인간이라고 불리기에 우리는 짐승이 아니잖아. 아무리 절망적인 상황이더라도 그래서는 안 되는 거 아니야? 최소한의 윤리조차 없는 자들을 어떻게 인간이라고 불러?" 그의 얘기가 끝나자 내가 말했다.

2

같은 대학에 적을 둔 그와 나는 제대 후 복학하여 졸업했으며 둘 다 이름만 대면 알만한 회사에 취직하여 대기업의 초급사원 티를 조금씩 벗고 있었다.

"내가 근무하는 부서에 여사원이 있는데 말이야."

뭔가 조언을 구한다며 그가 말했다. 88올림픽이 열리기 넉 달 전의 어느 날이었다.

"응, 그런데?"

20대 후반이고 결혼을 생각할 나이였으니 내용은 뻔했다. 그도 그럴 것이 홀아버지에다 동생이 둘이나 딸린, 가난한 그에게 쉽사리 시집올 여자는 많아 보이질 않았다.

"나보다 한 살 많은 여잔데, 두 달 전부터 나에게 계속 추파를 던지네. 어쩌면 좋으냐?"

그가 얘기한 내용을 정리하자면, 해당 여직원이 그에게 사귀자는 의사를 계속 보내는 중이며 듣자 하니 근무하는 회사의 회장 조카딸일지도 모른다는 내용이었다.

"그게 말이 되니? 재벌회사 회장의 조카딸이 어째서 여상女商 출신이며, 지방 도시의 일개 지점 영업장에서 근무한단 말이냐? 네가 다니는 회사에 관해 아는 바 없지만, 그녀를 둘러싼 소문은 누군가 지어낸 이야기가 분명하구나."

그의 물음에 대답하면서 그가 내게 뭔가 의견을 구하려 하는 눈치를 알아차리게 되었다.

"그래, 그녀랑 무슨 일이 있었구먼." 내가 물었다. "내게 듣고 싶은 말이 뭐야?"

"월말 영업 실적이 우수해서 지점에서 상을 받은 날이었지. 그날 저녁, 여자가 술 한잔 사라고 노골적으로 말하더라" 그가 말을 이었다. "그래서 둘이 한잔하다 보니 일이 커지고 말았어."

"네가 말하는 분위기를 보아하니 그냥 술만 한잔한 게 아니겠구나." 뭔가 심상찮은 내용을 파악한 내가 말했다.

짐작은 정확했다. 그날 만취한 그가, 여자를 그것도 같은 부서에서 근무하는 노처녀를 여관까지 데리고 갔으니 결과야 뻔했다. 술 때문이라지만 그의 행동에는 여러 이유가 있을 듯했다. 첫째, 평소 술을 마시면 욕정을 다스리지 못하는 성향이 있다는 점과 둘째, 남자로서 가장 혈기 넘치는 나이라는 점, 셋째로 그녀가 회장의 조카딸이라면 결혼을 통해 신분이라는 사다리를 쉽게 뛰어오를 가능성이 생기는 점 등이라고 생각되었다. 아무래도 그날 밤 행동은 세 번째 이유가 가장 타당할 듯했다.

"술에 취해서 그곳까지 간 건데……." 그가 말했다. "여자가 순순히 여관까지 따라와서 어쩔 수 없이 그렇게 되고 말았지. 헤헤."

몇 달 후 그가 보낸 청첩장이 도착했다. 그는 회장 조카딸이라고 소문난 처녀와 결혼식을 올릴 예정이었다. 이틀 후, 지금은 아내가 된 나의 대학 후배와 나 그리고 그와 회장의 조카딸로 소문난 여자 등 네 명이 함께 저녁 식사를 하게 되었다. 나와 아내를 향해 경계의 눈빛을 계속 던지는 그녀에게는 확연한 노처녀 티가 났다. 그날 유독 잊히지 않던 장면이 있다. 술을 곁들인 식사글 미친 네 명이 디스쿠장에 가게 되었는데 만취한 그가 결혼할 여자를 외면한 채 내 여자 앞에서 광기에 가까운 춤을 계속 추었던 기억이 그것이다.

3

　장편소설이든 단편소설이든 소설에서는 어떤 인물의 성격이 완전하게 묘사돼야 한다는 게 이제는 통념처럼 되어있으므로 부득이 '그'라는 인물을 여기에 등장시켰다. 우리가 어떤 인물의 삶에 특별히 유의하거나 어떤 행동을 주목하는 건 거기서 주목하는 문제가 흔치 않고 해결이 간단하지 않은 때가 대부분이다. 소설의 주인공을 '문제적 인간'이라고 부르는 이유이기도 하다.

　황혼에 가까운 어느 날이라고 하자. 늦은 가을 햇살을 받으며 인생에 관해 생각해본 사람이라면, 한 번쯤 우리의 인생이 누군가의 각본에 따라 미리 짜여 있어서 우리는 해당 드라마의 조연으로 충실히 배역을 소화하는 게 아닌가 하는 의문을 가지게 된다. 원하는 목표에 도달하려 노력해도, 결정적인 순간에 방해꾼이 등장하여 결과는 엉뚱한 길로 가게 되는 경우가 허다하다. 악마의 마음을 가지고 있는 사람이 사사건건 길손이 가는 길을 훼방하려 든다면 미리 알고 대처하기란 불가능하다. 선한 이웃을 한순간에 몰락하게 만드는 악마가 누구인지 알려면 결과에 도달한 인생의 황혼 쯤이 되어서야 가능하기 때문이다.

　평범한 이의 삶을 나락으로 떨어지게 만드는 '나쁜 놈'은 불특정 장소에 널려 있다. 장소는 어쩌면 가장 가까운 이웃일 수도 있다. 흡혈귀나 프랑켄슈타인 같은 괴물은 특이한 모습과 이상한 행위를 하는 존재여서 찾기 쉬울 수도 있겠다. 하지만 공상 소설이나 S·F 영화에서나 있을 법한 내용이다. 오히려 평범한 이의 다람쥐 쳇바퀴처럼 반복되는 일상이 '그놈'이 존재하는 공간일 가능성이 크다. 우리의 삶을 살펴보면, 주변 곳곳에 악마가 숨어있는지도 모른다.

어릴 적 신약성경을 공부할 때 하느님의 아들 예수를 광야에서 시험하며 유혹하고, 그가 십자가를 매고 골고다 언덕을 올라갈 때 조롱한 존재가 사탄이라고 배웠다. '사탄 Satan'이란 단어는 '적대자'라는 뜻으로, 위대하신 야훼 하느님과 대립하여 존재하는 악을 인격화하여 부르는 말인 듯하다. 내가 어른이 되었을 때도 '사탄'이란 게 존재하여 만화영화나 전설·신화 등에 등장하듯 머리에 뿔 달리고 피부가 빨간 괴물이리라고 생각했다. 그러나 내 생각은 이후 오래가지 않았다.

인생을 조금이라도 진지하게 생각해본 사람이라면 알 것이다. 모든 전락轉落이 불행하지 않으며, 어떤 때는 우리로서는 이해할 수 없는 초월적 예정이 채워져 가는 과정일 수도 있다. 실상, 악마는 시정市井의 장삼이사張三李四 속에 널려 있지 않을까? 약간의 틈만 보이면 그들이 우리 일상으로 파고들기 때문이다.

*

그는 유년 시절부터 청년 시절까지 공부 잘하는 모범생이었으며 급우들에게 온화하고 친절한 동무였다. 고등학교와 대학을 함께 다닐 때 그는 언제나 겸손하고 성실하기 짝이 없는 청년이어서 학교 앞 막걸릿집에도 들르지 않고 오로지 공부에만 매진한 모범생이었다. 내 버릇 따위는 바꾸고도 남을 만큼 강력한 감화력을 가진, 품성 또한 고결한 그를 친구로서 만나게 되었다. 대학 시절, 그는 가난을 극복하려는 일념으로 시간을 아끼기 위해 여자 친구도 사귀지 않았다. 누구를 대하더라도 마음씨는 선량했고 태도 또한 온화했다. 광산에서 노동하는 아버지와 계모 슬하의 빈한한 가정에서 자랐다지만 지극히 얌전하고 바른 생활만 하는 학생이었다. 깨끗하고 단정한 옷차림이나 친구를 대하는 겸손한 태도 등 어느 면을 보더라도 흠잡을 데 없는 모범 학생이있다. 그때 나는 그를 대할 때마다 조선 시대 향약의 사대강목四大綱目, 좋은 일은 서로 권하고 잘못은 서로 규제하며 예의로 서로 사귀고 어려운 일을 서로 돕는 친구가 되겠다고 다짐했다.

언젠가 그는 내게 자신의 군대 생활을 회고하면서 내가 상상하지 못한, 의외의 두 가지 내용을 얘기했다. 하나는 군대 생활에서 간부들을 위해 예의 채홍사 역할을 비굴하게 수행해야만 한 억압된 조직에 관한 분노였고. 또 하나는 자신을 부당하게 괴롭히는 선임병에게 주먹질하며 싸운 결과로 비교적 편하게, 남은 군대 생활을 하게 된 무용담이었다. 이미 그는 이전에 내가 알던 그가 아니었다. 뭔가 아주 조금씩 변해가고 있었다. 대학 재학 중에 그는 사법고시에 여러 번 응시했지만 합격하지 못했다. 이후 그는 증권회사에서 직장생활을 시작했다. 같은 시기에 대기업 그룹의 중공업 회사에 취직한 나는 같은 도시에서 굴삭기Excavator라는 기계를 팔러 다니는 일을 하게 되었다.

몇 년 후, 그와 나는 직장에서 신입사원 티를 벗고 30대 초반의 중견 사원으로 탈바꿈하고 있었다. 같은 지역에서 근무하는 동창이므로 그와 나는 몇 달에 한 번꼴로 만날 수 있었다. 결혼하기 전 취중의 술자리에서 그가 내게 한 말은 동창들 사이에 떠도는 '카더라' 풍문과 일치했다. 그와 결혼한 여자는 회장의 조카딸이 아니고 회장의 먼 친척, 그것도 아주 먼 친척일 뿐이라는 것이었다. 굳이 촌수로 따지자면 20촌이 될까 말까 하는 사이라고 결혼 후 만난 자리에서 그가 말했다. 그의 장인이 종친회를 통해 연결된, 아주 먼 촌수의 조카뻘인 회장에게 읍소하여 딸의 구직에 성공했는데 어처구니없게도 회장의 조카딸이라고 소문난 듯했다. 여자의 친정은 시골이라고는 하지만 소문난 양반 도시의 기세 당당한 토호 세력이었다. 고래 등짝과 같은 기와집에 수천 평의 전답을 소유한, 남부럽지 않은 집안이기도 했다.

어린 시절부터 살아온 산꼭대기 판자촌 인근의 8평 시영아파트에서 가족과 함께 시작한 그의 신혼살림은 일 년이 지나자 지하철 인근 5분 거리 동네의 번듯한 기와집으로 옮겨갔다. 그것도 네모반듯한 터에 널찍한 마당까지 가진 저택에 이사하면서 그의 신분 상승이 이루어지기 시작했다. 대농大農인 처가의 도움 때문이었다.

증권회사에서 그가 꾸려나가는 생활은 일반 직장인들의 경우와는 딴판으로 보였다. 주식 열풍이 일어 살림하는 평범한 주부들조차도 장바구니를 들고 증권회사의 영업장으로 몰리던 때였다. 어느 날 그에게서 전화가 왔다.

"어이, 친구! 잘 있나? 바쁘더라도 한 번쯤 얼굴도 보고 그랬으면 좋겠네. 주변에 주식에 투자할 만한 사람 있으면 내게 소개 좀 해줘. 자네 집은 부인도 직장생활을 하니 여유가 많지 않나? 투자 좀 해봐! 그리고 술 한잔해야지? 우리는 친구잖아, 언제 시간이 나?"

그때 나는 아침 일곱 시에 출근하여 저녁 아홉 시나 열 시에 퇴근하는 것이 일상이었다. 회사가 원하니 어쩔 수 없었다. 그를 만나기 위해 저녁 여덟 시경에 사무실 문을 나서려니 퇴근하지 않는 동료들의 눈치가 보일 수밖에 없었다. 늦은 저녁이었다. 그는 전작前酌에 이어 이차를 하고 있으니 그곳으로 오라고 말했다.

그는 룸살롱에서 나를 맞았다. 서른한 살, 직장 삼 년 차인 나는 난생처음으로 듣도 보도 못한 고급 술집에서 그를 만나게 되었다. 어느 모로 보나 내가 다니는 직장은 인지도와 회사 등급에서 그가 다니는 직장을 압도했다. 하지만 그가 돈을 많이 버는 직종에서 근무하고 있으니 매우 위축되는 느낌이 들었다. 술집 입구에서 손님을 맞이하는 마담에게 '김영휘 씨'를 찾는다고 말하니, 여자는 극진한 태도로 나를 해당 룸으로 안내했다.

"오우! 반갑네. 친구!"

얼추 취한 그가 상석에서 나를 맞이했다. 꽃처럼 어여쁜, 잠자리 날개를 연상시키는 옷차림의 젊은 여자가 갖은 교태를 부리며 그에게 술 시중을 들고 있었다. 그는 해당 술집의 단골손님으로서 상당한 매상을 올리는, 무시 못할 존재인 듯했다. 여자가 애교를 부리며 '김 대리님!'을 연발하며 안주를 입에 넣어주는 모습을 보며 나는 계속 생각했다. 도대체 얼마나 돈을 벌어야 저런 술집에 가게 되는 거야?

당시 나는 월급을 받는 족족 아내의 통장에 입금되도록 회사에 계좌등록을 한 상태였고, 교사인 아내에게 얼마간의 용돈을 타서 생활했다. 술이 생각나면 겨우겨우 포장마차에서 소주를 혼자서 홀짝거리는 형편이었는데 월급 외에도 상당한 돈을 벌어서 여유가 넘치는 그가 부러울 따름이었다.

4

이후 우리의 30대는 말없이 그리고 빨리 흘렀다.

인도네시아 민요 '붕가완 솔로'의 노랫말처럼 '세월은 끊임없이 흘러' 우리는 40대 초반이 되고 말았다. 누군가는 힘겨운 30대 중반과 후반을 거쳐 40대로 왔다고 얘기했지만 평이하게 온 이들도 많아 보였다. 내가 20대 후반에 입사한 건설중장비 회사는 몇 년 후 스웨덴 국적의 자동차 계열 회사로 매각되었다. 나는 같은 그룹의 계열 회사인 무역회사로 자리를 옮겼다. 무역회사에서 허드렛일로 치부되는 영업 지원 업무를 했으나 그조차 수출입 물량이 줄어 부서는 해체되고 말았다. 결과적으로 나는 무역회사에서 고작 5년밖에 견디지 못했다. 살아남기 위해서 그룹사에서 새로 만든 자동차 제조 회사로 자리를 옮겼지만, 이후에도 나의 직장 운은 평탄하지 못했다. 1990년대 말로 접어들 즈음에 IMF라고 불리는 외환위기가 발생했기 때문이다.

새로 들어선 '국민의 정부'는 전 정권인 '문민정부'가 허가한 신규 자동차 회사를 '전 정권의 적폐'라고 규정하여 공장폐쇄를 결정했다. 이전 회사에서 겨우 과장으로 진급하여 옮긴 회사였다. 바닷가 흙구덩이 속에서 3년 동안 공장건설에 매달리다 겨우 자리를 잡은 나는 갑자기 실업자로 전락할 신세에 처하고야 말았다. 정성을 다해 근무했으나 내 의지와 관계없이 회사는 문을 닫고야 말았다.

그룹 총수가 대통령 당선인이 태어난 특정 지역 출신의 전문경영인을 회장으로 임명해서 새 정부에 뭔가 로비를 시도한다는 소문이 돌았다. 그러나 대통령 당선인이 그를 문전 박대했다는 신문 기사가 익일 신문을 장식했다. 회사가 흔적도 없이 사라지거나 타사에 흡수합병 될 것이라는 위기에 긴장한 직원들은 무려 1년 반 동안이나 거리 시위와 밤샘 농성 등의 극한투쟁을 이어갔다. 어제까지 벌벌 기었던 부하직원이 하룻밤 사이에 빨간 띠를 매고 상사에게 다가와 반말과 욕지거리, 손가락질해대는 풍경은 일상이었다. 회사의 주인이 없어진 탓이었다. 회사를 살려보려는 갖은 노력은 허사에 그치고 말아 새로 뽑힌 대통령의 결단만 기다리는 신세가 되고 말았다.

어느 날, 나는 그가 근무하는 증권회사 영업장을 찾았다. 그가 제삼자의 관점에서 '○○자동차 사태'를 지켜보았으므로, 향후 내가 어떻게 해야 할 것인가에 관한 조언을 듣고 싶었기 때문이다. 객장에서 그를 찾다가 흥미로운 장면을 목격하게 되었다.

짙은 화장을 한 중년 여성 두 명이 그에게 다가와서 말을 걸고 있었다. 손에 든 가방 속에 얼핏 비치는 랩톱이라 불린 미니 노트북이, 보험 영업에 종사하는 여성들임을 짐작하게 했다.

"김 차장님, 소문을 듣고 왔습니다. 주식에 관심이 많아서 투자를 좀 하려고 하는데요."

그는 어느덧 도시의 증권업계에서 꽤 이름이 알려진 듯했고, 상당히 평이 좋은 증권 전문가가 되어있었다. 컴퓨터 화면을 뚫어지게 쳐다보며 줄담배를 피우던 그는 찰나의 눈빛으로 두 사람을 훑어보다가 다시 마우스를 움직였다.

"아줌니들! 보아하니 보험 하시는 분들 같은데요. 힘들게 번 돈을 이런 데 와서 쓰시면 안 됩니다. 주식에 돈을 투자해서 벌 수도 있지만 반대의 경우가 훨씬 많습니다. 그러니 이런 곳에 오시면 안 돼요!"

짐짓 다그치는 그의 모습에서 아무리 금전 만능주의가 팽만했다고 할지라도 세상에는 빛과 소금 같은 이가 존재한다는 생각이 머리를 스쳤다. 그가 고3 때 내 옆자리에 앉았던 친구라니! 두 여자를 배웅하다가 나를 발견한 그가 응접실에서 내게 차를 권했다.

"어제는 육십 줄에 접어들어 보이는 노신사가 내게 와서 방금과 비슷한 말을 하더라. 이곳 영업장에서 몇 주 동안 나를 쭉 지켜봤다는 거야. 2억이란 거금을 맡길 테니 알아서 굴려달라고 하더라."

"그래서 뭐라 대답했는데?"

"'손님! 보아하니 가져온 돈, 퇴직금 같은데 이런 데서 쓰시면 안 됩니다'라고 한마디 했지. '청춘을 바쳐서 다닌 회사에서 건진 마지막 돈인데 도박판 같은 주식투자에 사용해서야 되나요?' 라고도 말했지."

그는 하늘에서 돈다발 따위가 쏟아지기를 기다리는 이가 아니었다. 가난 극복이 오직 인생의 최종 목표라는 유치한 도식의 사고방식을 가진 사람도 아니었다. 단지 물질 성취욕에 광분하여 개같이 벌어서 개보다 못하게 멍멍거리는 자들을 비웃었다. 천박한 방식으로 가난을 극복할 수 없다고 믿고 있었다. 증권회사에서 저토록 건강한 정신으로 직장생활을 하는 그를 누군가가 만났다면, 예의 바르고 상대방에게 사려 깊은 신사로 판단할 수밖에 없었으리라.

5

자동차 회사가 쓰러진 후, 나는 그룹의 타 회사로 직장을 옮겼다. 전혀 다른 업종의 회사였으므로 1년 동안 업무고과가 보류되는 등 불리하기 짝이 없는 이직 조건이었다. 굴러온 돌이 새로운 회사에 적응하기란 쉬운 일이 아니어서 과연 직장생활에서 희망이 있을까 낙담한 시기이기도 했다.

이후 I.M.F 국가 부도 사태가 끝나고 몇 년간의 호황이 시작할 때였다. 네가 속한 회사의 부서장은 회사의 영업 이윤을 자사주[20]로 환원하여 직원 모두에게 지급한다는 사장의 지시사항을 전달했다. 파격적인 부분은 그룹 입사일을 기준으로 주식을 배분한다는 것이었다. 해당 회사에 전입해 온 내게도 상당량 주식이 입고되었다. 로또에 당첨됐다거나 쥐구멍에 볕 든다는 말이 이런 경우라는 생각이 들었다.

직장생활하면서 여분의 돈으로 주식에 투자한 경험이 없고 주식투자를 생각해 본 적이 없으므로, 앞으로 어떻게 해야 하는지를 생각하게 되었다. 내게는 주식투자에 관한 가장 기초적인 지식조차 없어서 상장된 주식을 사서 가격이 올랐을 때 팔아 이윤을 낸다는 사실도 모르는 문외한이었다. 따라서 기업공개가 되지 않은 비상장주식을 처분하는 방법을 도저히 알 수 없는 노릇이었다. 난감한 상황에서 떠올릴 수밖에 없는 이가, 증권회사 간부로 근무하는 그였다.

"자사 주식을 2,000주가량 받게 되었다." 내가 말했다. "어떻게 팔아야 하는지를 알려줘."

"비상장주식을 팔고 사는 인터넷 사이트가 있을걸?".

"그걸 찾는 중이지. 현재 가격대로 팔면 향후 돈 걱정을 하지 않고 살 텐데. 너는 주식전문가잖아. 너희 회사에서 담당하지 않나? 어떻게 팔아야 하지?"

내가 말한 주식의 수량과 거래되는 액면가를 계산한 그는 놀란 표정을 한 채 말을 잇지 못했다.

"우리는 상장 주식만 취급하지, 비상장주식을 취급하지는 않아." 한참 동안 침묵하다 그가 말을 이었다. "그건 네가 알아서 처분해야 할 문제야. 내게 그런 요청을 하지 마!"

다음날 사무실에서 만난 대학 후배에게 전날 그와 나눈 대화 내용을 전했

---

20) 자사주란 회사가 누구의 명의로든지 자기의 재산으로 회사가 발행한 주식을 취득해 보유하고 있는 주식이다.

다.

"그는 이 도시에서 알아주는 최고의 증권 전문가야."

"그게 가능한 말입니까?" 그가 말했다. "20년 가까운 경력의 증권회사 직원이 비상장주식 매도 방법을 모른다면 거짓말인 게지요."

"나와 고등학교와 대학을 같이 다닌 절친한 사이라니까." 내가 말했다. "부모는 낳아주고, 스승은 가르쳐주고, 부부는 서로 보충해주고, 친구는 지적해준다고 하지 않아? 그가 그럴 리 없어."

"바로 그 점에서 형이 순진한 거지요." 후배가 말을 이었다. "내가 볼 땐 그는 사촌이 논을 사니 배가 아픈 겁니다. 친한 사람, 가까운 사람이 잘 되면 견딜 수 없는 게 인지상정 아닙니까? 형은 그를 친구라고 생각하지만, 그에게 형은 자신에게 배를 아프게 만드는 상대방일 뿐이지요."

비상장주식을 팔지 못해 전전긍긍하는 일 년 사이에 '카드 대란'이라는 금융위기가 터져서 내가 보유한 주식 가격은 1/10로 급락했다. 희망을 건 자사주 가격은 푼돈이 되고 말았다. 그런데도 나는 속단하고 싶지 않았다. '우정'이란 단어와 '친구'라는 단어는 사람들이 그저 편리하게 살기 위해 만든 단어에 불과하다는 사실을.

이후 생겨난 '사오정'이란 신조어대로 나는 사십 대 중반에 퇴직해야만 했다. 사무실 책상 뒤편의 벽에 기대어둔 상패들과 서랍장 안에 쌓아놓은 20년 동안 흔적들을 뒤로하고, 열정과 오욕만을 남긴 채 직장을 떠났다.

그는 오십이 된 그해까지 증권회사의 간부 자리를 잘도 버텼다. 실상 말하자면 더 중요한 다른 지위에 비해 그리 대수롭지 않은 자신의 지위를 스스로 매우 대단하게 여기는 부류가 세상에는 언제나 널리고 널린 법이다. 월급쟁이는 임금으로 살아가는 사람들의 거대하고 변하지 않는 질서의 일부였다. 세상은 불이 꺼져 있지 않았고 사람들은 그들 위에 무엇이 있는지를 깨닫지 못했다.

회사를 퇴직하면서 남은 자사주 비상장주식이 그와의 관계를 파국으로 몰고 갔다. 술자리에서 그가 나의 퇴직을 위로하면서였다. 그 사이, 나를 쫓아낸 회사의 주식은 거래소의 유가증권 시장에 상장되었다. 그는 관리자 없이 방치된 내 소유의 주식을 언급하면서, 자신이 다니는 증권사의 계좌로 입고하라고 권유했다. 주식에 관해 문외한이던 내가 아는 유일한 증권회사 직원이어서 그는 내 주식의 담당자가 되고 말았다. 만인이 주지하다시피, 증권회사 영업직원의 업무는 고객의 주식을 팔고 사면서 얻은 수수료를 회사로 입금하는 일이다.

처음 몇 달 동안 그는 내 종잣돈 주식을 사고팔면서, 수입이 없는 내게 얼마간의 생활비를 벌어다 주었다. 그 달콤함은 1년이 넘지 않았다. 2008년 9월, 미국의 리먼 브러더스사社의 파산으로 표면화된 미국발 금융위기가 전 세계로 번져서 세계 경제는 대공황 이후 최악의 경제 침체로 향했다. 금융위기가 발생할 것이라는 언론의 경고가 있었지만, 일시적인 현상이겠거니 하고 판단한 모두의 오판이기도 했다.

어느 월요일 아침. 아홉 시에 주식 장이 열리자 모든 주가가 급속도로 내려가기 시작했다. 뭔가 이상한 조짐을 깨달은 나는 급히 그에게 전화를 걸었다. 놀랍게도 그는 회사에 있지 않았다.

"야! 너, 지금 어디냐?"

"응, 지금 설악산이야. 고등학교 동기 산악회 회원들과 이곳에서 해장술을 마시고 있지."

"언제까지?"

"3박 4일 일정으로 왔는데 목요일쯤 내려갈 예정이야."

"금융위기가 왔다는데 네가 관리하는 고객들의 주식은 어쩌고?"

주식이 폭락하고 있음에도 태평스럽기 짝이 없는 그의 대답에 나는 분개하기 시작했다.

"음……. 지금 휴대전화기로 주가를 보는 중인데 이거 참 난리 났네? 지금 내가 산속에 있으니 어쩌겠니, 좀 더 지켜보자."

"아니, 급락장에 관광지에 놀러 가 있다니? 그게 말이 돼! 주가가 더 폭락하기 전에 매도해야 하지 않나? 네 업무를 다른 직원에게 인계하지 않았어?"

"별일 없을 것 같아서 그냥 휴가를 냈어, 어쩌겠냐? 곧 회복되겠지. 좀 지켜보자…."

통화하다 화가 났으나 참아야만 했다. 금전 문제로 친구와 다투어서는 안 된다는 생각을 해왔기 때문이다. 내 주식 총액은 금융위기가 발생한 첫날 10%가량 내려갔고, 이튿날 20%, 사흘째 된 날은 30%가량 추가 하락했다. 목요일 그가 업무에 복귀한 날, 20%가량 또 내려갔다. 주식 액면가는 전주와 비교해 거의 1/3토막이 되고 말았다.

"첫날에 주식을 모두 팔았다면 10% 손실에 그치고 말았을 건데, 며칠 동안 네가 산속에서 동창들과 술 마시며 희희낙락하는 바람에 70% 이상이 날아가고 말았구나. 이걸 어떻게 할 거냐?"

"미안하다! 너뿐만 아니라 내 돈으로 투자해서 보유한 주식과 친척, 다른 고객들의 주식도 마찬가지야. 모두 반 토막 이상 손실을 보고 말았다. 어찌 수습해야 할지 모르겠다. 미치겠다! 어쩌면 좋을지 모르겠다…."

며칠 지나지 않아 그는 이해하기 어려운 언행을 하기 시작했다. 평소의 매사 자신만만한 태도는 찾을 수 없고, '미치겠다'라는 혼잣말만 중얼거리기 일쑤였다. 습관처럼 내게 전화하여 해안 절벽에 몸을 내던져 자살해야겠다고 칭얼거렸다. 처음에는 그의 고백을 심각하게 듣고 걱정했지만, 매일 반복적으로 떠드는 통에 신뢰하기 어려웠다.

폭락한 보유 주식은 이후 10년이 지나도 회복되지 않았다. 퇴직할 때 창업을 위해 종잣돈으로 남겨 둔 주식 대금은 3일 만에 푼돈이 되고 말았다. 재기를 도모하던 내 계획은 며칠 사이에 물거품이 되고 말았다. 이후에도 그는 틈날 때마다, 그날 비행기를 타서라도 회사에 와서 주식을 팔아야 했다며 자책했다. 그즈음 그는 이상할 정도의 섬찟함을 느끼게 하는 언어를 사용하고 있었다.

"투자원금을 돌려달라고 처남이 요구하네?"

"그래서?"

"또 그런 말을 하면 그냥 칼로 찔러버릴 거야." 말하는 시종일관 그의 눈빛이 번뜩였다. "이성은 인간의 문제를 감당하기엔 역부족이야."

그가 본격적으로 괴물과 같은 인간으로 변한 것은 몇 년 후 강제퇴직을 당하고 해당 회사의 비정규직 직원이 되면서부터였다. 비로소 숨은 공격성을 보이기 시작했다. 인간의 본성은 악할까, 선할까? 그즈음에 그가 보인 모습은 악인일까? 괴물일까? 어느 순간부터 그는 막대한 재산손실을 입은 이들에게 미안함을 표하기보다는 이해할 수 없는 공격성을 표출하기 시작했다.

"만일 내가 모든 재산을 잃고 노숙자가 된다면 네가 어떻게 나를 대할지 궁금하구나?" 그가 말했다. 뭔가 빈정거리는 분위기였다.

"외면하지 않고 술을 사고 용돈도 주마." 내가 단호하게 대답했다.

그는 나와 식당에서 술을 마시며 얘기를 나누다 함께 담배를 피웠다. 오랜 친구에게 어떤 말이라도 하고 싶었다. 내게는 누군가의 위로가 필요했다.

"요즘은 우울증이 생기려는지 매사에 비관적인 생각이 드는구나. 재기하지 못해 가정에 닥친 모든 상황이 내 잘못 때문이라는 생각으로 귀결되고 말이야. 어제도, 그제도 이젠 그만 죽어버리자는 생각이 들더라. 죽어버리자, 살아서 뭘 할까, 하는 심정이었지. 다 그렇잖아? 비관적인 생각이 들 때가 있지. 살아서 어쩌겠다는 건가, 하는 생각 말이야."

실직과 예의 주식 폭락으로 생긴 가정불화 때문이었다. 그때 나는 희망 없이 오래 살기보다는 절망 없이 일찍 죽어야겠다고 작심하고 있었다.

"너 같은 놈은 죽어도 된다. 네가 죽으면 네 마누라를 따먹고 말 거다!"

그에게 뭔가를 토로하면서 안식을 얻으려고 했는데 거꾸로 숨이 '탁' 막히는 응답으로 되돌아왔다. 힘든 나날이어서 숨죽일 수밖에 없는 하루를 맞이

하는 순간도 주어진 시간을 어떻게 극복하느냐에 달려 있었다. 상대방의 고통 도로를 즐기는 모습이나, 다른 사람의 아픔까지도 그가 자신의 입맛대로 각색하는 경우가 그랬다.

자리를 파하고 거리로 나온 나는, 어두워지는 창에 반사되어 갑자기 보이게된 듯, 사방에서 혼돈에 찬 나 자신을 발견했다. 그 무질서의 형상이 나를 환영할 때 커다란 타이어를 단 버스들이 굉음을 내며 지나갔다. 빛이 스러질 시간이었다. 그는 죄의 고독을 느꼈을까 하고 나는 생각했다. 그는 아프리카 초원에서 수단과 방법을 가리지 않고 상대 동물들을 죽이고 싶어 하는 하이에나 같았다. 내가 보기에 자제력 없는 삶은, 불 속에서 나부끼는 재의 헤적임 이상의 의미도 없는 것 같은데. 차를 타고 집으로 돌아갈 즈음에 이상하게도 온 몸이 화염병으로 불태워지는 느낌이 들었다.

이후 그는 숨겨진 악인의 모습을 숨김없이 나타내었다. 술에 취하면 안방인 듯 정신을 잃어버리곤 했다. 어떤 날은 생각이 맑았는지, 의외로 순한 모습을 보일 때도 있었지만 드문 경우였다. 악인의 모습은 고등학교 동기회 모임에서 주로 볼 수 있었다.

"나는 지금 늙어서 돈을 제대로 벌지 못하여 지인들에게 술을 얻어먹고 다니지. 그러나 여전히 70평대 고급 아파트에 살고 있고 마누라는 매일 골프를 치러 다닌다. 계획 없이 살다 보니 앞으로 먹고살 일이 걱정이네?" 그가 계속 말했다. "삼류대학을 졸업한 아들놈은 아직도 취직을 못 해 편의점 아르바이트생이나 하고 있으니 말이야."

"네 고민을 들으니 대책은 간단하구나. 70평 아파트를 팔아 30평대로 줄인 차액으로 아들에게 편의점 하나 차려주면 되지 않나?" 그의 말을 듣던 동창이 말했다. "나머지 돈으로 너희 부부는 노후를 유지하는 거지, 다들 그렇게 하잖아?"

"나더러 작은 평수로 옮기라고? 그것만은 못하겠다! 작은 평수에 살라면 그냥 죽으라는 말과 같잖아. 그리고 마누라에게 골프를 끊게 하라고? 우울증에 걸린다며 당장 이혼을 요구할 텐데?"

"그러면 넌 앞으로 어떻게 살 거야?"

"내가 법학을 전공했잖아. 들어봐! 친구들, '개미와 배짱이' 우화에 등장하는 개미는 열심히 저축하여 먹이가 부족한 겨울을 이겨내지만, 여름 내내 노래를 부르며 즐기던 배짱이는 겨울이 되자 먹을 게 없어서 굶어 죽고 말지. 나는 배짱이의 삶을 존경해. 뭐 하러 저축을 해? 그건 바보들이나 하는 짓이야. 지금 우리나라를 다스리는 진보정권은 내가 가난해질 때 어떤 방법으로든 보호해줄걸? 표를 얻어야 하거든." 대화가 파상적으로 진행되자 그가 눈을 번득이며 대답했다. "그리고 가지지 못 한 사람을 보호해주는 아름다운 사상으로 국민을 지켜주잖아. 안 그래?"

그는 아는 게 많은 부류지만 정작 알아야 할 건 모르는 이였다. 여름 내내 수고한 개미와 흥청망청한 배짱이가 같은 결과를 맞이하는 세상이야말로 불공평한 구조라고 정의할 수밖에 없지 않은가. 실현되기 어려운 망상에 목멘 사람이야말로 어느 모로 보나 불행한 사람이었다.

"일 퍼센트의 권력보다 구십구 퍼센트의 도덕심이 세상을 지탱하는 원천이라고 생각해." 내가 반박했다. "분배의 불평등보다는 그걸 받아들이는 사람이 가진 인성 차이에서 삶의 명암이 엇갈리곤 하지. 가난하지만 바르게 살고자 하는 사람의 결기보다 아름다운 삶의 태도는 없어. 그러니까 분배를 위한 투쟁은 자신의 탐욕에 걸맞은 반성에서 출발해야 해. 그러면 이토록 불공평한 시장의 형태를 수정하게 되겠지."

말이 끝마치기 무섭게 "흐흐흐, 크크크⋯⋯." 누구에게나 이상하게 들리는, 오만하게 느껴지는 웃음소리를 내며 그가 말했다. "어디서 굴러온 모지리 같은 개소리냐? 꼴에 주워들은 건 있어서."

"너, 방금 뭐라고 했어!"

그의 대답에 분개한 내가 소리쳤고, 옆에 앉은 동창이 나를 어깨로 감싸 안는 바람에, 별 소동 없이 모임이 끝났다.

그즈음의 신문에는 일해서 얻은 수입보다 정부의 지원 등 남의 도움에 더 의존하는 국민이 1,000만 명에 달한다는, 통계를 인용한 사설이[21] 신문마다 게재되어 있었다. 살기 어려운 이들에게 정부 지원은 고마운 손길이지만, 한 번 세금이 분배한 설탕물을 맛보면 끊기가 쉽지 않다는 내용이었다. 그럴 뿐만 아니라 근로 의욕을 떨어뜨리고 갈수록 더 많은 지원을 요구하게 되어 결과적으로 국고가 동나고 나라의 경쟁력은 소진되어 국가 부도도 가능하다는 분석이었다.

이후 그는 동창회 골프 모임의 회장으로 뽑혔다. 다들 맡기 싫어하는 자리여서, 필드에 자주 가는 이들이 뭔가 있어 보이는 이를 밀어준 결과였다. 그들은 라운딩 때마다 뒤풀이로 술자리를 벌였다. 선배 기수 동기회와 합동 골프를 1박 2일 일정으로 진행한 적이 있었다. 함께 라운딩한 선배의 아내와 그가 눈이 맞아서 카섹스를 했다는 소문이 들리기도 했다.

20대 초반부터 술을 마시기 시작한 그는 40대 후반이 되자 술에 취하면 주정하거나 노상 방뇨, 고성방가와 같은 추태를 연출하거나 아무나 붙잡고 시비를 걸기 일쑤였다. 그가 가진 분노는 그의 입을 튀쳐나오고, 그의 손끝은 불수의不隨意 근육처럼 움직였다. 술좌석에서 그는 술만 마시지 않아서 사소한 트집으로 마주 앉은 사람과 싸웠고, 어떤 때는 병을 깨고 술상을 엎어 버리기도 했다. 언제부터인가 동창들이 하나둘씩 그를 피하기 시작했다.

그는 동창들의 다른 모임에도 얼굴을 내밀었다. 그가 돈 많은 동창의 회사에 찾아가면, 해당 동창은 얼굴을 찌푸리며 다른 방으로 피하거나 사람을 시켜 술값을 해결해 주곤 하였다. 그러면, 그는 자정이 넘도록 실컷 마신 뒤에 비틀거리며 돌아갔다. 만약 누구든 그의 술 청구에 응하지 않으면, 그는 그것을 핑계 삼아 동창들의 이런저런 모임에 찾아가서 시비를 걸었다. 싸움이 일어나면 술좌석을 발로 차서 뒤엎는 등 깽판으로 만들었다.

---

21) [사설] 스스로 번 돈보다 정부 지원에 의존하는 국민 1,000만 육박. 2019. 5/15. 조선일보

그가 다른 반창회에 불청객으로 찾아가면, 이후 그들은 그가 모르게 모임을 개최했다. 생각 없이 회식을 열었다가 봉변을 당한 곳도 몇 있다는 소문이었다.

괴물.

누가 지은 별명인지 모르지만, 어느새 동창들은 그의 이름을 부르지 않고 괴물이라고 불렀다.

"저번 모임에 괴물이 왔나?"

"좀 늦게 왔지."

"다른 봉변은 없었고?"

"없기는. 그 자식이 제 버릇을 누구에게 주겠나?"

동창들은 서로 안부를 묻거나 소식을 전할 때면 인사 대신에 그의 행적을 물어보곤 하였다. 이를테면 괴물은 동창 모임의 악성 종양이었다. 괴물 때문에, 모임의 분위기가 아무리 좋을 때라도, 몇몇 동창은 그가 있다는 이유만으로 서둘러 자리를 뜨곤 했다.

동창 몇 명이 모여서, 괴물을 모임에서 내쫓기를 의논한 적도 있었다. 물론 합의는 되었다지만 고양이 목에 방울을 달 사람이 없었다.

"녀석은 동창들의 여러 모임마다 빠지지 않고 찾아오니까 우리 모임이라도 네가 녀석에게 앞으로 오지 말라고 먼저 말을 꺼내. 뒤는 내 담당하마."

"그런 식이라면 뒤는 걱정하지 말고 네가 먼저 말해야지."

제각기 괴물에게 먼저 달려들기를 피하였다. 모임에서 합의가 되었다지만 흐지부지되기 일쑤였다. 상황을 아는지 모르는지 괴물은 그냥 태연히 모임에 참석했다. 그때마다 그는 술자리를 주도하며 주사를 부렸다. 외모가 귀엽고 동작이 빨라서 삽살개라는 별명을 가진 동창에게 그가 말했다.

"삽살개야, 손주를 보았다며? 헤헤, 개나 소나 모두 할아버지가 되는구먼. 네 손주는 사람 새끼냐, 개새끼냐? 왜냐하면, 네 별명이 삽살개잖아?" 그가 이어서 말했다. "상호는 보험 대리점 한다며? 공부 못하는 새끼가 아직도 모지리 짓을 하고 있구나. 그런데 너희들, 언제 또 술 살 거냐? 나야 돈이 없으시 에에."

사람의 얼굴에는 얼마나 많은 운명이 담겨있는가. 취기를 식량 삼아 떠들어대는 그의 얼굴은 표정 없이 저속해 보였다. 놀림이나 빈정거림이 악의에서만 나오는 것이 아니며, 자학이나 부정否定의 의미가 없는 악의는 진정한 악의가 아니라고 최소한으로 나는 믿고 싶었다. 그는 동창들을 자신이 거느리는 식솔처럼 하대했다. 괴물은 친구들의 주머니 사정과 생활사라는 공간 사이를 자유자재로 드나들었다. 그는 옛날 아라비아 바닷가 사람들이 살았던 것처럼 이 사람에서 저 사람의 호의를 구걸 받으며 윤락하고 있었다.

다른 반 동기나 동기의 가족 중 누가 죽었다는 소식이 들리면, 동기들은 이구동성으로 서슴없이 말했다.

"괴물 저 자식은 죽지도 않고 뭐하냐?"

누가 중병이 났다는 소식이 들리기라도 하면, "괴물 자식은 일 년 내내 술을 처마시는데 아직도 멀쩡한 이유가 뭐야?"라고 말을 이었다.

그는 어느 모로 보나 암적인 존재였다. 누구 하나 그를 동정하거나 염려하지 않았다. 그 또한 자신을 기억하거나 아끼는 동기들의 걱정과 호의를 아예단념한 이처럼 행동했다. 누가 자기를 외면하든 손가락질을 하든 개의치 않았다. 단, 자신이 보는 앞에서 누가 무시하는 말을 하면 그것을 트집 삼아반드시 행패를 부렸다.

"모지리 새끼들!"

한 마디는 그의 가장 큰 처세 철학이었다. 그는 한때, 그것도 아주 오래전인 고등학교 때 공부를 잘했다는 기억과 알코올 기운으로만 살아갔다. 아침이면 집을 나와 아무 곳에나 앉아 휴대전화기를 통해 모바일 주식 사이트를보며 주식을 사고팔다가 시간을 보냈다. 버는 때보다 잃는 때가 많았다. 총기와 판단력이 저하된 까닭이었다. 그러다 저녁이 되면 그는 돈 많은 동창의술자리에 가서 술을 얻어 마시거나 내기 당구를 쳤다. 생활 일부분이 된 술주정으로 술집에서 시비가 붙어 멱살잡이를 당하고 돌아오는 일도 적지 않았다. 그런데도 그는 누구에게도 하소연하지 않았다. 전날 술자리에서 일어난 일을 기억하지 못할뿐더러 기억한다고 하더라도 들어줄 사람이란 없었다. 여러 명이 합창하듯 손가락질하며 그를 비난해서 심하게 당한 뒤라도, 혼잣말로 한 마디 중얼거리면 그걸로 모든 게 끝이었다.

"모지리 새끼들!"

학교 동창이나 직장 지인 등 아무리 주변인들이 그를 욕하고 경원하더라도 상관없었다. 아무 모임이 언제 열린다는 소식이 들리면 그는 또다시 태연히 나타났다.

6

그가 형편없는 악인으로 발전하는 장면을 목격하면서, 나는 초조함을 뒤로 하고 잠시 위로를 얻기도 했다. 어떤 참혹한 장면이 벌어지더라도 청년 시절 그가 보여준 맑은 모습 속에는 변할 수 없는, 그만의 어질고 순수한 영혼이 남아 있으리라고 기대했기 때문이다. 아무리 그래도 그렇지, 불혹이 되기 전까지 그는 순수한 사람이었다. 젊은이는 꿈을 빼앗기면 맹수처럼 미쳐 날뛰지만, 늙은이의 경우는 시체가 될 뿐이라는 사실이 번연히 드러나 보였다. 그는 시체가 되어가고 있었다. 최근 십 년이라는 짧은 기간 동안 그가 보여준 비정과 이기성과 치졸함과 마비된 인간성은 어쩌면 자신을 가장한 위악僞惡일지도 모른다고 나 자신을 위로했다.

지인들의 소박한 걱정을 여지없이 비웃듯 동기생 아무개가 부유하다는 소문이 돌면 찾아가 술 동냥을 했다. 또한, 술에 취할 때마다 고등학교 다닐 때 자신의 성적을 자랑하며 옆에 있는 지인들을 조롱하며 비아냥거리는 행동을 계속했다. 자리가 파할 즈음이면 예외 없이 시비가 붙어 술판을 발로 차 뒤엎는 등 술주정을 반복했다.

선이 이기기 위해서는 악이 존재해야만 하는 게 아니냐고 나는 자신을 달 랬나. 인류가 금과옥조로 믿는 교훈과 도덕률을 개인의 삶과 연결하지 못하 면 그것은 불필요한 언어의 성찬에 불과했다. 아련하게 기억되는 지난 시절 그의 선행도 점점 지인들의 기억 밖으로 향하고 있었다. 그만이 소유했던 어 진 성품과 성실함과 같은 미담도 점점 기억 밖으로 사라져 갔다. 그가 괴물 이라는 확신을 품은 이들에게는 분노를 유발하는 얘깃거리일 뿐이었다. 그동 안 단련된 그의 악의는 다른 사람의 호의조차도 무례하기 짝이 없는 뻔뻔함 으로 대했다.

"야, 모지리 새끼들아!"

식당 구석 자리에서 고성에다 욕설에 가까운 언어가 들리더니, 그가 술병을 내던지는 장면이 보였다. 오십 대 중반의 나이에 어찌어찌해서 다시 모임이 이뤄진 반창회에서였다. 동석한 여덟 명의 옛 급우들은 갑자기 눈이 휘둥그 레졌다. 나는 '그가 또 시작하는구나!' 하고 속으로 중얼거리며 한숨을 쉬었 다. 그의 주사를 못마땅하게 여긴 옛 급우의 핀잔이 귀에 거슬린 듯했다.

"히히, 모지리 새끼, 주둥이 닫고 집에 들어가서 자빠져 자!"

아무도 대꾸하지 않자 그가 또다시 고함을 질렀다. 그의 술주정은 늘 있는 일이기에 누구 하나 반응하지 않았다. 그가 말하는 내용을 들을 수는 있지 만, 그를 믿지는 않았다. 믿음을 잃어버린 결과였다. 그가 만든 소동으로 자 리가 파한 후 삼삼오오 귀가하는 길이었다.

"저 자식이 모임에 계속 나온다면 앞으로 반창회 모임에서 빠지겠어." 누군 가 말하자 옆에서 말을 이었다. "저 녀석, 꼴 보기 싫어서 나도 앞으로는 안 나와!"

"많아 봐야 예닐곱 명 나오는 반창회인데 그럼 누가 나오나?"

"이봐 친구. 일모도원日暮途遠이라는 말이 있잖아. 평범하게 살아가는 우리는 복수를 위해 칼을 갈며 쫓겨 다녔던 오자서伍子胥와 다르겠지만, 나이 먹어 갈 길이 멀다는 사실은 똑같겠지." 다른 이가 말했다. "어차피 우리도 살아갈 세월이 얼마 되질 않아. 쓰레기 같은 자식과 어울리며 시간을 낭비할 순 없잖아?"

모두 젊은 체하지 않았다. 그럴 때가 지났기 때문이다. 과거의 정열과 무관하게 현재 그들의 삶은 몇 모금 마신 다음 뚜껑을 열어놓고 방치한 페트병 속의 콜라 같았다. 괴물의 삶 중심에는 실패한 작품 같은 것들이 자리 잡고 있었다. 우리는 예순을 바라보고 있었다. 그가 생산하는 이해할 수 없는 행동은 술이 만든 나쁜 버릇 때문이라고 여겨야겠지만, 취하지 않은 맨정신에도 예전의 그가 아니었다. 상대방이 우울하다고 말하면, 그는 즉시 '너는 조현병 환자이구나!'라며 빈정거렸다. 그는 자신과 생각이 다른 이를 모독해야만 직성이 풀리는 듯했다. 어느 수준, 상대방이 치욕스럽고 굴욕적인 상태에 도달하지 않았다고 판단하면 몇 배의 심한 말이나 행동을 추가했다.

그날도 그는 누군가 자신을 향해 비판하는 소리를 들었으나 특이하게도 아무런 반응을 하지 않았다. 지켜볼수록 작고 왜소하며 초라해 보이기 시작했다. 100층짜리 건물들의 유리 외벽이 겨울의 찬 공기에서 빤짝였다. 나는 그걸 알아차리기 시작했다. 그가 풍기는 불쾌한 입 냄새, 성욕, 위선, 비굴한 직장생활과 건전하지 않은 방식의 돈에 대한 몰두, 그는 어느 순간 이전과는 완전히 다른 사람이 되어있었다.

그가 괴물로 변해가는 모습을 지켜보는 일이란 불편하기 짝이 없었다. 흔히 선인과 악인, 신사와 무례한無禮漢, 어진 심성의 소유자와 남을 괴롭혀야 자신이 건재하다고 믿는 사이코패스는 종이 한 장 차이라고 말하곤 한다. 그렇다면 한때 선하디선했던 그를 괴물로 만든 이는 누구일까? 원인을 제공한 특정인이 없다면 그를 괴물로 만든 상황이나 계기는 무엇일까? 돈이면 모두 된다는 물신주의일까? 향락과 소비를 지상 최고의 미덕으로 여기는 증권회사의 분위기 때문일까? 아니면 자신이야말로 최고의 엘리트라고 믿게 만든 성과 위주의 교육 체제 때문일까?

세상이 그를 괴물로 만들었다면 그와 비슷한 환경에 처한 이들이 괴물로 변하지 않은 이유는 또 무엇일까? 이제 그는 청년 시절의 그도 돌아가지 않았다. 어쩌면 시간이 지난 후에 나아질지도 몰랐다. 삶에는 영양분을 주고 섬세하게 키워야 하는 요소가 있는데 우정이 그랬다. 어느 순간, 내가 단순한 사실을 가벼이 여긴 게 아닌가 하는 반성이 생겨났다. 하지만 아무리 노력해도 닫히고 만 기회의 문은 마음대로 되지 않았다.

스쳐 가는 바람과 같은, 믿을 수 없는, 그에 관한 여러 풍문이 들려왔다. 주식에 집착하여 무리한 투자를 하다 가진 재산을 홀랑 잃어 폭삭 망했다는 소문과 술주정하다 상대방을 폭행하여 경찰에 구속되었다가 거금을 주고 합의하여 간신히 풀려났다는 루머, 집값 폭락은 필연이라는 평소 소신대로 전세살이를 계속하다가 오히려 집값 폭등으로 전세 사는 집에서 쫓겨나 사는 집의 1/4에 해당하는 작은 평수 아파트로 옮겼다는 소식, 술주정하는 와중에 아내를 폭행하여 이혼당했다는 풍문, 알코올 중독으로 입원 중이라는 추측, 불목하니가 되어 제주도의 모 사찰에 은거하고 있다는 유언비어 등 여러 가지 낭설이 무성했다. 하지만 그를 직접 만나거나 손수 관찰한 이가 전한 얘기가 아닌, 모두가 '카더라'라는 헛소문일 뿐이었다. 사람이란 때론 누군가의 성공보다는 몰락을 더 자주 얘기했고, 자주 떠든 만큼 빨리 잊었다.

7

지난달, 아내는 정년퇴직으로 30년이 넘은 직장생활을 마감했다. 예순. 지난 세월이 그녀와 나의 얼굴에 스며들었다. 우리의 젊음은 다시 오지 않아서 세월을 향해 통사정해야 할지도 모른다는 생각이 들었다. 내가 느끼고 있는 기분을, 갑자기 가슴이 꽉 막힌 것 같은 느낌을 누군가에게 얘기했어야 했다. 희망을 향한 끈을 놓지 않았던 인생의 짧은 여름과 가을이 가버렸다.

삶의 수고에 지친 서로를 위로하기 위해 아내와 나는 보름 동안 동유럽 여행을 했다. 인천공항에서 귀국한 우리는 셔틀버스를 타고 서울역으로 이동했으며, 그곳에서 열차를 타고 오랜 기간 살아온 보금자리에 도착했다. 열닷새 동안의 이질적인 생활 때문에 기차역에 내리자마자 나는 오랜 기간 끊어온 담배가 갑자기 피고 싶어졌다. 나는 아내에게 잠시 기다려달라고 양해를 구한 후, 역 구내의 편의점에서 담배와 라이터를 사서 그곳 옥외의 구석 빈자리를 찾아 허공에 연기를 뿌렸다. 와중에 삭막한 도시의 차가운 바람이 역사驛舍의 옆구리를 찍어댔다.

주변에는 네댓 명의 노숙인이 씻지 않은 더러운 몰골과 심하게 냄새나는 옷차림으로 앉아있었다. 그들 중 두 명이 다가와서 담배를 구걸하자 나는 그들에게 한 개비씩 나누어주었다. 사이, 무리 중 한 명이 나를 쳐다보다가 얼굴을 돌렸다. 불현듯 그가 누군지를 알 듯한 느낌이 들었다. 나는 그가 앉아 있는 근처로 발걸음을 옮겼다. 내가 담배를 권하자 그와 나는 아무 말 없이 함께 담배를 피웠다. 담뱃갑 속에 남은 열 몇 개비 담배와 지갑을 뒤져 꺼낸 얼마간의 현금 모두를 그에게 건넸다. 내게 중요한 것은 그와 잠시나마 같은 자리에 함께 있다는 사실이었다. 잠시 후 담배를 끈 나는 뒤돌아보지 않고 발길을 돌렸다.

"아까 출구 구석에서 당신과 함께 담배를 피우던 노숙자, 혹시 김영휘 씨 아니야?" 멀리서 지켜보며 기다리던 아내가 물었다.

"모르겠어." 잠시 망설이다가 내가 대답했다. "느낌은 그였는데 시커먼 팻국물 때문에 그가 아닌 것 같기도 하고."

"뭘 줬어요?"

"지갑에 남은 돈과 아까 산 담배 나머지를 죄다 줘버렸어."

"왜? 그가 아닐 수도 있다면서?"

"그냥 줬어. 그가 맞을 수도 아닐 수도 있겠지. 맞으면 어떻고 아니면 또 어때? 마지막 남은 내 마음을 전했으니. 그가 아니더라도 그가 받은 거나 마찬가지야. 더는 미워하지 말아야지. 진실만으로 인생을 설명하기란 힘들잖아."

역전 광장에는 겨울을 영접하는 찬 바람이 불기 시작했다. 역 지하 계단을 통과한 나와 아내는 전철역의 인파 속으로 천천히 빨려 들어갔다.

지금도 사랑 속에서

질량 불변의 법칙.
화학 반응의 전후에서 반응 물질의 전체 질량과
생성 물질의 전체 질량은 같다고 말한다.
화학 반응의 전후에서 원래 물질을 구성하는 성분은
모두 생성 물질을 구성하는 성분으로 변할 뿐이며,
물질이 소멸하지 않는다.

‡‡‡

다음 생애에 여기 다시 오면
걸어들어가요 우리
이 길을 버리고 바다로
넓은 앞치마를 펼치며
누추한 별을 헹구는
나는 파도가 되어
바다 속에 잠긴 오래된
노래가 당신은 되어

– 김소연 詩 , '강릉 7번 국도'

1

"오 선생, 지구를 드는 방법을 아시오?"

"… …."

"물구나무를 서면 되지요."

"호호…. 오래된 개그네요. 썰렁해요."

"그럼, 생강이 나는 곳이 어딘지 알아요?"

"음…. 전라도 어디? 모르겠네요. 호호…."

"그 오솔길이지." 내가 대답을 못 하자, 그가 말했다. "'생각난다, 그 오솔길…….' '꽃반지 끼고'라는 노랫말에 나오죠?"

"이번에는 더 썰렁해요! 마치 시베리아에 온 것 같아요." 내가 그를 흘겨보면서 말했다. "좀 더 재미나는 얘기는 더 없나요?"

"음…. 그러면 남자들이 하이힐 신은 여자를 왜 좋아하는지 알아요?"

"그걸 신으면 다리가 길고 예뻐 보이지 않나요? 엉덩이도 탱탱하게 올라가 보이고요."

"결론은 이렇소. 그걸 신으면 여자들이 빨리 도망갈 수 없겠지요."

"어머, 그건 생각해보지 않았네요."

"누군가 웃자고 지어낸 얘기 같은데 유력한 학설은 이렇지요." 그가 말을 이었다. "17세기 프랑스 왕궁에서 하이힐이 대유행했다는데 그곳에 화장실이 없어서였다네요? 그러니까 연회 드레스까지 입었는데 지뢰처럼 널린 배설물을 밟으면 안 되니까…. 베르사유 궁전에는 화장실이 없었고 그곳 뜰과 통로는 아예 똥 밭이었다는 기록이 많아요."

"아, 일리가 있는 얘기네요. 어디서 들은 것 같기도 해요."

"이어령 교수에 의하면 남자가 키스하기 쉽게, 남녀의 입술 높이를 맞추기 위해 굽 높은 구두를 발명했다는 설도 있지요."

"설마."

"면사포의 기원이 중세 서양의 바이킹족이 상륙한 지역의 여성을 사냥하여 인신매매할 때 사용된 그물에서 비롯된 것처럼 하이힐 역시 남성 중심 사회의 산물이 아닐까 하는 내 생각이지요. 포획한 여자가 도망 못 가게 말이오. 미적인 용도로 발명되었다기보다는."

그는 여러모로 유식하고 유머가 많은 사람이었다. 내가 그를 치료하는 도중에 틈날 때마다 재미있는 얘기를 들려주었다.

그가 내게 저녁을 대접해도 되겠냐고 제안한 날은 그해 가을이 깊어갈 무렵이었다. 그는 병원의 외래환자였고, 나는 물리치료사로서 8개월째 그를 치료 중이었다. 매주 두세 번씩 그는 어깨를 '도수 치료' 받아야 했다. 그의 나이가 예순에 가까운 탓에 좀처럼 병세가 호전되지 않았다. 그는 점잖은 신사였지만 유머 감각이 약간 있어서 치료 중 썰렁한 유머 시리즈와 같은 얘기를 틈날 때마다 전하곤 했다. 그는 나이 많아서 어렵게 대해야만 하는 근엄한 환자라기보다는 이웃집 아저씨처럼 푸근한 느낌이었고 신사다운 몸가짐을 잃지 않는 이였다.

당시 내가 근무한 병원은 정형외과 전문의專門醫 원장 밑에 또 한 명의 정형외과 전문 의사와 내과 전문의 등 세 명의 의사가 근무하는 중소 규모의 병원이었다. 마흔 명의 간호 인력과 서른 명가량의 물리치료사, 기타 남녀 지원 인력이 백 명 남짓 근무했다. 그다지 큰 병원은 아니었지만, 출퇴근 시간이 잘 지켜지고 연중 휴가를 필요한 시기에 찾아 쓸 수 있어서, 지역 의료계에서 간호사나 물리치료사가 근무하기를 선호하는 병원이기도 했다.

2020년 그해 1월부터 외국에서 '코로나 19'라는 전염병이 발생하더니 두 달 후, 한국은 중국 다음으로 감염자가 많은 나라가 되고 말았다. 전 세계 대부분의 나라가 한국인의 입국을 법으로 금지했다. 위기를 느낀 한국 정부는 국민 모두에게 마스크 착용을 의무화시켰다. 그런데도 사이비 종교와 극렬 종교 단체의 예배 등으로 걷잡을 수 없이 집단감염이 확대되었다. 종교

집회와 학교 개학은 물론이고 공연장이나 체육관 등에서 이뤄지는 모임 등 모든 민제 행동이 징지되있다. 시회 분위기는 횡랑히게 생각되어 갔다.

그해 3월 초순, 원장에게 진료받은 후 도수 치료[22] 대상으로 내게 배정된 그의 증세는 '어깨충돌증후군'이라는 병명이었다. 어깨 관절 사이에 2cm가량의 석회가 생성 후 굳어져서 통증이 발생했다는 진료 소견이 환자 진료 화면에 기재되어 있었다. 10년 전부터 어깨에 통증이 생기는 병을 얻은 그는 외래환자로서 원장에게 치료받는 이였다. 처음에 내원했을 때 그는 오른쪽 어깨는 물론 손과 팔을 원활하게 움직이지 못하는 상태였다. 원장은 내원 때마다 그의 오른편 어깨에 진통제를 주사했다. 이후 그는 체외충격파 치료를 두 달 받았고, 다음의 치료 단계로 내게 와서 도수 치료를 받게 되었다.

2

그때 나는 서른아홉 살의 미혼여성이었으며 어머니와 둘이서 살았다. 내 외모는 두드러질 정도로 이국적인데 아버지가 외국인이었기 때문이다. 그때의 상황을 요약하자면, 나는 '혼혈'이고 독신에다 미혼 여성으로, 편모와 둘이 사는 2인 가구의 가장이었다. 게다가 업무에 부족한 지식을 보완하기 위해 대학원에 다니고 있었다. 그를 치료하던 시기에는 결혼을 생각조차 할 수 없었다. 오랜 기간 결혼을 전제로 사귀었던 남자와 헤어진 이후였기 때문이다.

내 아버지는 고려계 카자흐스탄인으로, 30년 전 그곳 국립대 사범대학 영문학과를 졸업한 후, 일자리를 구해 일행과 함께 한국으로 왔다. 안산의 가구 공장에서 일한 아버지는, 같은 공장에서 경리 일을 하는 엄마와 사귀다 동거에 들어갔고, 이후 내가 태어났다. 입국 후 15년이 지났을 때 아버지는 한국 법무부의 외국인 불법 체류자 단속 기간에 검거되어 본국으로 송환되었다.

---

22) 근골격계 질환의 증상 개선을 위한 비수술 치료의 하나.

엄마와 나는 외가의 도움을 받으며 고단하게 살아야만 했다. 아버지는 강제 출국 후 5년이 지난 후에야 한국으로 돌아와서 가정을 지켰지만, 내가 스물여덟 살 되는 해에 서울의 어느 병원에서 대장암으로 쓸쓸히 생을 마감했다.

아버지는 고려인 조부님의 영향으로 평범한 동북아시아 인종의 외모를 가졌으나, 조모님이 중앙아시아 터키 계열 민족이어서 나의 유전자 속에는 서양인의 DNA가 내재하여 있는 듯하다. 내 외모는 코가 유달리 뾰족하고 눈이 크며 눈동자는 회색에 가깝다. 나는 자라나면서 특이한 외모 때문에 또래 아이들에게 '혼혈아' 또는 '잡종'이라는 놀림을 받곤 했다. 아버지가 사라진 동안 아버지의 부재가 낯설었고, 내면에서 일어나는 정체성에 관한 의문은 끊이질 않았다.

외모를 놀려대는 아이들과 싸우다 보니 내 성격은 초등학교 저학년 때부터 싸움닭처럼 변해갔다. 그 결과로 흔히들 말하는, '껌 씹고 침 뱉는 여자아이'가 되고 말았다. 그때 내 체구는 그다지 크지 않았지만, '잡종'이라든가 '혼혈아' 또는 '똥개'라고 누가 놀리면, 상대가 남자아이든 여자아이든 관계없이, 죽을힘을 다해서 싸웠다. 이후 중학교는 물론 고등학교에서도 자연스레 '일진'이라는 조직의 일원이 되고 말았다. 당연히 학교에 으뜸가는 문제아가 되고 말았다. 중학교 때 싸움만 하다 보니 성적이 바닥이어서 인문계 고등학교에 진학할 실력이 되지 못했다. 담임 선생님의 권유로 실업계 고등학교인 '미용 고등학교'에 진학하게 되었다. 고등학교 3년 동안 미용 기술을 넘치도록 배웠다. 그러나 늙을 때까지 이 사람 저 사람의 머리카락을 자르는, '깎사'라는 일을 해야 한다는 게 왠지 불안하다는 생각이 들기 시작했다. 나는 대학에 진학하길 원했고, 결국 전문대학의 문을 두드려서 '물리치료학과'에 지원했다.

입학 전, 학과의 교수는 물리치료학이 뭔지를 설명했다. 재활의학의 한 분야로 수술이나 약물 또는 화학요법이 아닌, 전기· 광선· 물· 공기· 운동요법 등 여러 가지 물리 요소를 치료목적으로 적용하여 건강을 회복하게 만드는 학문이라고 말했다. 그뿐만 아니라 행복한 삶을 영위하게 해주는 과학적이고 인간적인 치료 방법이라고 지루하고도 장황하게 설명했다. 학과는 정원미달이어서 손쉽게 합격했다. 그때 한국은 의학 발전과 더불어 평균수명의 연장, 사회복지 향상 등 건강한 삶을 위한 욕구 증대로, 물리치료사의 역할이 늘어나는 의료 분위기로 접어들 참나였다. 학과는, 미래 사회의 건강한 삶을 책임지는 분야별 전문 물리치료사를 양성하고, 가슴이 따뜻한 물리치료사를 교육하고 배출한다고 설명했다. 무슨 말인지 알 수 없었으나, 서류만 넣으면 되므로 입학전형은 요식행위에 불과했다.

대학에 다녔으나, 중학교 때부터 껌 씹고 침 뱉는 일만 행한지라 학교생활에 적응하기란 쉽지 않았다. 1~2학년 때는 동급생들과 어울려 술만 마셨고, 취하게 되면 아무에게나 아무렇지 않게 신세타령했다. 마신 술이 깨지 않으면, 학교 앞 술집이든 친구 하숙방이든 아무 곳에서 잤다. 졸업반이 된 그해, 식당에서 일하는 고단한 엄마와 어쨌든 책임져야 할 불쌍한 내 인생을 위해서 난생처음으로 코피를 흘리면서까지 열심히 공부했다. 그때는 욕망이 하도 깊어서 다리까지 풀려 다녔다. 다행히도 졸업하던 해에 일자리를 구해서 지금의 병원에서 근무하게 되었다.

*

병원의 물리치료사는, 간호사실에서 넘겨받은 환자의 데이터를 참고하여 해당 환자와 협의한 후, 치료날짜를 판단하여 결정해야만 한다. 미리 정한 15분에서 30분 정도의 주어진 시간에 맞춰서 물리치료를 실시하면서 일을 익혀갔다. 처음 3년은 '체외충격파 치료'라고 불리는 간단한 물리치료를 담당했고, 이후부터는 의사의 처방에 의해 내가 통증 부위를 손으로 진단해 척추와 관절을 바로잡고 몸의 균형을 맞춰 통증을 줄이는 이른바 '도수 치료'를 맡았다.

체외충격파 치료는, 해당 기계를 이용하여 고주파 열에너지를 환자의 질환 부위에 쏘아 부종 염증을 감소하게 만들고 손상된 신경 재생을 도와주는 치료이다. 환부에 젤을 바르고 기계를 갖다 대기만 하는 일이어서 간단하고 쉬웠다. 그를 만난 그해는 물리치료사로서 16년째 일하던 때였다.

그해 3월은, '코로나19'라는 지구촌이 감당하기 어려운 전염병으로 전 세계의 인류가 신음하기 시작한 때였다. 마스크 쓰기와 '사회적 거리 두기'가 강조되었다. 그런데도 봄은 와서 꽃이 피고, 봄바람은 불어왔다.

어느 날, 간호사실에서 내게 보낸 해당 환자를 만나게 되었다. 그는 어깨통증으로 고생하는 50대 후반의 나이 많은 남자였다. 나이만큼 보이지 않는 얼굴임에도 머리카락의 반은 흰색이었다. 안경 너머의 눈빛은 온화해 보였고, 표정은 순박한 느낌이었다. 그의 옷차림은 정장이 아니어서 고급스럽지 않았으나 단정하고 깨끗했다. 어깨 치료를 위해 손을 잡아 보니 거친 일이라고는 전혀 해보지 않았을, 희고 고운 손이었다.

처음으로 그를 치료하는 날이었다. 증세를 자세히 파악하기 위해 몇 가지 질문을 하게 되었다. 친절하고 겸손한 어투를 사용하는 그는, 자신보다 나이가 적다는 이유로 연하, 특히 여성 물리치료사에게 함부로 반말하는 또래의 중년 남자들과는 확연히 달랐다. 그는 단 한 번의 예외 없이 내게 극존칭 어투를 사용했다. 치료 중 흔한 일로, 어깨 관절을 만져 밀고 당기고 비틀 때마다 그는 통증을 이기지 못해 고통을 호소하곤 했다.

"오 마이 갓! 아, 나를 개 잡듯 하는구먼!"

"응? 정말, 개 잡듯 한번 해볼까요?"

예상치 못한 발언에 나는 정색하며 대답했다. 내 말이 끝나자마자 그는 신음을 내며 웃었고, 해당 부위의 통증 때문에 재차 고통스러워했다. 통증의 이유는, 어깨를 움직여서 힘줄과 뼈가 충돌할 때마다 생기는 증상 때문이었다. 어떨 때 그는 외마디 소리를 내며 실신할 듯 괴로워했는데, 같은 병증의 환자에 흔한 증상이었다. 어깨를 덮고 있는 견봉이라는 부위가 힘줄과 충돌하여 통증을 유발하는 질환은 회전근개파열로 이어지곤 한다. 미세한 근육 파열로 인한 통증이 그에게 만성화된 상태였다.

어느 날, 치료받는 도중 침묵의 시간이 지겨웠는지 자기 딸에 관한 이야기를 했다.

"우리 딸이 중학교 때 친구를 잘못 사귀어 문제가 있었지요. 그래서 딸에게 음악 공부를 시켰어요. 딸아이가 초등학교 다닐 때부터 피아노를 잘 쳐서 음악대회에서 곧잘 상을 타곤 했기 때문이지요." 그가 이어서 말했다. "방황이 끝났는지 고등학교에 진학한 후에 열심히 음악 공부를 하더군요. 그런데 놀라운 일이 생겼어요. 생각지도 않은 일인데 좋은 대학에 합격하더군요."

"그렇군요. 지금 따님 나이가 얼마예요?"

"96년생이면 올해 나이가 얼마죠?" 통증으로 인상을 찌푸린 그가 말했다, "아하, 계산이 안 되네?"

"스물일곱 살이군요. 그래, 현재 따님은 뭐 하나요?"

대화 도중에 나는 그의 오른쪽 팔꿈치를 쭉 펴게 해서 손끝을 귀로 향하게 한 뒤, 위쪽으로 쭉 올렸다. 그의 어깨를 부드럽게 만들기 위해서였다.

"으악!" 외마디 비명을 지른 그가 한숨을 쉬며 말했다. "그 애는 내 곁을 멀리 떠났지요. 학교를 졸업한 후 취업하기 위해 짐을 싸서 외국으로 갔는데 앞으로 절대 집에 돌아오지 않겠다고 말했어요."

그가 전한 가정사는 흥미로웠다. 환자 대부분은 개인적인 얘기를 꺼내지 않는 경향이 있었기 때문이다. 점잖고 온유한 신사인 그는 평화로운 가정을 영위하리라고 짐작했는데, 예상치 않은 사연이 흘러나왔다.

그는 작가라는 직업 때문에 온종일 자판에다 대고 타이핑해야 하는데, 뜻하지 않게 어깨를 다친 사실은 치명적으로 보였다.

"다행히 딸은 올봄에 그 나라의 유명 교향악단에 피아니스트로 입사했습니다. 가끔 못 견디게 걔가 그리울 때가 있어요. 어쩌다 휴대전화로 카톡이나

198

문자 메시지를 보내곤 하는데 그때마다 대답이 없어요. 특히 카톡에는 상대가 메시지를 읽지 않을 때 '1'이라는 표시가 뜨잖아요? 짐작건대 걔는 나를 차단한 게 틀림없어요. 나를 미워하는 이유를 알 수 없지만요." 그가 말을 이었다. "굳이 따지자면…. 나름 짐작은 하지만…. 제가 자란 시대와 지금은 달라서 아이들에게 모든 만족을 주기란 참으로 어려운 일이거든요. 결과적으로 내가 딸에게 사랑을 제대로 주지 못한 결과 아니겠어요? 나름대로 애썼지만…. 받지 못했겠지요."

사랑을 주었는데 반응이 없다니 이해하기 어려운 얘기였다. 대화를 주고받는 중에 치료 시간이 끝났다. 잠시 아들에 관해서도 이야기한 듯하나 기억에 남지 않는다. 나는 어깨 회전 근육을 강화하는 동작 몇 가지를 알려 주면서 "주말에 오실 때까지 쉬지 않고 매일 하셔야 합니다. 이건 숙제예요!"라고 말했다.

어깨 주변의 근육을 자주 사용하고 팔을 위로 드는 동작을 많이 하는 직업을 가진 사람이나 운동선수의 경우, 지속해서 어깨 근육 손상을 입어서 해당 근육이 팽창한다. 동시에 견봉과 위팔뼈도 사이가 좁아져 예상치 못한 질환이 나타나곤 한다. 과격한 노동이나 운동을 하지 않는 그가 해당 질병에 걸린 이유는 알 수 없으나, 세상 모든 일에는 예외가 있는 법이다. 그는 나와 약속 잡은 치료 날을 하루도 어기지 않고 몇 달 동안 꼬박꼬박 치료를 받았다. 하지만 그를 진료한 병원장이 작성한 '진료 의견' 칸의 메모 의견을 열어보면 예후가 좋지 않았다. 치료 방법이 없는지 원장은 임시방편의 진통제만 투여하고 있을 뿐이었다.

3

물리치료를 받은 지 여섯 달이 지난 어느 날이었다. 그는 외지에 다녀와야 하므로 당분간 치료를 쉬어야겠다고 말하며, 내게 물었다.

"선생, 혹시 책 읽기를 좋아하나요?"

내가 우물쭈물 내납을 미루는 사이 그는 구석에 아무렇게나 놓은 백 팩에서 책 한 권을 꺼냈다.

"재작년에 제가 출간한 책인데 몇 달 동안 베스트셀러였어요." 그가 말을 이었다. "사회의 모순을 파헤치는 소설가가, 모순된 사회에서 인정받기를 원하고 있으니 아이러니군요."라고 말하며 책 앞쪽 표지 뒤에다 그의 이름과 내 이름을 적은 후에 내게 주었다. 나는 그에게 "아, 영광입니다!"라고 인사하며 얼떨결에 책을 받았다. 그전에 나는 소설이나 시집 같은 책은 돈을 주고 구매하여 읽어보지 않았다. 더듬어 생각해보면, 그가 정신노동을 하는 소설가였음에도, 그저 그런 중늙은이라고 간주하며 함부로 대한 것은 틀림없다.

이후, 두 달 이상 그가 병원에 오질 않았다. 나는 날마다 병원에서 공유하는 환자 진료 화면을 보며 그의 내원 여부를 확인했으나, 원장이 작성한 화면의 기록에 그에 관한 흔적은 없었다. 매일 만나는 사람을 만나지 못할 때 겪는 이상 반응 같은 기분이 느껴지기 시작했다. 그가 치료를 원하지 않으면 안 오면 되는 문제이기에, 기한 없는 그의 부재는 가슴이 텅 빈 듯한 느낌을 안겨주었다.

그가 치료의 효과를 느끼지 못한다면 굳이 상당한 치료비를 감내하며 내원할 필요가 없는 점은 분명했다. 그의 부재는 언제부터인가 내게 이유 없는 우울함을 동반하게 했다. 그간 멈췄던 음주벽이 조금씩 되살아난 계기이기도 했다. 단지 그를 볼 수 없다는 이유 하나만으로 술을 마시고 싶은 기분, 스스로 '이건 뭐지?'라고 묻지 않을 수 없었다.

어느 날 휴대전화기의 벨이 울렸다. 나는 발신자가 누구인지 몰라서 '누구시냐?'고 여러 번 상대편에게 물었고, 그는 "나, O.M.G요"라고 대답했다. '오 마이 갓' 물리치료 때 그가 통증을 견디지 못하여 습관처럼 내뱉는 말이었다. 그 말을 듣고 전화 거는 이가 누군지 금방 알 수 있었다.

그날 유선상으로 다시 물리치료 받을 날을 정했고 며칠 후 병원에서 만나게 되었다. 그는 이전처럼 원장에게 어깨 진통제 주사를 맞았고 보름치의 복용 약도 처방받은 상태였다. 가망 없는 소염제와 진통제였다. 아마 원장은 '코로나19'로 인한 입원 부담 때문에 무리하게 수술하기보다는 '그저 적당한' 치료법을 선택한 듯했다. 수술하더라도 성공한다는 보장이 없어 수술 이전보다 더 큰 통증을 안고 살아야 할 수도 있었다. 물리치료실에 도착하여 치료용 침대에 누운 그의 어깨를 만져 보니, 관절 근처의 근육이 턱없이 굳어져 있었다. 회전상태는 매우 불량했고, 처음 내원할 때의 상태로 되돌아가 있었다. 내가 판단한 그의 몸 상태를 이야기하자, 그는 아무렇지 않은 표정을 지었다. 그 얼굴에는 세상을 달관한 듯한 평화로움이 엿보였다.

그날 이후 계절은 우기로 접어들어서 비가 오는 날이 잦아졌다. 영원히 살아온 용처럼 바람은 불어댔고, 비는 폐허가 되다시피 한 병원 뒤편 재개발 구역을 소리 내어 할퀴고 다녔다. 5월 말. 그해 장마철은 예년보다 일찍 시작되었다. 비 오는 날 오전, 도수 치료 중에 그는 통증에 유달리 고통스러워했다.

"이문세의 노래 '애수'를 생각나게 하는 날씨네요." 그가 말했다. "오늘은 아침부터 술을 마시고 싶고요."

"어머! 나도 그래요."

무엇 때문에 그랬는지 모르겠다. 그의 말이 끝나기 무섭게 나는 같은 의견을 표시하고 말았다. 환자와 의료진이 병원 밖에서 만나는 게 의료윤리상으로 무슨 문제가 있는지는 알지 못한다. 내가 근무하는 병원에는 별다른 규칙이 없을 것이다. 단지 환자를 배려하고 친절하게 대하라는 교육을 귀가 따갑도록 받은 외에는 달리 기억나지 않는다.

장맛비가 억수처럼 쏟아진 날이었다. 그와 나는 병원 앞에서 전철을 타고 두 정거장 지나 내려서 빌딩 숲 뒤편의 허름한 식당으로 갔다. 장마철임에도 하오丅午는 짙은 녹색으로 빛났다. 빌딩 사이로 널찍한 도로와 커다란 가로수가 기억처럼 뒤로 물러있다. 습기를 품은 바람이 금융가와 아파트 난시 사이의 거리를 휩쓸었고, 소나기는 스프레이로 구름을 뿌리듯 극성스레 도시를 횡단하기 시작했다. 그곳은 수십 년 동안 기계 부품을 만든 거리로 차량 범퍼나 베어링 등이 길에 늘어져 있어 여전히 공구 상가의 일부라는 느낌을 주었다. 근처는 카페 거리라고 불리는 동네가 이어져 커피점과 젊은이들이 좋아하는 음식점이 많았다. 그와 내가 도착한 장소는 골목 안으로 깊숙이 들어가야만 찾을 수 있는 외진 곳이었다.

그곳은 고기와 함께 흔한 푸성귀와 묵은김치 등속을 밑반찬으로 내놓는 낡은 식당이었다. 2~3년은 족히 삭혔겠다고 여겨지는 묵은김치의 감칠맛이 특이했다. 외관과 내부 실내장식이 지나치게 허름한 분위기였지만 빈 테이블을 찾기가 어려울 정도로 손님이 붐볐다.

"외로운 사람은 그가 만나는 누구에게나 너무나 빨리 손을 내밀지요." 그가 말을 이었다. "몇 해 전이었나…. 누구보다 나를 아끼던 친한 친구가 갑자기 죽었는데 술만 마시면 걔가 생각나는 거야. 그날 취한 상태에서 그에게 카톡을 보냈어요. '친구, 자네가 죽고 나니 술만 마시면 눈물이 난다네….' 이렇게 말이오. 놀랍게도 그가 메시지를 받았다는 표시가 뜨더라고."

"사실이란 존재하지 않는지 몰라요, 작가님. 그저 해석만 있을 뿐이어요."

낡은 식당에서, 흐린 형광등 불빛 아래에서 비 오는 창밖을 바라보며 왼손으로 턱을 고인 채 먹고 마시며 그와 얘기했고, 행복했다. 그날 이후 나는 그것을 알고 있었다. 사랑과 비슷한 감정에 빠져있었다. 반드시 애인이 아니더라도 느낄 수 있는. 그때 나는 삶에서 바라는 어떤 것을 갖고 있었는지도 모른다.

*

늦은 오후, 금속 빛깔의 햇살이 창을 뚫고 들어와 바닥 위를 춤추듯 비추었다. 번잡한 도시는 올라가는 사람과 추락하는 사람으로 나뉘었고 해가 바뀌는 숫자에 비례해서 반복을 거듭했다. 지난 시간을 뒤돌아보니 그와 병원 밖에서 만난 횟수는 십수 차례였다. 두 번은 그가 사는 동네 근처의 공원 끝자락에 있는 커피점이었고 나머지는 언제나 그와 함께 간 식당이었다. 그곳은 항상 붐볐으므로 누군가 우리를 아는 이가 있다고 할지라도 그토록 오랫동안 개인적인 관계를 유지했는지는 알 수 없었을 것이다. 우리는 식당에서 고기를 먹고 소주를 마신 후에는 3분 거리에 있는 맥줏집으로 가곤 했다.

"나와 같은 늙은 남자와 함께 어딜 가는 장면을 보면 선생의 직장 사람들이 어떻게 생각할까요?" 이동하는 사이, 나란히 걷는 나를 향해 그가 물었다.

"글쎄요. 애매하네요. 오빠로 보기에는 그렇고…. 약간 난처할 것 같아요."

"뭘 어렵게 생각하나요? 누구냐 묻거든 아버지라고 말해요."

"아버지는 오래전에 돌아가셨는걸요. 직원들도 그걸 알고 있어요. 그리고 남들이 아버지로 보기에는 작가님이 좀 젊지 않나요?"

"그대에게 아버지와 같은 존재가 되고 싶소. 누군가 묻거든 삼촌이라고 말해요. 그러면 난처하지 않겠지."

술을 마실 때마다 그는 처음과 끝이 흐트러지지 않는 정리 정돈된 신사였다. 어떤 때 내가 대취하면 택시를 잡아서 집 근처에 내려주기도 했다. 신기하게도 취중 자기관리가 철저한 그를 부러워만 했지, 어떤 사연이 숨어있으리라고는 생각하지 못했다. 처음 함께 술을 마실 때 내 나이가 서른아홉 살이며 편모와 둘이서 살고 있다는 점, 특이한 외모와 출신 때문에 결혼을 전제로 사귄 남자와 헤어진 것, 스물여덟 살 나이 때 아버지와 사별했다는 등의 이야기를 했다. 아아, 아버지, 그리운 이름. 무슨 이야기든 그가 받아주리라 확신했기 때문이다. 내 얘기가 진행될 때 그는 매우 심각한 표정으로 들이구있꼬 공감을 뵤했나.

"흐린 날, 가을빛은 자신의 우울한 가슴에서 나오기에 십상이오. 술을 조금만 줄여봐, 자신의 가슴이 붉다는 것을 깨닫게 될 거요."

"… …."

"누군가의 인생에 있어, 모든 고난이 자취를 감췄을 때를 생각해보세요. 더 삭막한 것은 없겠지." 그가 말을 이었다. "필요하다면 내가 그대의 아버지가 되어주겠소."

그의 말이 끝나자마자 눈물을 흘리고 말았다. 그날 왜 그랬는지 모르겠다. 취중이라고 핑계 대기에는 너무 이른 시간이었으므로. 내 인생은 아무 의미가 없었어, 그전에 나는 그렇게 생각했다. 그걸 인정하지 않으려 다른 것들을 욕망해왔다.

"저 같은 딸을 두면 선생님은 골치 아프겠는데요?"

"아무리 삼류라 하더라도 작가란 감정과 정서의 핵심까지 무차별적으로 부딪쳐 통과해내는 사람이오."

"… …."

"하하, 지금 우리 딸만 해도 충분히 머리 아프지요. 그러나 이미 차린 밥상에다 숟가락 하나 더 얹어도 상관없지 않겠어요?"

그는 딸을 키우느라 수고한 사건이며, 딸이 음악대학을 졸업한 후 외국에 가서 아르바이트와 인턴을 무려 이 년이나 하며 고생하다가, 괜찮은 악단의 공채를 거쳐 입사한 이야기를 했다.

"따님이 자랑스러우시겠어요."

"그런데 문제는…. 딸이 날 그다지 좋아하지 않는다는 점이에요. 남보다 못한 부녀 관계지요. 어디서부터 잘못되었는지 하는 생각을 하면 머리가 아프네요."

그의 얘기를 통해 자신 있게 말할 수 있는 한 가지는, 아무리 편안해 보이는 사람이라도 심각한 위기에서 그리 멀리 있지 않다는 사실이었다.

4

질량 불변의 법칙.

화학 반응의 전후에서 반응 물질의 전체 질량과 생성 물질의 전체 질량은 같다고 논하는 법칙이 있다. 즉, 화학 반응이 일어나는 전과 후에 원래 물질을 구성하는 성분은 모두 생성 물질을 구성하는 성분으로 변할 뿐이며, 물질이 소멸하거나 무에서 물질이 생기지 않는다는 이론이다. 아인슈타인의 상대성 이론에 의하면, 반응계의 질량은 변화를 받으므로 엄밀한 의미에서 해당 법칙은 성립하지 않는다. 이런 뜻에서 근사적인 법칙이라고 말할 수 있다.

그러나 방대한 반응에너지의 출입을 수반하는 원자 핵반응 등과는 달리, 보통 화학 반응에서는 계系 전체 질량과 비교해서 영향이 무시할 정도로 작아서 법칙은 성립된다고 생각해도 무방하다. 사실상 주창자의 실험에서는 항상 $2 \times 10^{-7} \sim 10^{-8}$ 정도 오차로써 성립되는 사실을 확인했다고 말한다. 화학에서 정량분석의 기본이 되는 중요한 법칙이다.

처음 내원한 날에서 1년이 되었을 때 그와 나는 남몰래 십수 차례나 만났다. 마지막으로 만난 날도 억수처럼 비가 쏟아졌다. 전월부터 그의 얼굴은 눈에 띄게 수척해 보였다.

"작가님, 요즘 어디 아파요?"

"아니요. 몸이 무거워서 체중을 좀 줄이고 있는데 그게 병색으로 보이게 만드는 모양이네?" 그가 멋쩍게 대답했다. "왜 마티스와 고흐가 유명해졌을까를 생각해 본 적이 있어요?"

"제가 미술을 잘 몰라서…."

"그들의 작품이 사람들의 감정을 불러일으키기 전에 그들은 누구보다 아팠지."

그날 서녁, 오랜만에 그와 마주한 나는 시나시토록 술을 많이 마셨다. 낮에 받은 스트레스가 시발점이었는데, 점차 화제가 다른 데로 번지자 끝없이 떠들게 되었다. '나'라는 불쌍한 존재가 왜 태어났는지, 자라면서 받은 수많은 수모와 멸시, 차별과 이성적이지 못한 사회의 시선에 관해 토로했다. 밀물이 밀고 들어오듯 나는 계속해서 내 주변에만 존재하는, 이치에 맞지 않는 일에 관해 지껄였다. 내가 겨눈 총구는 '나'라는 존재와 나를 둘러싼 이상한 세계를 계속해서 저격했다.

유치원에서 노는 어린아이들을 유심히 관찰하면 놀라운 사실을 발견하게 된다. 무리에서 힘이 센 아이는 가장 약한 아이를 겨냥해서 괴롭힌다. 사람을 포함한 지구계 생물의 본능일 것이다. 어느 순간, 무심한 주변의 아이 대부분도 가해하는 힘센 아이에게 동조하여 약한 아이를 집단으로 괴롭히는 장면이 그것이다. 내가 속한 세계에서 나는 특이한 외모 때문에 항상 힘센 아이에게 표적이 되곤 했다. 청소년기에 들어서서는 목표물이 되어있는 사실을 당연하게 받아들이고 자구책으로 나를 겨냥하는 어떤 사수射手나 화살에 맞서 싸워야만 했다. 싸우다 보면 나는 쉽사리 다쳤고, 상흔을 숨기기 위해 멀쩡한 척했으며, 와중에서 몇 곱절이나 상처받았다. 그때 나는 피어나지 못한 꽃처럼 하찮은 존재여서 지나가는 바람에도 흔들렸다.

그날 왜 그랬는지 모르겠다. 오전에 환자의 컴플레인 때문에 수간호사에게 불려가 쓴소리를 들었고, 오후에는 실장에게 같은 건으로 야단을 맞았다. 피곤한 하루를 마친 후에 그를 만나니 뭔가 편한 느낌이어서 마음껏 떠들게 되었다. 그는 지치지 않는 이야기를 끝까지 들어주었다. 늦은 가을, 비는 계속해서 내렸는데 그는 돼지국밥집 같은 곳에서 소주를 한 잔 더 마시면 안 되겠냐고 내 의견을 물었다. 그날따라 평소 주량의 두 배 가까이 마신 터라 더 마시기가 부담스러웠다. 많은 내용의 이야기를 떠드느라 목이 말랐던 나는 맥주를 한 잔만 마시고 싶다고 말했다. 그는 자신의 작업실에 맥주와 다른 술이 있으니 그곳으로 가자고 말했다. 그와 나는 대화가 없어도, 음악이 없어도, 신념이나 이데올로기가 없어도, 사랑이 없어도, 세상 모든 소리와 빛이 사그라진 곳에서도 어색하지 않은 관계라고 나는 생각했다.

가랑비가 내리는 와중이었지만 바람이 불지 않아 우산 없이 그의 발끝을 쫓았다. 전철역에서 5분 거리 정도 되는 곳에 오피스텔이 보였고, 그곳 9층에 있는 원룸이 그가 사용하는 작업실이었다. 낡은 오피스텔의 실내는 생각보다 넓어서 매우 깔끔하게 정돈된 방에는 책상 하나와 작은 보조 테이블과 의자가 놓여있었다. 벽에는 책장이 있었고 방 끝 쪽에는 접이식 침대가 벽을 향해 납작하게 접혀 세워져 있었다. 남향의 창에는 도심지의 빌딩 숲이 보였고, 서향의 창에는 도로와 함께 인도와 평행한 시장 풍경이 보였다. 창이 없는 벽면의 5단 수납장 위편에는 세계 각국의 인형과 술잔들이 진열되어 있었다. 아래 칸에는 열 병 정도 다양한 색깔의 술병이 보였다.

"아, 이쁜 인형들! 어릴 때부터 이쁜, 이국적인 인형들을 갖는 게 소원이었어요. 놀라워라!"

"그래요?"

"이게 무슨 술이에요?" 진열장에 나열된 술병을 보며 내가 물었다.

"조니 워커, 헤네시, 시바스 리갈, 빼갈, 보드카, 사케, 코냑, 베트남 소주, 태국 소주, 일본 정종…. 해외여행 때마다 한 병씩 사 모은 거지요. 옆의 인형들도 그때 구매한 것들이고…. 방문한 나라의 고유복장을 입은 여성 인형이지요. 불문학자 친구가 외국 인형을 먼저 모으기 시작해서 해외여행을 갔다 올 때마다 해당 나라의 인형을 하나씩 내게 선물하곤 했어요. 이후 나도 해외를 들를 때마다 두 개를 사서 하나를 그에게 선물하지요. 그러니까 서로가 외국에 갈 일이 있을 때마다 주고받은 표시들이지요."

"옆에 놓인 특이한 그릇들은 무슨 그릇인가요? 아, 술잔인가요?"

그는 오래된 탁자 위에 놓인 편지 같았다. 반쯤 읽은 고골의 편지 같고, 마음에서 과실수를 심는 키케로의 흔적과도 같아 보였다.

"글 쓸 힘마저 없어져 버리면 지리산 기슭으로 이사 가서 조용하고 외딴 실록에 술집을 차릴 예정이오. 하루에 세 팀만 받는 거시. 앤느 느립 커피노 팔고, 말이요. 그래서 해외여행 갈 때마다 해당 나라의 술잔과 찻잔을 모아 왔지요."

"어머, 멋져요! 선생님, 술집을 차리면 저도 끼워주세요. 인형들을 매일 보며 주모酒母를 하든지, 아니면 청소나 설거지만 전담하든지. 호호."

내가 쓸데없이 떠드는 동안 계속 비가 내려서 바람은 건물의 네 모퉁이를 찍었다. 검은 나뭇잎들이 서로 몸을 부딪쳤다. 여름 장마가 끝날 때여서 그들은 활기를 곧 찾을 터였고, 바깥의 모든 생명은 겨울이 올 때까지 야생으로 남을 듯했다. 바람의 영광 속에서.

5

그즈음에 나는 괴테가 쓴 '친화력'이란 몹시 난해한 소설을 읽고 있었다. 틈이 날 때마다 고전을 읽으라는 그의 충고 때문이었다. 괴테에 의하면 어떤 원소元素는 서로 쉽게 결합하고, 어떤 종류의 원소는 서로 반발한다. 작가는 화학상 친화력의 법칙을 인간 사이에서 서로 좋아하고 미워하는 관계에 적용한 것이 틀림없다는 생각이 들었다. 친하다는 사실은 서로 다른 원자끼리 원래의 결합을 버리고 새로이 결합하여 새로운 물질을 만들어내려는 성질을 가리킨다. 작품은 자연법칙을 인간관계에 접목하여 인간들 사이의 반응을 묘사하고 있었다.

누군가와 친하다는 현상은 자유로운 만남과 헤어짐이라는 인간적인 조건을 기본 요소로 한다. 괴테는 에두아르드와 오티리에가 도덕적인 측면에서 세간의 비난을 살 만한 애정에 맹목으로 빠져드는 모습을 묘사했다. 어쩌면 그는, 남녀 사이에는 어쩔 수 없는 친화력이 있어 격렬한 애정에 빠져들 수밖에 없는, 자신의 실제 경험을 드러낸 것이 아닐까? 지난한 애정의 끝을 죽음으로 작품은 끝맺지만, 괴테 자신은 도덕을 강요하지는 않았다. 단지 맹목적인 격정을 다스리고 정화해서 행복한 삶으로 향해야 한다는 따뜻한 눈빛만을 내보였다.

시간은 오래되면 또 하나의 생명 없는 물체로 변한다. 그러므로 모든 추억은 잊히게 되어있다. 요즘은 예전처럼 넋 놓으며 그를 생각하는 경우는 드물다. 어쩌다 한 번 스치듯 생각날 뿐이다. 어느 순간부터 그를 만날 수 없어서 그를 향한 기억을 가장 고통스럽고 내밀한 상처가 저장된 마음 한구석에 놓아두게 되었다. 그러나 지금도 그라는 사람과 우리가 함께 지낸, 짧은 시간을 회상하게 된다. 이야기는, 그와 마지막 보낸 시간으로 돌아간다.

그날 밤, 만취한 나는 그의 작업실에서 잠을 잤다. 새벽에 명정酩酊한 상태에서 눈을 뜨니 전날 그와 늦게 술을 마신 곳에서 잠을 잔 사실을 알게 되었다. 그는 벽에 세워둔 접이식 침대를 펴서 나를 누이고 자게끔 배려한 듯했다. 그는 그곳에 없었다. 술에 취해 잠이 든 내 모습을 지켜봐야만 했던 그는 무슨 생각을 했을까? 아침, 그곳 화장실의 거울 속에서 누군가를 보았다. 그 모습이 나 자신이라는 것을 알았고 더 자세히 거울 속을 들여다보았다. 잘 알아보기 힘든, 심지어는 부정不貞한 모습이 흐릿한 불빛 속에 서 있었다.

그를 만나기 이전까지는 화학 반응의 전후에서 물질은 보존되지 않아 결과적으로 소멸만 된다고 믿어왔다. 그러나 그와 만난 이후에는 화학 반응의 앞뒤에 서로 작용하는 원 물질을 구성하는 성분은 모두 생성 물질을 구성하는 성분으로 변할 뿐이라는 사실을 깨닫게 되었다. 결코, 물질이 사라지지 않는다는 사실을 알게 되었기 때문이다.

그날 이후, 두 달이 지났다. 그는 여전히 내원하지 않았다. 무슨 일이 있나 해서 그의 휴대전화기 번호로 전화를 걸었으나 전원이 꺼져 있다는 메시지만 반복됐다. 그가 전화번호를 바꾸었거나 어디 조용한 곳에서 새로운 작품을 구상할지도 모든나고 심삭할 수밖에 없었다. 석 달째 소식이 없던 어느 날, 나는 궁금함과 초조함 속에서 그가 쓴 책을 다시 펼쳐 보았다. 책 표지 날개 쪽에 그의 이메일 주소와 블로그 주소를 발견하게 되었다. 해당 블로그 주소를 치니 천만 명 이상의 방문객이 표시된 블로그 초기화면이 떴다.

전날 밤 강남에서 살인사건이 일어났다. 여의도에서는 브로커들이 이성을 잃었고, 명동에서는 시계와 양말을 파는 사람들이 추위에 떨며 서 있었다. 홍대 근처에서는 미친 사람이 경찰 앞에서 '한 오백 년'을 불렀고, 어떤 건물은 철거되고 새 건물이 올라갔다. 간밤에 동사한 오십 대 남자는 삼 년 전 실직한 이후에 가족과 떨어져 혼자 고시원에서 생활하다 술에 취해 잠이 든 채 급속한 기온하락으로 변을 당했다고 뉴스는 보도했다.

출근 후 근무하다 내려다본 병원 창밖의 거리는 크롬 도금을 한 것처럼 안개가 자욱했다. 올이 생기게 짜인 방충망이 흐릿하게 길을 막고 있었다. 지구라는 별에 사는 사람들은 때가 되면 먼 행성 어딘가로 몸을 숨겨 달아나곤 했다. 그러면 또 다른 존재들이 누군가가 마련해준 의자에 앉았다가 다른 사람에게 자리를 내놓곤 했다.

블로그에서 그의 아들이라고 밝힌 이가 작성한 포스팅에는 그가 두 달 전에 지병으로 사망했으며 기억하는 이들에게 '아버지의 명복'을 빌어달라는 내용이 적혀있었다. '병마 없는 세상에서 편히 쉬세요' 그의 '블친23)'으로 보이는 누리꾼들의 애도哀悼 댓글이 여러 개 달려 있었지만, 그의 답글은 없었다.

그날 나는 울음이 터지려는 것을 몇 번이나 참았다.

"아가씨, 어디 아파요? 아니면 무슨 안 좋은 일이 있어요?" 도수 치료를 받는 40대의 여성 환자가 말했다. "안색이 좋지 않아요. 좀 쉬었다가 해요."

"아니요. 잠시 피로해서 그런가 봐요. 곧 괜찮아질 거예요."

---

23) '블로그 (blog) 친구'의 줄인 말.

6

그가 죽은 이듬해, 나는 같은 병원에서 근무하는 행정 직원과 결혼했다. 결혼한 남자와 함께 메디컬 스트리트 카페의 창가에 다리를 꼬고 햇빛을 받으며 앉아 앞날을 얘기했다. 당시에는 삶에서 바라는 모든 것을 갖고 있다는 환상이 무엇인지 알지 못했다. 결혼이야말로 영원한 사랑이라는 착각에 빠져 있었다. 사람에게는 누구나 타인에게 드러나지 않는 측면이 있다. 죄의식을 가지고 애써 감춘 조각과 죄의식은 없지만, 본능으로 드러남에 불리함을 느껴 저절로 은밀해지는 다른 조각이 있지 않은가. 우리는 이해되는 순간에 뭔가를 놓치곤 한다.

그가 죽었다는 소식을 알게 된 날에는 단지 먹먹하기만 했다. 얼마간의 시간이 지나자 그가 생각났다. 한때 너그러운 감정의 이성으로서 존재했고, 내게 아버지가 되어주겠다고 말하던 나이 많은 남자를 생각했다. 사람이 사랑하거나 고통스러워한 기억에서는 절대로 사라지지 않는 희미한 향기 같은 것이 언제나 남아 있다는 생각이 들었다. 아마도 지난한 기억에는 신비한 영혼의 힘을 얻어 그것이 지나가는 사람의 마음에 닿는 것으로 생각하게 되었다.

그의 죽음을 알게 된 몇 달 후 누군가가 나를 찾아왔다. 그날은 병원 빌딩 꼭대기의 습기가 구름을 핥아 빗방울이 떨어질 것 같았다. 창밖에는 하늘 지붕 아래 대롱대롱 매달린 나뭇잎이 빗속에서 몸을 뒤척였다. 삼십 대 초반의 젊은 남자는 자신을 소개하며 아무개 작가의 아들이라고 말했다. 젊은 남자는 육군 군복을 입었고 대위 계급장을 달고 있었다. 그와 매우 닮지는 않았지만, 자세히 살펴보면 얼굴 한편에서 그의 모습이 보이는 듯한 분위기의 얼굴이었다. 그는 근무 중에 겨우 시간을 내었다고 말하며 각 잡힌 자세로 용건을 말했다.

"전방前方에서 근무하기에 고향으로 내려오기란 쉽지 않았습니다. 아버님의 유품을 정리하면서 알게 되었지만 말입니다. 아버님과 데이트를 하셨더군요. 실낱세실 때 아버님은 서새 책장에 빨간 노트가 있으니 서기에 메모한 내용을 이행해 달라고 부탁하셨습니다."

나는 숨죽이며 그의 말에 귀를 기울였다.

"아버님이 다른 여자와 사귀었다는 사실을 어머니가 아시면 매우 실망하겠지요. 아주 오래전에 저는 아버님이 만약 어머니가 아닌 다른 여자와 데이트를 하더라도 비밀을 지키겠다고 약속한 적이 있습니다. 아버님은 갑자기 몸이 아프다고 호소했는데 폐암 말기였습니다. 입원 후 며칠 지나지 않아 돌아가셨습니다. 어머님은 아버님이 돌아가시기 한 해 전에 심장병으로 소천하셨습니다. 두 분 다 좋은 나이셨는데."

그가 얘기하는 도중, 저쪽에서 희미한 음악 소리가 들렸는데 마치 고대의 강에서 들려오는 소리 같았다. 마지막으로 건너는 강, 뱃사공이 기다리던. 적어도 나보다 열 살은 어려 보이는 삼십 대 초반의 앳된 남자는 내게 무슨 말을 하는 걸까? 그는 앉은 자리에서 작은 쇼핑백 하나를 내밀었다. 상자 속에는 열댓 개의 인형과 접착 풀로 단단히 봉해진 하얀 봉투가 보였다.

"저는 틈만 나면 아버님께 버릇없이 대드는 불효자였습니다. 청소년기부터 돌아가실 즈음까지였지요. 아버님 사후 생각해보니 아버님과 저를 비교해서 생긴 열등감 때문이었습니다. 괴물과 같은 이상한 놈이 아니었던가 후회해봅니다. 아버님이 돌아가신 후, 빨간 공책을 열어보았습니다. 당신의 병세가 심상치 않음을 짐작하셨는지 물리치료사 선생님에게 편지를 써두었더군요. 외로웠을 아버님께 친구가 되어주셔서 감사하다는 말씀도 드리겠습니다."

"제겐 이웃집 아저씨, 또는 삼촌과도 같은 분이었어요." 그가 말을 마치자 내가 말했다. "대위님이 생각하실지 모르는 불순한 관계는 아니었어요."

"물론입니다. 아버님이 어떤 분인지 잘 알기 때문에 이렇게 일부러 시간 내어 찾아온 것이지요."

봉투 속에는 손으로 쓴 편지가 들어있었다. 그의 아들이 앞에 앉아있어서 자세히 읽지는 않았으나 세세한 내용까지도 짐작할 수 있을 것 같았다. 고마웠다는 말과 문학 단체에서 받은 이쁜 기념품, 여러 나라에서 모은 인형을 잘 보관해주길 바란다는 내용이 쓰여있었다.

"작가님이 따님…. 그러니까 여동생 이야기를 가끔 꺼냈고 그때마다 걱정하시곤 했는데요." 내가 말하자 얼마간 침묵이 이어졌다. "동생분은 잘 계시나요?"

주제넘기 짝이 없는 질문일 수도 있었다. 갑자기 그의 안색이 변했다. 급작스레 눈이 둥그레지며 뭔가 놀란 표정이었지만 이내 정상을 찾은 듯했다.

"아버님이 왜 그런 얘기를 하셨는지 모르겠군요. 여동생은 어릴 때 등굣길에서 음주 차량에 치여서 숨졌습니다. 걔가 열 살 때였네요. 벌써 십칠 년이라는 시간이 흘렀고요." 사이, 한숨을 쉬며 그가 말을 이었다. "아마도 아버님은 동생의 죽음을 받아들이지 못했거나, 아니면 가슴 속에만 묻어놓기에는 지나치게 무거웠는지 모르겠지만 말입니다."

비가 멎었다. 낮게 내려온 구름을 통과해 비스듬하게 들어오는 햇빛을 받은 안개는 윤광이 흐르는 이스라엘 병정의 방패처럼 빛깔이 변해가고 있었다. 바람이 수련을 흔들고 지나갈 때 잔물결이 일렁거리는 풍경이 생각났다.

"그럼 저는 이만…."

나를 향해 가볍게 거수경례를 하며 그가 일어섰다.

그의 아들은 나를 향해 고개를 약간 숙인 후 승강기로 향했다. 버튼을 눌렀고 승강기가 도착하자 곧장 시야에서 사라졌다. 그건 잠깐 정지해 있었지만, 망각 속으로 구겨져 들어갈, 지금이라는 순간이었다. 언젠가 내 마음속에 그가 떠오를 수도 있겠지만 그는 잊힐 것이다. 그에 관해 얘기하고, 슬퍼하고, 또 무언가를 기억해내는 것이 그에게 유익할까? 복잡한 생각들이 조금씩 정리되기 시작했다. 그와 함께 보낸 시절들을 다시 맞을 수는 없을 것이다. 그가 처음 만났을 때의 내 모습 그대로를 기억하며 떠났기를 바랄 뿐이었다.

지금보다 날씬하고 젊은 모습으로.

질량 불변의 법칙. 화학 반응 앞뒤에서 반응 물질의 전체 질량과 생성 물질의 전체 질량은 같다고 말한다. 화학 반응 전후에서 원래 물질을 구성하는 성분은 모두 생성 물질을 구성하는 성분으로 변할 뿐이며, 물질이 소멸하지 않는다. 이처럼 한 인간이 태어나서 짧은 인생을 살다가 죽을 때까지의 시간에도 누구에겐가 전달할 사랑이나 관심, 정열, 애정은 다른 모습으로 변할지라도 소멸하지 않고 질과 양은 정해져 있는 듯하다.

무엇을 변화하게 만들 수 있고 또 변화하게 만들 수 없는지를 사람들은 떠들곤 한다. 그들은 항상 경험이나 책, 또는 인물이 눈앞에 놓인 상황을 변화시켰다고 말했다. 그러나 현실을 자세히 살펴보면 바뀐 게 없다는 사실을 알게 된다. 그가 세상을 살아가면서 소유한 사랑이라는 무형체無形體가 가진 질량의 크기는 딸이 세상을 떠나서도 변하지 않았다. 그리하여 내게로 전해지지 않았는지 비가 올 때면 생각한다.

세월歲月

아파트 정문 경비실을 지나칠 때마다

뭔가 번쩍이는 눈매가 나와 아내를 향하는 것을 느꼈다.

불길하고 이상한 기분이었다.

다음날 퇴근해서 아파트로 들어올 때도 그랬다.

경비실 창문 블라인드 틈으로 뭔가 나를 지켜보는 느낌,

이전에는 느끼지 못한 시선이었다.

‡‡‡

꽃이
피는 건 어려워도
지는 건 잠깐이더군.

최영미 詩 - 선운사에서

1

고1 때 MBC 문화 방송에서 기획한 '대학 가요제'라는 게 시작됐다. 당시 군사 정권 시절이라 들을 만한 노래가 드물었기 때문에 내 또래는 공연 실황 방송을 보며 충격에 가까운, 새로운 감흥을 느껴야 했다. 대상을 차지한 '나 어떡해'라는 노래는 물론이고, '저녁 무렵', '꿈나라', '다시 핀 목련꽃', '하늘', '가시리' 등 출전한 모든 노래가 기존의 신파조 '사랑 타령' 노래나

서양식 록을 흉내 낸 어설픈 트로트와는 차원이 달라 새로운 음악 세계를 엿보는 듯 느껴졌기 때문이다.

그런데 그중 우리 학급에서 가장 자주 회자한 문제의 곡은 '회심回心'이라는 곡으로 대구의 여대생이 부른 노래였다. '랄랄라 콧노래 따라 흥겹게 불던 오늘도 사랑의 피리, 피리를 부네….'라는 가사로 시작하는 노래는 요즘 말로 하면 '랩'과 비슷한 노래 음률 속에 혼잣말을 낭송하는 독백 조 흐름이 곡 전체의 절반 이상을 차지했는데, 싱어송라이터 여대생의 가슴 아린 실연을 담은 노랫말이 인상적이었다. 쉬는 시간, 교실에서 누군가 해당 노래를 부르면 학급 분위기는 '슬픔의 연못' 속에 빠지는 분위기로 변하곤 했다. 급기야 노래를 만들고 부른 여대생이 헤어진 슬픔을 이기지 못하여 자살했다는 확인되지 않은 소문까지 돌고 있었다.

초등학교 동창 중에 음대생 수준 이상으로 피아노를 잘 치는 박수형이라는 친구가 있었다. 녀석과 나는 '우리도 몇 년 후면 대학생이 될 거니까' 그때를 대비해서 대학 가요제에 출전할 곡을 미리 만들어 두어야 하지 않겠느냐는 그야말로 황당하기 짝이 없는 의견을 공유하고 있었다.

고2 여름방학 때였다. 둘은 배낭에 텐트와 버너를 넣고 울주군 서생면에 있는 진하해수욕장으로 향하는 시외버스를 탔다. 글을 잘 쓰는 내가 노랫말을 만들고 음악 신동이라고 자칭하는 녀석이 해당 가사에 곡을 붙이면 된다고 우리는 떠들었다. 그리하여 2년 후 우리가 대학생이 되면 대학 가요제에 나가서 대상을 받은 상금으로 대학 4년간의 등록금에 사용하자는 실로 꿈같은 계획을 세워 둔 상태였다.

애송이 고등학생 둘이서 도착한 시골 해변, 시원한 여름 바다는 상쾌하고 산뜻하기 짝이 없었다. 일단 적당한 민박집을 얻은 후 천천히 시상詩想과 악상樂想을 가다듬자는 계획을 세웠으나 처음 찾은 어촌 마을 어느 곳에서 어떻게 민박집을 구하느냐가 문제였다. 둘은 여행에 관한 아무런 경험이 없었기 때문이다. 때마침 해변에서 Y대 로고가 그려진 하늘색 셔츠를 입고 배낭을 멘 채 길을 찾는 잘생긴 대학생을 발견했다. '우대, 대학생이다!' 우리는 부러워하며 줄곧 그를 뒤 따라갔다. 와중에 그가 우리를 유심히 쳐다보자 머뭇거렸는데 그러다 보니 그를 놓치고 말았다. 어쩔 수 없이 둘이서 민박집을 계속 찾을 수밖에 없었다. 그때 길을 막은 동네의 불량 학생들이 냄새나는 공중화장실 바로 앞 공터를 가리키며 사용료를 싸게 받을 테니 텐트를 치라며 은근히 강요했다. 적잖이 당황했지만 애써 무시하고 민박집을 계속 찾았다. 사실, 그들에게 자리를 강요당하는 순간, 두려움에 모골이 송연해짐을 느끼지 않을 수 없었다. 불량소년들이 우리에게 해코지할 때를 대비한 대책을 미리 세워두지 않았기 때문이다.

그 순간, 저만치 앞쪽에 서 있는, 예의 Y대 대학생을 또 만나게 되었다. 그는 우리를 향해 다가와 자신도 민박집을 찾는 중인데 함께 구하자고 제의했다. 다행히, 그를 따라간 결과로 안전하게 민박집을 구하게 되었다. Y대 국문학과 2학년 박병규. 지금도 그의 이름을 기억하는데 그는 2학기가 끝나면 입대할 예정이라고 우리에게 자신을 소개했다. 무사히 민박집을 구했고 Y대와 같은 명문대 형님과 같은 집에서 민박하게 되었지만, 그가 한 학기 후에 입대한다고 말하자 우리는 갑자기 마음이 무거워졌다. 대학에 들어가면 새로운 세상에서 무작정 즐겁게 지내리라고 생각해왔는데 4년 후의 우리에게는 또 다른 벽이 기다리고 있었고, 남자들만이 넘어야 하는 산이었기 때문이다.

민박집 마당에서 대학생 형님은 우리에게 담배를 권했다. 우리가 소스라치게 놀라며 못 피운다고 말하자 대견하다는 듯 흐뭇한 미소를 지었다. 그는 한참 동생뻘인 우리 둘에게 꼬박꼬박 존댓말을 썼고, 그때의 기억 때문인지 지금도 나는 Y대 졸업생들에게 호감을 느끼고 있다. 어쨌든 입 '구(口)'자 구조로 된, 마당이 넓은 민박집을 수월하게 얻어 짐을 풀면서 집주인 가족과 인사하게 되었다. 그 집에는 주인 할머니 외에 사촌 사이로 보이는 손녀 자매가 둘 살고 있었다. 한 명은 서울에서 시골 할머니 집에 방학을 보내러 내려온 서울 K 여고 3학년 여학생이었고, 나머지 한 명은 원래부터 할머니와 함께 사는, 스물한두 살가량으로 보이는 튼튼한 체격의 시골 처녀였다. 그네들은 틈만 나면 우리와 삽담을 나누었는데, 수줍음이 많은 친구 녀석과는 달리 용감하게도 나는 이런저런 말을 걸며 그들과 친숙해지려 했다. 첫날이 어떻게 지나가고 옆방에 투숙한 Y대 형님은 남해안으로 가야겠다며 다시 배낭을 메고 혼자 길을 떠났다.

다음 날 오후, 녀석과 나는 바닷가로 산책하러 갔다가 늦은 저녁이 되어서야 민박집으로 돌아왔다. 넓은 마당 귀퉁이의 수돗가에서 젊은 여성이 손바닥만 한 삼각팬티와 작은 블레이저를 걸친 비키니 옷차림으로 샤워를 하고 있었다. 남자 친구로 보이는 이는 술에 엉망으로 취한 상태로 바로 옆방, 어제 Y대 형님이 묵은 방에다 짐을 풀고 있었다. 그제야 파악해 보니 우리가 얻은 방은 민박을 놓기 위해 시골집의 큰방 하나를 베니어합판으로 대충 얼키설키 둘로 나눈, 허술하기 짝이 없는 방이었다.

민박집은 별도로 설치한 세면 시설이 없어서 마당 귀퉁이의 장독대 옆 우물이 샤워장 역할을 했다. 민박객 여자는 우물가에서 샤워를 겸해서 씻고 있었다. 아슬아슬한 비키니 수영복을 입은 채로 큰 물통에 담긴 물을 바가지로 온몸에 퍼붓기를 반복했다. 친구 녀석도 나처럼 비키니 수영복이 제거된 여자의 알몸을 상상했을 것이다. 해변에서 비키니 차림의 여자를 많이 보았지만, 집 앞마당에서 대하니 또 다른 느낌이 들었다. 해수욕장 동네이니까 있을 수 있는 일이라 생각하며 나신에 가까운 여자의 모습을 금방 잊어버렸다. 둘은 저녁밥을 지어 먹고 어두워지자 일찍 자리에 누웠다. 내 머릿속은 좋은 시상을 기원했고 녀석은 록 밴드 산울림의 김창훈이 지은 곡을 압도하는 악상을 꿈꾼다고 말했다.

해변의 밤.

별이 쏟아지는 해변으로 가요, 해변으로 가요. 젊음이 넘치는 해변으로 가요, 해변으로 가요…….

멀리서 들려오는 밴드의 음악 소리와 함께 시원한 바람이 불어왔고 소금기가 섞인 바다 냄새와 해조음은 감미롭기 짝이 없었다. 그런데 갑자기 옆방에서 여자의 악다구니 소리가 들려오기 시작했다. 아까 세면장에서 몸을 씻던 처녀와 동행한 남자가 싸우는 모양인데 "철썩!"하는 소리가 들리기 무섭게 "야! 이 씨발놈아, 와 때리노? 아직 아버지한테도 뺨 안 맞아봤다!"라는 소프라노 음성이 담장 안에 퍼지기 시작했다. 잠시 후, 또다시 "철썩!" 뺨 때리는 소리가 연이어 들려왔다. 둘이서 싸우며 주고받는 대화의 내용으로 짐작해보니 남자는 미혼의 택시 운전사이고 여자는 그의 애인인 듯했다. 그런데 남자는 술버릇이 안 좋아 술만 마시면 여자에게 손찌검하는 지질한 부류의 인간인 듯했다. 급기야 해당 시골집에 민박하는 사람들과 주인 가족 모두가 그들이 싸우는 소리를 생중계 방송처럼 청취하는 지경에 이르렀다. 전날 장시간 동안 버스를 탔고, 낮에는 해변을 종일 싸돌아다니는 바람에 피곤했는데 그들의 싸움이 만든 시끄러운 소리 때문에 친구와 나의 잠은 완전히 달아나버렸다.

30분가량 지났을까? 남녀가 싸우다 지쳤는지, 민박객들이 싸움 소리를 듣다가 지쳤는지, 사방이 조용해졌다. 잠을 이루려고 하니 또 다른 문제가 생겼다. 세상이 어둠만큼 고요한 가운데 옆방에서 속삭이는 목소리가 벽을 타고 우리 방으로 들어와 친구와 나의 귓가를 괴롭히기 시작했다.

"희야, 사랑한데이. 나는 니 없으면 못 산데이!"

술에 취한 남자의 목소리에 이어 '쪽! 쪽! 쯔읍!' 흡입력이 강조된 라디오의 효과음처럼 남녀의 거친 신음과 헉헉대는 숨소리가 계속해서 벽을 타고 들려왔다. 친구 녀석과 나는 '라이브 포르노 생중계'를 청취하면서 진하에서의 둘째 밤을 보낸 것이다.

다음날 아침밥을 먹은 후 친구와 내가 민박집 대청마루에 앉아 잡담을 나눌 때였다. 옆에는 예의 사촌 자매 둘도 함께 자리하게 되었다. 민박집 방밖 장소에서 그녀들이나 우리가 앉을 곳이라고는 그곳밖에 없었으니까. 우리는 어젯밤에 때리고 맞으며 싸우던 옆방 남녀가 짐을 싼 후 다정하게 팔짱을 낀 채 대문 밖으로 나가는 장면을 보게 되었다.

"비셨나!" 사내 중 언니가 입을 열었다. "요새도 여자를 패리는 넘이 있나!" "어젯밤 그렇게도 많이 두들겨 맞더니만 팔짱을 끼네?" 곧이어 동생이 말했다. "저 여자도 미친 거 아냐?"

나는 친구 녀석과 더운물에다 커피 믹스를 타서 마시고 있었는데 코펠에다 지나치게 많은 물을 끓여서 커피가 남았다. 나는 커피를 조심스럽게 종이컵에 담아 자매에게 권했다. 서울에서 왔다는 고3 여학생에게는 직접 손으로 건넸는데 뜻밖에 살며시 웃으며 잔을 받아주어서 기분이 마냥 좋았다. 하하, 눈빛만으로 느낌을 알 수 있지 않은가? 지금도 나는 억센 경상도 사투리가 몸에 밴 여성이 아무리 서울말 연습을 열심히 했다고 하더라도 금방 출신지를 알아차리곤 한다. 부자연스러움까지 고칠 수는 없기 때문이다. 나긋나긋하고 부드러워서 감미롭게까지 느껴지는 정통 서울말을 사용하는 또래를 만나 얘기를 나누니, 마치 구름 위에 뜬 기분이었다. 자매 중 언니는 우릴 보며 '호호' 웃고 있었다. 아마 순진해 보이는 애들이라고 생각했을 것이다.

글을 쓰면서 나 자신, 기억력만은 천부적이라고 생각하고 있지만 나보다 더 기억력이 좋은 이가 있다. 그때 동행한 친구 녀석이 그렇다. 이십 년 전에 연락이 끊겼다가 최근에 다시 만나게 되었다. 내가 그해 여름 진하해수욕장에서의 일을 기억하는 내용은 여기까지인데 녀석은 내 기억의 세 배쯤을 더 기억하고 있는 듯했다. 내가 한 살 연상의 여학생에게 무슨 말을 했는지, 며칠 후 짐 싸고 집으로 돌아올 때 여학생과 내가 어떤 표정이었는지를.

결론적으로 말하자면 바다와는 전혀 관계없는, 교회 찬송가 가사를 연상하는 '빛을 찾아서'라는 제목의 노랫말을 내가 만들게 되었다. 괴롭고 고달픈 현실을 견디고 희망을 찾아 걸어가면 새로운, 우리의 세계가 기다린다는 가사였다. 친구 녀석은 곡을 아예 만들지 않았다. 이유는 뻔했다. 곡을 만든 경험이 없었고 이후에도 곡을 만들 역량이 되지 않았으니까.

참고로, 우리가 여름을 보내고 난 몇 달 후, 늦은 가을에 열린 제2회 대학

가요제에서는 B대학교의 '썰물'이라는 중창 팀이 부른 '밀려오는 파도 소리에'라는 노래가 그랑프리 대상을 차지했다. 친구와 나는 비슷한 분위기의 노래를 만들기 위해 진하 바다에 갔는데 라이브 포르노 중계와 서울 여학생의 정통 서울 말씨에 정신이 혼미해지는 바람에 여행의 본래 목적을 잊어버린 탓이었다. 본말전도本末顚倒라는 사자성어가 이런 경우일 것이다.

2

1981년, 대학 2학년을 마친 나는 휴학계를 내고 입대하게 되었다. 20대 초반, 인생의 황금기이기도 했다. 국가의 부름을 받아 국민의 의무라는 이름으로 3년 동안 계속된 시간은 폭력에 무방비인 나를 심각한 위기로 몰아넣었다.

혹독한 신체 훈련을 가한 신병 훈련소 이후에 도착한 자대自隊에서의 졸병 생활은 비참하고 괴롭기 짝이 없었다. 일상으로 주어지는 보조 업무와 사역은 견딜만했지만, 시도 때도 없이 내무실 내에서 일어나는 구타는 나를 절망케 했다. 게다가 하루도 빠짐없이, 밤낮을 가리지 않고 부대 내 보초 근무를 매일 두 번씩 서야만 했다.

보초 근무는 소총과 기관총, 박격포 실탄 등을 보관하는 탄약고와 부대의 정문 위병소를 각각 병사 두 명이 조를 이뤄 경계警戒하는 일이었다. 부대 내에서 현역 기간병基幹兵 가운데 가장 밑바닥인 나는 선임 격인 '단풍 하사반' 출신 상병 변영교나 김영철과 매일 주, 야간에 조를 이루어 위병소와 탄약고 보초를 서야만 했다.

일반병 상병은 단풍 하사반 병장에게, 일반병 병장은 단풍 하사반 하사를 자신과 동일 계급으로 간주해서 말을 놓고 대했다. 단풍 하사반 출신 상병 처지에서는 낮은 계급의 이병과 일병이 말을 놓아 기분 나빴지만, 일반병도 나름 비슷하게 군대 짬밥24)을 먹었음을 참작하고 용납하는 분위기였다. 어차피 인간은 현실에 적응하는 존재이니까. 일반병 최상급 병사인 병장과 그들 최상급 세급인 하사끼리 성한 사항이기에 순응해야만 했고 제대하는 날까지 지켜졌다.

단풍 하사반 상병 김영철은 나보다 한 살 나이가 많고 석 달 먼저 입대한 이였다. 그들은 2년 후에 간부급인 하사로 진급하게 되어있었다. 주야간 탄약고 경계 때 보초병의 근무 상태를 감시하기 위해 일직 장교나 간부가 순찰하는 경우는 드물었다. 보초병 둘은 감시자가 올지도 모르는 길목을 주시하며 정해진 시간을 적당히 보냈다. 김영철은 나와 함께 경계 근무할 때 틈만 나면 유행가를 목청껏 불렀다. 해바라기라는 듀엣 가수가 만든 '어서 말을 해, 어서 말을 해…….' 라는 노래를 하루도 빠짐없이 불렀다. 그가 부른 노래의 노랫말 속 '어서 말을 해'가 내게는 "왜 성화를 해"로 들렸다. 어차피 인간이란 존재는 자신 앞에 놓인 수많은 실존과 현실을 자기만의 시선으로 해석하고 각색하여 자신에게 필요한 부분만 받아들이기 때문일 것이다. 그는 단풍 하사반 출신임에도 일반병들의 고정관념을 비웃기나 하듯이 내게 형이나 친구처럼 친절하게 대했다.

외모가 지극히 평범한 김영철과 달리 변영교의 외모와 첫인상은 '아름다운 청년'이라는 느낌이었다. 그를 처음 대하는 순간, 그리스 신화에 등장하는 아도니스의 현신이나 재림이 아닐까 하고 나는 생각했다. 그는 서울의 위성도시에서 공업계 고등학교를 졸업한 후 전자제품 부품을 만드는 회사에서 일하다 입대했다고 자신을 소개했다. 상냥한 서울 말씨에 선량한 눈매를 가진 그는 직업이 영화배우라 해도 괜찮을 만큼 군살 없이 매끈한 몸매와 눈부시게 수려한 외모의 소유자였다. 그는 자신보다 계급과 군대 짬밥 개월 수가 적은 일반병이 욕설이나 반말로 하대해도 애써 무시하며 무난한 관계를 유지하려 애쓰는 평화주의자였다. 내무반 기간병 중 그와 복무 기간이 비슷

---

24) '잔반'에서 변한 말로, 군대에서 먹는 밥을 이르는 말.

하거나 많은 이들은 기회 있을 때마다 그를 '말좆'이라고 불렀다.

부대 내의 간이목욕탕에서 그와 함께 샤워한 적이 있었다. 남근 길이가 정상인보다 엄지손가락 하나 정도는 더 길었고, 굵기 또한 막대 쇠파이프를 연상할 정도로 튼실했다. 몽둥이 색깔이 유달리 거무튀튀해서 말좆이라고 붙여진 그의 별명은 결코 빈말이 아니었다. 탄약고 앞에서 야간 보초를 함께 할 때였다. 그는 자신의 과거를 실토라도 하듯이 '여성혐오증'이라고 규정할 수밖에 없는 내용의 고백을 꺼내기 시작했다. 우리가 격의 없는 사이였고, 평화주의자라는 공통점 때문이었을 것이다.

그는 유달리 조숙해서 초등학교 5학년이 되자 키가 165cm까지 자랐다. 비례하여 심벌 또한 자연 포경이 되어 귀두를 덮은 표피가 완전히 사라졌다. 소변을 보다가 그는 자기 성기가 또래와는 비교되지 않을 정도로 길고 굵다는 사실을 알게 되었다. 어느 날, 그가 동네 담벼락에다 소변보는 장면을 이웃집에 사는 중학교 3학년 누나가 훔쳐보았다.

며칠 후, 이웃 누나에게 이끌린 그는 동네 언덕 위 포도밭에서 첫 경험을 하게 되었다. 초등학교에 다녔으므로 정신연령은 어린애였으니 뭔가 강요 때문에 성폭행당한 셈이었다. 어려서 성에 무지했던 그는 이웃 누나가 하자는 대로 응할 수밖에 없었다고 푸념했다. 동정을 잃은 날 이후로 이웃 누나의 요구가 계속되었다. 포도나무 이파리가 시든 가을이나, 숲의 새싹이 아직 돋지 않은 봄날에는 가족이 부재한 누나네 빈방이나 동네 헛간이 포도밭 역할을 했다. 요구는 그 누나뿐만 아니었다. 이웃 누나에게는 한 살 많은 사촌 언니가 있었는데, 어떻게 알았는지 그녀 또한 그에게 관계를 요구했다. 교회에 다닌다는 이유로 그가 거절하자, 교회와 동네에 소문내겠다는 협박을 하는 통에 그는 소녀들의 요구에 계속 응해야만 했다. 소녀들이 읍내의 여자상업고등학교를 졸업하고 시흥과 구로공단에 있는 작은 공장에 취직하여 동네를 떠날 때까지 대어주어야만 했다.

도저히 믿을 수 없어 '햐!', 소리를 내며 놀란 표정으로 그를 쳐다보았다. 내센 서넌 기회가 왜 없넜을까 아는 부러움노 없신 잃았을 틋하나.

"얘, 박철수 이병, 내가 볼 때는 너는 여자 경험이 없는 것 같다. 너 같은 학삐리는 아무것도 몰라. 참고로 알아두거라. 내가 경험하기엔 여자애들 대부분은 너무 밝힌다." 한숨을 쉬며 그가 말을 이었다. "내가 아무리 걔들을 피해도 자꾸 따라다닌다. 여자란 대부분 짐승이야!"

이어서 그는 포도나무 소녀와의 경험, 이후의 사건도 얘기했다. 자매가 동네를 떠났다지만 이런저런 이유로 또다시 관계할 수밖에 없었던, 동네의 여자들이 꽤 있었던 모양이다. 그는 공업고등학교를 졸업 후 반월공단의 전자부품 회사에서 직장생활을 할 때도 어느 처녀와 동거하다 좋지 않게 헤어진 사연을 늘어놓았다.

"동거에 들어갔는데 어째 여자가 매일 그것만 요구하는 거야. 기거하는 여관에서 끼니를 걸러도 막무가내인 거야. 자연히 먹는 것도 부실해지고 정신이 멍해지는 기분이더라고. 게다가 하루에 서너 번씩 요구하니 온몸이 물먹은 스펀지처럼 처지고 힘이 빠져서 시체가 된 느낌이 되고 말았어."

"그래서 어떻게 했어?"

"입대통지서도 왔고 해서 휴직하고 입대날만 기다렸지. 문제가 있을 때 어떤 사람은 원인을 제거하는 쪽을 택하잖아. 집으로 돌아가야겠다고 일어섰지. 여자가 내 다리를 붙잡고 버티더라. 발로 뿌리치면서 여관을 나왔어." 그가 한숨을 내쉬며 말했다. "도대체 사람 사는 게 맞는 건지 의문이 들었지."

그날 그는 '여자들은 너무 한다.' 또는 '여자들은 너무 밝힌다'라는 표현을 여러 번 사용했다. 그는 스물넷이었고, 입대한 지 1년이 채 안 될 때였다. 그와 동행하여 타 부대에서 두 달 동안 파견 근무한 적이 있었다. 자대의 상급 부대인 연대본부였는데 요즘도 그곳의 갈색 벽돌 건물이 생각난다. 조선시대의 폐사지廢寺址를 리모델링한 건물로 비 오는 날을 대비하여 보도블록 위에 씌워진 지붕에는 고색창연한 기와가 얹혀 있었다. 아래에서 위로 올려다보면 수백 년의 역사를 지켜봤을 법한 낡은 서까래가 우리를 내려다보고 있었다. 변영교와 나는 여유 시간이 생길 때마다 함께 담배를 피웠는데 그는 내게 제대하면 여자를 조심해야 한다는 당부를 잊지 않았다.

*

넓적한 얼굴에 눈이 퉁방울처럼 컸던 김영철은 경북의 외진 동네가 고향으로 그도 나이가 나보다 한 살 많았다. 사과 농사하는 집안에서 태어나 2년제 전문대학을 졸업한 후 입대한 이였다. 순하고 어진 인상을 한 그는 키가 180cm가 넘고 몸무게가 80kg에 육박하는 건장한 체격의 소유자였다. 그는 '법 없이 살아도 될 사람'이라는 표현이 딱 어울릴 만큼 선량하고 온순했다. 문제는 유달리 성욕이 강해서 시도 때도 없이 욕정을 느낀다는 점이었다.

"나는 섹스중독증에 걸린 게 아닌지 몰라." 경계 근무를 서면서 그가 말했다. "치마만 입은 젊은 여자를 보면 무조건 흥분이 생겨."

김영철 상병의 입대일이 나보다 석 달 빨라 처음에는 그에게 존댓말을 할 수밖에 없었는데 그걸 누군가 지켜본 듯했다. 맞선임 최덕중 일병은 내가 그에게 지나치게 호의적이라고 비난하며 뺨을 때렸다. 갓 고등학교를 졸업한 그는 나와 동향인 데다 나보다 세 살 어렸으나 나를 '군기 빠진 새끼'라며 여러 번 떡이 되도록 구타했다. 사회에서 만났다면 내가 그에게 큰 형님뻘이겠지만 그는 군대 울타리 밖의 세상이란 존재하지 않는다고 생각하는 듯했다. 아무튼, 나는 단풍 하사반과 가까워지면 안 되는 사이였다.

김영철 상병은 과묵했으나 정이 많은 사람이었다. 그와 나는 보초 근무 때마다 마음에서 우러나오는 수많은 얘기를 주고받았으므로 신뢰와 우정 또한 깊어갔다. 행정반에서 근무하다 알게 된 사실로 김영철을 향한 간부들이나 장교들의 시선은 그다지 곱지 않았다. 단풍 하사반 출신은 예비하사 요원이므로 장교들은 그들에게 일반병보다 한 단계 위의 대우를 했다. 그것은 일단

외출과 외박에서 구분되었다. 부대는 상병반에 토요일 누군가가 면회를 오면 외박을 보내는 늑혜늘 수었는데 그에게 면회하러 오는 아가씨들이 유독 많았다.

작전 장교이자 부대 내 서열 2위인 윤 대위는 '면회 일지'를 펼쳐 보면서 심각한 표정을 지었다.

"김영철 저 새끼, 저거, 한 달에 두 번 정도는 토요일 외박을 나가는구먼. 다른 사병들은 일 년에 한두 번 나갈까 말까 하는데 말이야." 그가 인사 장교를 향해 말했다. "그런데 면회 오는 아가씨들의 이름이 모두 다르네? 저 새끼 저거 카사노바 아니야?"

"단풍 하사반에게 누군가 면회를 오면 외박을 막을 방법이란 없습니다." 인사 장교 안 중위가 대답했다 "육군 규정상 허용하게 되어있습니다."

"육군 규정이라니? 나발 같은 소리 하지 마쇼! 저런 새끼들 때문에 대한민국 숫처녀들, 씨가 마른다니깐." 작전 장교가 작전 아닌 작전을 지시했다. "앞으론 저 새끼에게 면회 허용을 하지 않는 방법을 마련하쇼!"

이등병으로서 고단한 하루를 보내고, 잠을 반납한 지친 몸이 야간 경계를 서는 밤이었다. 낮에 집합 당해 맞은 부위의 통증이 얼얼하게 남아 있는 데다 달빛은 푸르고 배는 꾸르륵 또 고파왔다.

"박철수 이병, 혹시 교회 다니나?"

피곤한 내 심경을 알기나 하는지 김영철이 물었다. 입대 전, 학내 비밀 스터디에서 종교는 아편이라며 나 스스로 종교인들을 비난한 기억이 되살아났다. 가만 생각해보니 내가 틀린 게 분명했다. 아편과 사탕조차 없다면 군복무 같은 암울하기 짝이 없는 상황에서 나와 같은 존재는 어떻게 위로를 얻을 것인가.

"성당에 다녔는데 지금은 냉담해지고 있지." 내가 대답했다. "그러나 다시 믿고 싶어."

"박 이병, 애인은 있나?"

"없어. 그게 가능할 사람에게 물어봐야지."

"하하, 그렇구나. 그렇다면 여자 손도 한 번 못 잡아 봤겠네?"

"히히…… 할머니나 엄마, 사촌 누나 손은 잡아 보았지." 웃으면서 내가 대답을 이어갔다. "훗날 찾아올 그녀를 위해 그냥 기다리는 중이야."

대답하고 나니 왜 여자와 관련된 질문을 할까 하는 의문이 생겼고, 갑자기 그를 둘러싼 여러 풍문이 떠올랐다. 궁금증을 풀 기회였다.

"그런데 영철 상병님, 토요일마다 면회는 누가 오는 거야? 윤 대위는 상병님을 벼르고 있던데? 고향 아가씨들이 잘 대어주나 봐?"

김영철은 내 말을 들으면서 깜짝 놀라는 듯했다. 적어도 일반병 중에서 장교들이 그를 어떻게 보고 있다는 고급 정보를 전하는 이는 없었을 것이다. 겸연쩍어하면서 그는, 면회 오는 여자 중 한 명과 어떤 계기로 인하여 자신이 꼭 잡힌 상태가 되었다고 말했다.

"토요일에 그때 걔가 면회를 왔거든. 인사과에 가서 외박증을 받아 K 읍으로 갔지. 방위병들에게 문의한 결과, 괜찮은 여관이라고 해서 함께 저녁 먹고 술집에서 놀다가 늦은 밤에 그 여관에 들어갔지. 그런데 여관방이란 게 큰 방 하나를 베니어합판 같은 널빤지로 벽을 만들어 대충 둘로 나눠 놓은 곳이었어. 둘이서 방에 들어가니 옆방에서 떠드는 소리가 그대로 들리더라. 남녀가 약 예닐곱 모여서 화투를 치는 듯했지. '고!' 또는 '스톱!' 그리고 '피박!' 등을 외치는 소리가 계속되었으니까 말이야. 큰 방을 경제적으로 사용하려 얇은 판자로 적당히 둘로 나누었으니 방음 장치가 제대로 될 리 있겠어?" 그가 계속해서 말했다. "미닫이문을 여니 문에서 나는 레일 소리가 '좌르륵' 했지. 방에 들어가니 옆방에서 떠드는 소리가 왁자지껄 들리더라. 다시 문을 밀어서 닫으니 슬라이딩 도어 소리가 또 요란하게 들렸지. 그런데 어느 순간, 옆방이 조용해졌어."

"오우, 그랬구나."

"그간 굶었잖아? 거시기가 주체할 수 없으리만큼 꿈틀거리기 시작하는데 옆 방 눈시 보고 어쩌고 할 저지가 아니었거든."

이야기는 점점 흥미진진해져서 그의 이야기에 나는 몰입하고 말았다.

"그래서, 그래서?" 호기심 가득한 목소리로 내가 물었다. "어떻게 됐냐고?"

"옆방에서 주고받는 작은 속삭임이나 부스럭거리는 기척마저 완전히 그치고 갑자기 쥐 죽은 듯 조용해지데? 고향 가스나가 멀리 전방까지 1박 2일 일정 으로 면회 올 때는 나름대로 각오하지 않았겠어? 나랑 손만 잡고 자려고 면 회 온 것은 아니잖아?"

사이, 탄약고 구석의 우거진 나무 숲속으로 들어간 그는 잠시 담배를 피운 뒤 돌아왔다.

"그러나 쉽지 않았어. 내가 몸에 손을 대려니 '손만 잡고 자겠다고 한' 약 속과 다르지 않느냐며 저항하는 거야. 여관까지 따라올 거면 이미 마음의 각 오를 했다고 봐야 하지 않겠어? 세상에서 가장 나쁜 년이 누구인지 알아? 여관까지 따라와서 안 주는 년이잖아."

"그건 나쁜 년이 아니라 얄미운 년이네?" 어디서 주워들은 시시한 농담을 내가 적용했다. "더 나쁜 년은 나만 안 주고 다 준 년이라는데?"

"하하, 웃기지 좀 마라. 햐, 그래서 내가 힘으로 제압하려는데 뜻대로 안 되는 거야. 왜냐하면, 가스나가 고등학교 때 전국체전에도 출전한 육상선수 였거든."

"육상선수라니, 100m 달리기 선수. 그런 거 말이야?"

"아니, 투포환 선수! 투포환은 물론이고 투창과 해머던지기의 도민체전 기 록도 가지고 있더라. 학생 체육대회 이런 데서 우승했다나? 가스나의 힘이 너무 세서 내가 도저히 이길 수가 없는 거야."

김영철 정도라면 남자 중에서 키가 크고 체격이 우람한 편이었다. 그가 제 압할 수 없을 정도라면 여자는 도대체 어느 정도의 체력일까 하는 궁금증이 일었다. 아시안게임에서 금메달을 따서 아시아의 마녀로 불린 투포환 선수

백 아무개 같은 여자. 아니면 몇십 년에 한 명 나올까 말까 한다는 장신에다 강골의 농구 선수 박 아무개가 떠올랐다. 힘 좋은 여자 전사, 괴력의 포워드, 비슷한 유형의 신문 기사를 입대 전에 자주 접했기 때문이다.

"옷을 벗기려 여러 번 시도했지. 여러 번 실랑이 끝에 걔랑 그걸 한다는 것은 도저히 불가능하다는 판단이 들었어. 어떻게 욕정을 삭히고 끝내는 포기하게 되었지. 힘으로 안 되니 다른 방법은 없는 거잖아. 두드려 팰 수도 없고……. 하하, 내가 두드려 패면 힘센 가스나가 가만있겠나? 그래서 잠을 청하려 하는데, 쥐 죽은 듯 조용하던 옆방이 다시 시끄러워지더라. 와글와글……."

이야기는 엉뚱한 반전의 흐름으로 전개되고 있었다.

"모두 화투판을 끝내고 밖으로 나가는 것 같았어. 미닫이문 열리는 소리가 '자르륵!' 들리더니 갑자기 카랑카랑 여자 목소리가 들리더라."

"옆방에서 고스톱 치는 무리가 조용히 있으면서 너희 방에서 나오는 소리를 죄다 엿듣고 있었네?" 내가 말했다. "그리고는 너희에게 뭐라고 했구나?"

"갑자기 여자 목소리가 크게 들렸어. '가시네가 좀 양보하지!' 했는데 소리가 이쪽 방까지 들렸어. 순간, 옆에 누운 걔가 잠깐 움찔하는 듯했지."

"하, 그렇구나."

"그 순간을 놓치지 않고 공략했어. 때문이었겠지. 걔가 마음을 바꿔 먹고 대준 것은."

"그런데. 여자 운동선수의 벗은 몸은 어떤 거야?" 호기심이 폭발한 내가 물었다. "여자의 몸은 부드럽다고 알려져 있잖아?"

"온몸이 근육 덩어리여서 과연 여자인가 하는 생각이 들었지. 어쨌든 동전이 튕겨 나갈 만큼 탄력 있었지. 중요한 건 걔가 집에 가서 나랑 잔 거를 동네방네 떠들었다는 사실이야. 그냥 넘어가지는 않을 것 같아. 걔 아버지랑 우리 아버지가 친구거든."

"그러니까 방위병들이 말한, 그곳이…. 좋은 여관이라는 말은 사실이었구나."

 그의 성험남에 빠셔늘어 긴장한 나는 밤하늘에 큰 소리가 울려 퍼질 정도로 '하하' 소리 내어 웃고 말았다. 고등학교 때 진하해수욕장에서의 두 개로 개조한 민박집 방이 생각났기 때문이다.

*

 신병훈련소에 같은 날 입소해서 자대 생활까지 함께한 '독수리'라는 별명을 가진 동기 김지태가 있었다. 유달리 눈매가 날카로워서 고참 중 누군가 지은 별명으로 항공 재벌이 인천에 설립한 대학교에서 화공학을 공부하다 입대한 이였다. 그런데 어느 날 그가 탈영하는 사건이 발생하고야 말았다. 그는 말단 대대인 자대에서 상급 부대인 연대본부로, 1박 2일 출장 명령을 받아 부대를 나간 후 예정된 시간에 귀대하지 않았다.

 나중에 알게 된 자초지종은 이랬다. 이틀 동안의 출장 업무가 하루 만에 빨리 끝난 게 화근이었다. 1박 2일 출장이므로 다음 날 복귀한다고 자대는 이미 알고 있으므로 당일 귀대하지 않아도 별문제 삼지 않으리라 머리를 굴린 결과였다. 그는 약혼녀가 사는 도시로 튀어 하룻밤 자고 다음 날 돌아오면 모두가 감쪽같이 속으리라고 확신한 것 같았다.

 그러나 해당일 저녁에 대대의 야간당직 장교가 '김지태 일병의 출장 업무는 끝났느냐'고 연대본부에 문의하는 바람에 그의 계획은 탄로가 나고 말았다. 연대의 위병소에서는 '김 일병'이 오후 3시에 연대 정문을 나갔다'라고 통지했기 때문이다. 저녁 9시가 되어도 그가 부대에 도착하지 않자 일직 장교는 대대장에게 '사병 탈영' 보고를 했다. 대대장은 퇴근한 중대장을 부대 옆 관사로 불러 구둣발로 정강이를 찼고, 중대장은 내무반장 단풍 하사를 불러 또다시 걷어차고야 말았다.

 그날 밤, 죽음과도 같은 점호 시간이 부대 내 기관병들을 기다리고 있었다.

일직 장교가 '부대 군기가 엉망'이라는 일장 훈시를 삼십 분 이상 떠든 뒤 점호를 마치고 내무실에서 사라진 후부터였다. 졸병들을 향한 고참들의 구타가 시작되었다. 나는 김지태의 동기라는 이유 하나만으로 곤죽이 되도록 얻어맞았다. 맞고 또 맞다가 쓰러지고 말았는데 선임 중 누군가 쓰러진 내 머리를 발로 으깨듯 밟아서 앞니가 부러지고 말았다. 설상가상으로 최후의 일격이 내게 가해졌다. 바로 위 고참, 한 달 먼저 입대한 맞선임 기수가 마지막 집합을 걸었기 때문이다. 밤 10시, 이제 막 잠자리에 들려는 찰나, 나를 비롯한 동기 세 명을 독종이라고 불린 '최덕중' 일병이 불 꺼진 식당으로 불러내 두들겨 패기 시작했다. 어찌어찌해서 그들의 구타가 끝났지만, 나의 몸 상태는 정상일 수가 없었다. 정작 탈영한 놈은 자리에 없는데 녀석과 동기라는 이유로 엉뚱한 이들이 매타작 당하고 있었다. 입대 전 운동선수여서 맷집이 좋은 동기 두 명은 모진 구타를 견뎌냈지만, 약골인 나는 초주검에 가까운 상태에 이르고 말았다.

화장실은 내무반에서 20m가량 떨어진 곳에 있었다. 온몸의 감각이 둔해지자 나는 뭔가 몸에 심상찮은 이상이 일어나고 있다고 느꼈다. 30분가량을 야전삽과 주먹으로 샌드백처럼 맞았기에 기절할 것 같은 현훈眩暈을 간신히 견뎌내고 있었다. 그 와중에 과거에 읽었던, 학살자와 피살자에 관해 기술한 책을 떠올렸다. 책에는 아우슈비츠의 수용소 가스실에서 복무한 전직 독일군 병사의 증언이 수록돼 있었는데, 다섯 줄로 늘어선 유대인 수용수들이 가스실로 들어간 뒤 그들이 선 자리에 그들이 싼 똥이 다섯 줄로 줄지어 있었다는 내용이었다.

고참병들이 야전삽으로 가슴 부위를 때릴 때였다. 심장이 멎어 죽거나, 행여 의식을 잃더라도 옷에 대변을 묻히면 안 된다는 생각을 한 나는 집합이 끝나자마자 무의식 상태에서 화장실로 향했다. 비틀거리며 걸어가다가 화장실에 채 도착하지 못하고 근처에서 쓰러지고 말았다.

언젠가 부대의 장교 몇 명이 인근 야산에서 사냥해 온 토끼를 행정반에서

요리하는 장면을 본 적이 있었다. 산토끼는 엽총에 명중 당했어도 숨이 끊기지 않은 상태였나. 토끼는 가죽이 모두 벗겨실 때까지 봄을 꿈틀거렸지만, 작전 장교가 목 부위를 칼로 절단하자 항문에서 동그란 대변이 쏟아졌다. 해당 장면을 기억해낸 나는 혹시 내게 심장이 멎는 일이 발생하더라도 깨끗한 몸으로 죽어야겠다고 다짐했다. 얼마 후 일직 장교가 부대 영내를 야간 순찰하다가 화장실 앞에서 쓰러져 있는 나를 발견했다. 이후 대대장의 지프에 실려 읍내에 있는 동네 의원으로 가게 되었다. 도중에 덜컹거리는 승차감 때문에 의식이 돌아왔으나 모른 척하며 계속 눈을 감고 있을 수밖에 없었다.

변영교와 김영철. 단풍 하사반 출신의 예비 하사 두 명과의 우정에도 불구하고 내무실 내에서 나의 삶은 편치 않았다. 한 달 먼저 입대한 기간병 기수 여섯 명이 끊임없이 괴롭혔기 때문이다. 그들 동기 중 최덕중과 오상주는 나와 동향으로 둘 다 나보다 세 살 나이가 어렸다. 리어카를 끌며 엿장수를 하다 입대했다는 오상주 일병은 얌전하고 어진 편이었지만, 최덕중 일병은 달랐다. 선임들은 그의 이름을 바꿔 '최 독종'이라고 불렀다. 외모의 생김새가 독종처럼 보였고 후임 기간병과 방위병들에게 매사 모질게 굴었기 때문이다. 변변하지 않으나 직업을 가졌던 오상주 일병과 달리 그는 무위도식하다 입대한 듯했다. 학벌 열등감이 심해서 틈만 나면 나를 괴롭혔다.

뭔가 책이나 시사 정보에 관한 내용을 내게 묻다가 원하는 답이 나오지 않으면 "그것도 몰라? 이 새끼야!"라며 주먹을 날렸다. 입대 날짜를 기준으로 서열이 정해지는 당시 군대의 속성상 어쩔 수 없는 노릇이라지만 한 달 차이면 다른 부대에서는 동기同期가 될 수도 있었다. 학교나 사회에서 만났다면 나를 '형님'이라 불러야 할 터였다. 그는 틈날 때마다 실없는 농담이나 저속한 음담을 던지다 내가 별반 반응을 보이지 않으면 '이 새끼! 군기가 빠졌어'라며 나뿐만 아니라 동기들까지도 집합도록 명령하여 구타하곤 했다. 그때마다 그는 뭔가 쾌락 비슷한 무엇을 느끼는 듯했다. 열등감을 느끼는 이에게 쾌락이란 무엇일까? 한 인간이 사회 전반에 형성된 기존 질서를 파괴하고 무너뜨릴 때였고, 더 큰 쾌락은 파괴의 대상이 인간으로 향할 때 더 강렬할 것이다.

그때마다 나는 집단이라는 미명 속에서 행해지는 관행을 어느 정도까지 비판 없이 받아들여야 하는가를 생각하게 되었다. 집단 속에 매몰되어 집단의 주문에 따라 무의식으로 움직이는 인간이 진정한 인간인지 아니면 집단에 철저히 떨어져나와 홀로 판단하고 홀로 움직이는 인간이 진정한 인간인지를 알 수 없었다.

어떤 개인에게 특정한 유니폼을 입혀놓으면 그가 자연인으로서 이제까지 누려온 자유와 권리는 제약당하고 속박당하고 만다. 대신에 권력이 부과하는 속성이 그를 영치기 영차 끌고 갔다. 기간병 선임 아무개가 아래 서열을 집합시켰다는 소문은 부대 내 사병 사이는 물론, 출퇴근하며 군대 생활을 하는 방위병들에게도 금방 퍼졌다. 야간근무 때 단풍 하사반 출신 상병들이 내게 위로의 말을 건네는 일은 거의 일상이 되다시피 했다. 선천적으로 허약한 체질 때문에 나는 항상 쓰러질 듯한 피로에 시달렸다. 오후가 되면 단 10분이라도 쉬기 위해 출입금지 구역인 행정반 내 비합소[25] 서가 사이에 쪼그리고 앉아 가쁜 숨을 고르곤 했다.

3

시련 속에서도 국방부 시계는 똑딱똑딱 흘러 3년 가까운 시간이 지났다.

내가 개였을 때 나는 개처럼 이야기했고, 개처럼 읽었고, 개처럼 먹고 마셨다. 나는 주인이 몰래 유기한 어린 동물처럼 생존하기 위해 살았는데, 의지에 앞선 본능이었다. 정상적인 생각이란 없었다. 그냥 푸념하고 어기적거릴 뿐이었다. 동기인 김지태 병장과 함께 사단본부에서 전역 신고를 한 후 고향

---

25) '비밀합동보관소'의 줄임말로 군사 용어다. 보통 대대급 이상 부대에서는 군사 비밀을 비밀합동보관소, 일명 비합소에 집중적으로 보관하며 매우 엄밀히 접근을 통제한다.

으로 가는 열차를 타기 위해 서울역으로 향했다.

"우리보다 6개월, 3개월 먼저 제대한 변영교와 김영철, 하사 두 명이 생각나네?" 내가 말했다.

"둘 다 좋은 사람이었잖아." 그가 웃으면서 대답했다.

"그렇다면 그들과 우리는 어떤 관계였을까?"

내가 정색하고 물었으나 그는 질문에 아무런 대답도 하지 않았다. 순간 나는 자신이 정신적으로 거의 다 자란 성인처럼 느껴졌다. 3년 동안 보고 들은 것들이 있으므로 적어도 인생에 관한 한 모르는 내용이 없다고 생각했기 때문이다.

"그들은 비록 우리보다 학력이 낮다지만 나름대로 훌륭한 인물들이라는 생각이 들어. 변영교의 경우 여자관계가 복잡했다지만 자의라기보다는 여자들의 요구 때문에 어쩔 수 없이 응해야 하는 경우가 대부분이었지. 그는 항상 타인의 요청을 거절 못 하는 평화주의자잖아." 내가 계속 말했다. "김영철의 경우는 좀 다르겠군. 그가 여자를 탐한다고는 하지만 상대방이 자신을 거부할 때 완력을 사용하거나 감언이설로 속여서 이기적으로 자신의 욕심을 채우지는 않았거든."

나는 김지태를 쳐다보며 계속 말했다. 전역식을 위해 대기하는 사단본부의 보충대여서 그곳을 떠나면 그를 만날 일이란 없을 터였다.

"그에 비하면 너는 무엇이었는지 묻고 싶다. 오랫동안 하고 싶었던 얘기야. 너의 일탈이 만든 연대책임으로 내가 묵사발이 될 예상을 했으면서도, 그런 결과를 예상하면서도, 너는 동료를 전혀 배려하지 않았잖아? 국가의 노예가 된 상태임에도 바라서는 안 되는 일탈의 자유를 맛보기 위해 기어이 사욕을 채우고야 말았지. 제 혼자 고립된 불빛이란 세상에 하나도 없어. 불빛과 불빛이 모여야 길이 되는 거야."

그는 뭔가 변명하려다 불필요하다고 느꼈는지 나를 향해 애써 담담한 표정을 지으며 아무 말도 하지 않았다. 기차 시간이 되자, 둘은 각자의 고향으로 가는 열차를 탔다.

*

　제대 후 나는 대학에 복학했다. 2년 후, 졸업을 앞두고 유명한 회사의 공개 채용 시험에 응시하여 최종 합격하게 되었다. 입사 3년 후에 결혼했으며 첫 아이를 낳고 30대가 되었다. 군대에서 체험한 집단의 권위와 강요 그리고 독선과 폭력은 직장 조직은 물론 사회의 모든 인간관계까지도 지배하고 있었다. 무슨 명절이나 무엇을 기념하는 어떤 날이면 서열대로 찾아다니며 인사하며 선물을 바치고 그러면서도 대수롭지 않은 일로 암투를 벌이는, 집단성이란 개인의 숨통을 꽉꽉 틀어막는 느낌이었다. 그러는 와중에 세월이 흘렀다. 제대한 후 같은 중대에서 생활한 이들, 틈날 때마다 구타와 모멸감으로 나를 옥죈 자들이 생각났지만, 변영교와 김영철처럼 친절하고 인간적인 사람조차도 시간이 흐를수록 기억에서 멀어져 갔다.

　88올림픽이 열렸고, 그로부터 10년 후에는 IMF라는 미증유의 금융위기가 닥쳤다.
　제대한 지 10년이 훨씬 더 지났는데도 다시 군대로 끌려가는 꿈은, 되풀이되는 악몽의 소재였다. 자신은 분명히 제대한 사람이라고, 군복 아닌 사복을 입고 있는 걸 보면 모르겠느냐고 꿈 속의 상대방에게 넋두리했다. 제대한 지 벌써 십몇 년이 더 지났다고, 자신은 틀림없이 전역했는데 이유 없이 재차 입대했노라 징징거리고 하소연하며 재입대의 부당함을 강조했다. 왜 나에게만 다시 영장이 나왔는지 알 수 없다는 말을 되풀이하며 목 터지도록 절규하곤 했다. 그런 꿈에는 뭔가 이유가 있을 듯했다. 사회에서도 병영처럼 눈에 보이는, 반면에 숨겨져 있는 폭력을 목격하고 그것에 때로는 부딪혀 보거나 어쩔 수 없이 침묵하는 순간이 이어졌기 때문이 아닐까. 그 생각과 관계없이 나는 계속 늙어갔다. 이것을 세월이라고 부르는가.

'세월이 유수 같다'라는 표현은 상투적인 말이지만 틀린 문구는 아니었다. 특히 사십 대에서 오십 대로 넘어오는 건 그야말로 잠깐이었다. 백발이 성성해지고 기력이 떨어져서 기억력이 흐려지고 눈이 침침해지는, 그야말로 인생의 황혼은 자연의 황혼처럼 어떤 아름다움도, 비치는 햇살도 없이 쓸쓸하기만 했다. 내가 가까이서 보아온 삶들은 달력 속의 평화로운 풍경화 같은 장면이 아니었다. 그런데도 모두 혼자만의 기념비적 가게를 만들고, 또 자기가 만든 기념품 속에 파묻혀버렸다. 그리고는, 공허한 가을 하늘 아래 머뭇거리다 이윽고 땅으로 떨어질 낙엽과 같은 모습으로 가지 위에 매달리고야 말았다. 언젠가는 떨어지겠지만 지친 시간에 포위당해 있을 뿐이었다. 도도히 흐르는 세월의 물결 속에 나는 늙어갔다. 어느새 50대 후반이라는 나이를 맞게 되었다.

4

어언간 나이가 들었다는 사실을 쉽게 받아들이며, 불안하지만 평화로운 날들이 이어져 갔다. 대학을 졸업한 두 아이는 독립하여 부부 슬하를 떠났다. 50년 이상을 살아온 동네를 떠나 공원이 위치한 지역으로 이사하게 되었다. 해당 공원은 과거 미군 부대였지만 지방정부와 시민단체의 끈질긴 요구로 시민들을 위한 대규모 공원으로 조성된 곳이었다. 이사한 곳은 단지형 아파트가 아닌 400세대 남짓 사는 4개 동의 건물로 이뤄진 소규모 아파트로, 정문을 들어서면 어린이 놀이터와 간이 정원이 있었다. 고가도로가 근처에 있지만 베란다 앞에는 제법 큰 공원의 녹지가 펼쳐져 있고, 멀리서 희미하고 아득한 모습의 바다가 보이는 전망이 좋았다.

입주하는 날 오후였다. 아파트 경비원과 이삿짐센터 직원 사이의 실랑이가 벌어지고 있었다. 뚱뚱한 몸매에다 가자미눈을 한 경비원이 사소한 절차를 핑계 삼아 이것저것 간섭한 결과였다. 경비원에게 뺨을 맞은 이삿짐센터의 젊은 직원은 분을 삼키지 못하고 있었다.

"왜 저러는 겁니까?" 내가 물었다.

"엘리베이터를 오래 쓴다며 화를 내더니 갑자기 뺨을 때리네요." 애써 분을 참으면서 대답하는 20대 중반 젊은이의 얼굴은 앳되기 짝이 없었다.

그날 정오, 이삿짐 직원들과 함께 돼지국밥 식당에서 점심 먹을 때의 기억이 되살아났다. 힘을 많이 쓰는 그들을 생각해서 아내는 국밥과 수육 등속을 주문했다. 모두 충분히 식사하는 듯했지만 유독 해당 젊은이만은 국밥 속 살코기는 물론 접시에 놓인 수육도 먹지 않았다. 체질상 고기를 못 먹는다고 옆에 앉은 직원이 말했다. 국물 속 밥알만 골라 떠먹은 후 사이다잔에 소주를 반병 부어 벌컥벌컥 마신 후 일하는 모습이 애처로웠다.

"봉투를 달라는 겁니까?" 내가 젊은 직원에게 물었다. 그들에게 일을 의뢰한 집주인으로서 해결해야 할 문제였기 때문이다.

"지금이 어떤 세상이라고 그러겠습니까?" 나이 많은 직원이 대답했다. "그냥 성질이 더러운 사람이구먼요."

언제부터인가 나는 항상 그랬다. 불의를 보면 참지 못해서 뭔가 틀렸다고 판단하면 상대방이 행정기관이든 경찰서든 어디라도 가서 따졌다. 논리적으로 시시비비를 가린 후 사과받아야 직성이 풀렸다. 아파트에서 문제가 생기면 사용자 귀책이 아닌 경우에는 관리소장을 찾아가 따졌다. 내가 근무하던 여러 직장에서 소비자를 향한 친절 교육을 필요 이상으로 받았기 때문이었고, 자칭 '갑'임을 내세우며 기업체 직원을 괴롭히는 소비자를 매일 접하며 얻은 교훈이기도 했다. '갑'인 소비자의 횡포를 당하다 보니, '을'의 비애를 깨닫게 되었고, 필요 이상으로 '갑질'하는 이를 보면 분통을 터트리곤 했다.

이후 나는 사람이 가진 인품과 성숙도는 자기보다 약한 사람을 어떻게 대하느냐에 따라 가늠된다고 믿게 되었다. 사회에 만연한 기득권이나 권위 의식 등에서 생겨난 폭력 때문이었다. 부하직원이나 감정노동자는 물론이고, 선화 상담원, 식당 송업원, 택시 운전사, 환경미화원, 아파트 경비원, 장애인, 이주노동자, 폐지 줍는 노인, 노숙자 등 상대방에게 말 못 하는 사람이라고 함부로 대하는 이들을 보면 같은 인간으로서 부끄럽기 짝이 없었다.

그날, 입주민에게 '을'인 아파트 경비원이 또 다른 '을'인 이삿집 직원을 괴롭히는 장면을 목격하면서 분통이 터졌다. 새장을 열 때 주인이 열어준 것을 알지도 못하고 새가 날아가 버린 모습이 생각났다.

"아파트 관리실에 가서 따지겠어."

"이사 첫날부터 따진다고 관리실에서 별난 사람이라고 생각하지 않겠어요?" 아내가 말했다. "이런 땔수록, 잠시 참는 지혜가 필요해요."

입주 첫날부터 기분이 좋을 수가 없었다. 꽃다운 젊은이가, 소주 반병을 마시고 힘겹게 노동하는 젊은이가, 하찮은 권력자에게 당했고, 내가 속수무책이라는 점이 그랬다. 상대방이 자신보다 조금이라도 낮은 위치에 처하거나 만만하게 보일 때, 자신이 얼마간 권력을 가진 '갑'임을 느낄 때 그들은 늘 폭력을 쓰지 않는가.

그날 이후, 아파트 정문 경비실을 지나칠 때마다 뭔가 번쩍이는 눈매가 나와 아내를 향하는 것을 느꼈다. 불길하고 이상한 느낌이었다. 다음날 퇴근해서 아파트로 들어올 때도 그랬다. 경비실 창문의 블라인드 사이로 뭔가가 나를 지켜보는 눈초리, 이전에는 의식하지 못한 시선이었다.

재활용 쓰레기 배출일이었다. 이삿집 직원을 때렸던 뚱뚱한 경비원은 분리 쓰레기를 정리하는 일에도 관여하는 듯했다. 다른 입주민에게 무관심한 그가 해당일마다 나를 발견하면 즉시 내 옆에 와서 감시라도 하는 듯 행동을 살피곤 했다. 재활용 쓰레기 배출 장소는 이전에 살던 아파트와 마찬가지로 금속, 플라스틱, 종이, 비닐 등으로 구분하여 분리토록 주차장의 구석 공터에 마련되어 있었다. 병 종류는 소주병, 잡병, 맥주병 세 가지로 분류하여 해당

폴리백에 넣게 되어있는데 모든 유리병을 한 통에 투입하던 이전 아파트와 구별되었다. 그날 나는 소주병이라고 표시된 통은 진작 발견했으나 맥주병을 넣는 통을 찾지 못해 헤매고 있었다.

"맥주병을 어디에다 넣지?" 내가 혼잣말할 때였다.

"여기에 넣으면 되잖아!" 옆에서 누군가 낮은 목소리로 말했다. 음성이 들리는 방향으로 고개를 돌리니 예의 뚱뚱한 경비원이 내 옆에 서 있었다. 그는 오늘도 내 행동을 예의주시하고 있었다. 나는 얼굴을 찡그리며, '이 자식 도대체 뭐야', 라고 속으로 중얼거렸다. '갑'과 '을' 관계를 따져서가 아니라 생면부지의 성인에게 하대 말을 한다는 자체가 예의에 어긋나는 일이지 않은가. 그렇지만 그도 나처럼 은연중에 혼잣말했겠다는 생각이 들어 애써 모른 척 넘어가기로 했다. 이후 우연히 부딪칠 때마다 그에게 눈길조차 주지 않았다. 완장이 될 수 없는 완장으로 완장질 하는 경비원 때문에 생긴 불쾌감이었다.

며칠 후 늦은 저녁 시간에 아내와 집 근처의 공원을 산책할 때였다. 길가 벤치에 예의 뚱보 경비원이 앉아있는 모습이 보였다. 혼자서 뭔가 골똘히 생각하며 고민하는 표정이 역력했다. 그와 눈이 마주치자 나는 눈길을 먼 곳으로 돌리며 그대로 지나쳤다. 아내가 그를 향해 "안녕하세요."라고 인사말을 건넸다. 그는 아내의 인사도 아예 받지 않았다.

"이상한 사람이네?"

"그래서 내가 저 인간에게 눈길조차 주지 않는 거야."

이전에 발견한 사실로, 그는 다른 입주민에게는 그렇지 않은 듯했다. 아파트 놀이터에서 노는 아이들을 지켜보는 젊은 주부, 지나치는 중년의 남자, 할머니 할 것 없이 먼저 인사하고 깍듯이 대하는 모습을 먼발치에서 보았기 때문이다.

"참으로 기분 나쁜 작자로군. 우리도 그다지 나이가 젊지는 않은데 말이야."

*

며칠 후 아파트 출입구와 승강기 정면 벽에 마련된 게시판에 관리소장의 직인이 찍힌 '공고문'을 발견하게 되었다.

-공고문-

경비원 최덕중 씨가 건강상의 이유로 퇴사하게 되었습니다.

그 자리를 대체하여 새로 입사한 경비원은 다음과 같습니다.

성명 : 조명찬

나이 : 58세

근무 경력 : 인창실업 총무팀에서 20년 근무, 제일 경비에서 6년 근무. 이상.

관리소장 백

최덕중이라는 이름은 30년 전, 군부대에서 함께 복무한 그놈과 동일한 이름이었다. 그렇다면 뚱보 경비원 그는, 내가 아는 최덕중 그자란 말인가? 3년 내내 갖은 모멸감을 동원하여 끊임없이 나를 괴롭혔던……. 뚱보 경비원의 얼굴에 더덕더덕 붙은 살과 주름살을 없애면 예전 최덕중 병장의 모습이 나올 듯도 했다. 궁금증을 떨치지 못한 나는 즉시 관리사무실로 향했다. 늦은 시간이어서 직원은 모두 퇴근하고 관리소장만이 혼자 담배를 피우며 자리에 앉아있었다.

"며칠 전 그만둔 경비원 최덕중 씨에 대해 알고 싶은데요."

"무슨 일로 그러십니까?"

"아, 군대 생활할 때 함께 복무한 이와 이름이 같아서요. 세월이 흘렀다지만, 생김새도 비슷하다는 느낌도 들더군요." 내가 말을 계속했다. "묘하다면 묘하겠지요. 그를 볼 때마다 아는 사람이라는 생각을 전혀 못 했는데 공고문에 적힌 이름을 보니 그일 수도 있겠다는 생각이 들었지요."

"자, 보십시오." 잠시 망설이던 그가 서류를 꺼내며 말했다. "5년 전 입사할 때 제게 제출했던 이력서입니다."

검은 플라스틱 바인더 표지를 넘기니 그의 인적 사항이 적힌 이력서가 나왔다. 그였다. 나보다 세 살 어린 나이가 내가 알던 그였고, 출신 고등학교와 지금 내가 사는 동네가 30년 전 그가 살던 곳, 본적지라는 점도 그랬다. 무엇보다 최후의 확신을 준 사실은 병역兵役 사항이었다. 얼핏 기억하는 그의 주특기, ○○사단 ○○○연대 병장 제대 등의 이력이 내가 기억하는 바로 그였다.

"선생님이 기억하는 분이 맞습니까?"

"정확하게 일치합니다. 그런데 그분, 몸이 아픈 모양이죠?"

"저도 그렇고 그 양반도 그렇지만 나이 오십이 넘으면 아프지 않은 사람이 누가 있겠습니까?" 그가 이어서 말했다. "아파서 그만둔 것으로 보이지는 않고요. 입주민 중에 누군가 부담스러워서 그랬다는데."

"… …."

"그 사람이 말한 입주민이 선생님이시겠군요." 잠시 뭔가를 생각하다 그가 말을 이었다. "허허. 그 사람, 아직도 철이 안 들었어요. 빚이 많고 집안 사정도 좋지 않다는데, 그만두고 난 후의 대책도 없다면서 말이죠."

내가 남을 용서한다는 것은 사랑의 행위인 것 같지만 실은 교만임이 분명하다. 내가 어떻게 남을 용서할 수가 있겠는가. 남이 나를 단죄할 수 없듯이 내가 남을 용서할 수도 없다. 사람은 모두 문명이 진보할수록 점점 더 배우가 되어갔다. 사랑은 남에 관한 호의, 정숙함과 공평무사의 가면을 쓰고 있는지도 모른다. 그러나 아무도 그런 사탕발림에 속아 넘어가지 않는다. 나는 이리저리 흩어지고 찢기어 갈피를 잡을 수 없었던 세월이 폭력과 그 고통 때문에 생성된 거라고 통속적으로 표현하고 싶어졌다.

며칠 전 마주친 그의 얼굴이 다시 떠올랐다. 그날도 그는 뒤에서 나를 숨어

보며 경계했으나 지난 시절처럼 잘난 척하지 않았다. 그럴 때가 지났기 때문이나. 그의 지위는, 다른 사람의 지위에 비하면 아무것도 아닌 지위로, 자신만이 아주 대단하게 생각하는 그런 지위일 뿐이었다. 그의 삶 중심에는 실패한 작품들이 자리 잡고 있었다. 그는 나이만큼 겸손하지 않아 보였고 흘러간 세월이 목과 눈 밑에 스며 있었다. 누군가가 나에게 말하고 싶어 하는 것은 모든 세월이 우리에게 살아있는 지옥 같았기 때문이 아닐까. 그걸 알기 때문에 나는 오래도록 괴로워했다.

나는 공간 대칭이 획기적으로 이루어지지 않으면 좋은 구도가 아니라고 믿는 전위적인 미술가에게 관심 없고, 괴테나 실러의 작품에 나오는 18세기풍의 성곽 위에서 통제된 장엄함을 풍기며 살기도 싫었다. 우리의 아까운 젊은 시절은 다시 오지 않을 것이다. 방자함은 젊은 시절, 그의 다정한 길동무였을 것이다. 자신이 그때 잘못했다고 그는 내게 용서를 빌어야 했다. 그런 생각이 들었다. 나는, 긴 세월 동안 담아놓고 있었던 기분을, 참아온 분노가 갑자기 치밀어 오르는 듯한 감정을, 그에게 얘기했어야 했다. 기대를 품었던 긴 세월이 가버렸다. 세월은 예측 불가능하고 짐작이 도저히 맞아떨어지지 않는다는 점에서 참으로 잔인했다.

아파트 관리실 창밖에는 세찬 바람이 불고 있었다. 이제 겨울이 오는 신호였다.

화양연화花樣年華

그들 존재가 만든 연극의 모든 장章은 끝났으며,
그들이 누린 이기적인 사랑도 마침표를 찍었다.
그들은 해변의 보행자였고,
두 사람이 나눈 모든 것은 썰물에 씻겨져 가는 포말처럼
허망하게 잊힐 예정이었다.

‡‡‡

어제 [남아 있는 나날]이란 영활 보았소
사람들이 밤에 불을 켤 때
최고의 시간이 되길 기대하기 때문에
항상 환호를 한다는 말이 생각나오

−신현림 詩. '남아 있는 시간' 中에서

1

　모두가 제 자리로 돌아온 월요일은 새로 다린 와이셔츠처럼 말끔했다. 퇴근 시간이 다가온 늦은 오후, 부서장의 비서 격인 서무 여사원이 수화기를 손으로 가리고 '아는 분'이라며 전화가 왔다고 말했다.
　"부장님을 잘 안다는 여자분인데요."
　"그래? 전화 돌려줘요. 아, 잠깐만." 박영근은 무선전화기를 들고 책상 자리 옆에 붙은 회의실로 들어갔다.

칸막이 유리를 통해 밖에서 그의 모습이 보였다. 그는 뭔가 불편한 모습으로 전화를 받았다. 직원 수십 명이 'CTI[26]'라고 불리는, 컴퓨터와 전화기가 통합된, 단말기 화면을 보며 전화를 받고, 또 걸고 있었다.

"박영근입니다. 전화 바꿨습니다."

"영근 씨? 나야. 지애."

지애라는 단어에 그는 온몸이 전율하는 기분이었다. 남자는 자기들 멋대로 여성의 이미지를 규정해놓았고, 여자는 남성이 원하는 이런저런 이미지에 맞추어 산다는 말을 상기했다. 그가 아무 말도 하지 못하자, 그녀가 계속 말했다.

"영근 씨. 놀랐지? 며칠 전 자기가 내게 문자 보내며 전화했잖아? 일부러 안 받았어. 옆에 친구들이 있었거든."

"아, 그랬구나. 이게 몇 년 만이야? 십 년? 정말 오랜만이네. 지금 어디야?"

"어디긴 어디야, 집이지. 진산에 살아요."

"진산? 바닷가 공단 지역 말이야? 그건 그렇고 그간 어떻게 지냈어?"

"그냥 조용하게 살았지. 몇 년 전 아버지와 엄마가 노환으로 돌아가셨어."

"그랬구나." 그가 말했다. "쯧쯧. 어쩌다가 그렇게?"

그는 지극히 상투적인 말을 할 때도 진심을 담아 말하는 듯한 버릇이 있었다. 그뿐만 아니라 그는 여직원에게 커피 심부름을 시키지 않고 직접 물을 끓여 커피 믹스를 풀어 마시는 부류였다.

"영근 씨. 자기, 내 말 좀 들어봐. 내가 좀 잘했어야 했는데……. 시간이 지나니까 살아온 모든 후회가 한꺼번에 밀려오더라. 참고 또 참으니 병이 날 것 같았어." 잠시 침묵하다가 그녀가 말을 이어갔다. "그러다 잊고 지낸 당신에게서 연락이 왔지."

회의실 안으로 서류뭉치를 든 직원들이 들어오자, 그는 무선전화기를 든 채 유리 벽 회의실을 나와 다시 자신의 책상 자리에 앉았다. 책상 위에는 숫자

---

26) 컴퓨터와 전화 시스템의 통합을 지칭하는 것으로 PC를 통해 전화 시스템을 효율적으로 관리하는 기술이다.

로 가득한 서류와 보고서, 기안서 등이 쌓여있었다. 그는 정리를 좋아했지만 지나치게 깨끗이 정돈된 상태를 싫어했다. 서무 여사원이 아침마다 그의 책상 위를 말끔하게 정리하면, 일부러 약간씩 흩뜨려 놓는 버릇도 그 때문이었다. 대화할 때 그는 듣는 것보다 말하기를 즐겼다. 한두 사람을 앉혀놓고 어떤 주제에 관해 떠들라고 한다면 몇 시간도 가능했다. 그는 솔직하고 순진한 사람이라는 평을 들었다. 아래 직원에게 싫은 소리를 하지 않아서 인기가 좋은 편이었지만, 성격이 모질지 못해 조직 생활에서 손해 보는 경우가 허다했다. 세상살이에 능수능란하지 못하다는 점. 기업 행위와 무관한 인문학이나 예술과 같은 잡다한 내용을 상사나 부하직원에게 말하길 좋아해서 특이하게도 그를 아끼는 윗사람을 몇 만나기도 했다.

고급 술집에서 부하직원들과 술 마실 때 그는 그들이 여급의 몸을 더듬거나 하대하는 모습을 싫어했다.

"이봐! 김 과장, 조 과장. 쟤들이나 우리나 몸을 팔고 산다는 점에서 같은 부류 아니겠어? 같이 몸 파는 처지끼리 그렇게 괴롭혀서는 안 되는 거야."

그가 전前 직장인 오광 자동차에서 만난 임원은 그의 능력을 아끼고 신뢰했다. 그러나 세월이 흘러 회사가 망한 후 새로 옮긴 회사에서, 그는 굴러온 돌과 같은 평범한 간부로 취급받아 그저 적당히 시간을 보내며 소일하고 있었다. 그러다 퇴근 시간이 다가오면 거의 매일 친구들에게 전화하여 한잔하자며 유혹하곤 했다.

"친구, 잘 지내나? 재밌는 얘기, 하나 할게. 어느 버스 안에서 50대쯤 보이는 취객과 비슷한 나이의 버스 운전기사와 싸우고 있었지. 취객이 버스 기사한테 모욕적인 말을 했어. '넌 평생 버스 기사나 해라!' 승객들은 그 소리를 듣고는 아, 버스 기사가 패했다고 생각하며 그를 주시했지. 그때 버스 기사가 취객한테 한 말이 이랬어. '그래, 넌 평생 버스나 타고 다녀라!" 상대편에서 대답이 없자 그는 목소리 톤을 올렸다. "듣고 있나? 하하, 내 이야기가 썰렁했구나. 퇴근 후 몇 시에 만나면 될까? 알겠어. 일곱 시에 저번에 만난 그곳에서 보자고."

2

그가 손지애를 처음 만난 때는 10년 전이었다. 대형 건설장비를 제조해서 판매하는 첫 직장의 지점에서 영업직으로 근무할 때였다. 옆 사무실은 소형 아파트를 짓는 주택회사의 연락 사무소였는데, 손지애는 그곳에서 경리직으로 일했다. 복도에서 부딪힐 때마다 손지애가 먼저 건넨 눈인사가 관계의 시작이었다. 어느 날, 각자 외근 나갔다 귀사하다 회사 근처의 길에서 만난 둘은 자연스레 대화를 나누며 사무실로 향하게 되었다.

그가 서로의 일터인 빌딩으로 들어가려 하자, 그녀가 "어머! 그냥 들어가면 어떡해요?"라고 말했다. 둘은 즉시 다방으로 가게 되었고, 그날 저녁부터 매주 빠짐없이 함께 술을 마시는 사이가 되었다. 그가 대학교나 사회생활에서 만난 여러 여자와는 달리 손지애는 그를 보면 다정하며 친절했다. 만날 때부터 그녀에게는 끌리는 뭔가가 있었다. 굳이 표현하자면 '색기色氣'라고 표현할 수밖에 없는 그런 분위기.

아, 지애. 소리 없이 번지던 향수 섞인 체취, 밝은 웃음소리. 빌딩 옆 교차로에서 들렸던, 사람과 차량의 소음. 코티(Coty) 분粉[27]냄새를 연상케 하는 그녀만의 향기.

"자기는 잘 있어?" 그녀가 묻자, "그대로야." 하고 그가 대답했다.

창밖 사무실 아래의 길가에는 어디론가 서둘러 가는 사람들과 차들로 가득한 도로의 소리가 희미하게 들렸다.

"그렇구나, 영근 씨 당신의 목소리가 좋아 보이네?"

손지애와 마지막으로 대화를 나누었던 때는 첫 만남 이후로 2년 정도가 지

---

27) 1935년 미국의 코티사에서 제작돼 국내에 들어온 지 60여 년이 되는 여성 화장품.

난 즈음이었다. 그전에는 늘 붙어 지낸 사이였다. 만날 때마다 그들만이 만든 즐거운 화학 반응이 초등학교 운동회 때 하늘에 걸린 만국기처럼 휘날리곤 했다. 매일 밤 그들은 회사 인근의 전문대학 아래에 있는 학생 전용 주점 '소낙비'에 가거나 아니면 '푸른 시절'에 갔다. '숲속의 빈터'와 '석굴암'도 단골이었다. 직장생활을 하는 그들이 그곳에 가면 언제나 좋은 자리를 얻었다. 사람들이 드문 뒷자리나 구석 자리였다. 둘은 만날 때마다 밤늦도록 술을 마셨다. 불맛이 나는 석쇠 닭 불고기를 주로 시켜 먹었는데 그녀는 땡추를 많이 넣어달라는 주문을 잊지 않았다. 둘은 식성이 비슷했다. 주인과 종업원 모두가 두 사람을 알았다. 돈이 많지 않은 대학생들과는 달리 비싼 술과 안주를 시켰기 때문이다. 그들의 작은 세계에서 '소낙비'야말로 진정한 의미에서 그들의 집이었다. 잠만 다른 곳에서 잘 뿐이었다. 낮에는 같은 빌딩, 같은 층에서 근무하기에 그녀는 그가 근무하는 사무실의 여직원들이나 간부, 지점장과도 잘 알았다. 자연, 전문대를 졸업한 자신과는 달리 명문대 출신인 박영근의 신상까지 빠삭하게 파악했다. 둘이 술을 마실 때마다 그는 술값을 냈고 그곳에서 몇 시간씩 보내면서 가끔 화장실에 다녀왔다. 그때마다 그는 자신의 성기를 유심히 관찰했다.

손지애는 키가 보통이었지만, 걸음걸이가 고혹적이었다. 하이힐을 즐겨 신는, 그녀는 걸을 때마다 지나치게 엉덩이를 흔들었다. 그녀는 퉁방울처럼 큰 눈과 튀어나온 입술이 매력적이었고 히프는 관능적인 느낌을 주었다. 그가 근무하는 지점에는 사십 명가량의 남녀 직원이 근무했다. 여사원 셋은 둘의 관계를 눈치챈 듯했지만, 총각 사원들은 알지 못해서 복도에서 손지애가 지나갈 때마다 귓속말로 '저년, 남자 몇 명은 잡아먹게 생겼다'라며 낄낄거렸다. 그들이 속삭이는 소리는 박영근에게도 들렸다. 그때 그들은 왜 그랬는지 모르겠다. 그는 그녀가 발산하는, 넘칠듯한 매력으로 머리가 아플 지경이었다. 그녀는 박영근이 사는 곳의 옆 동네인 어린이대공원 근처에 살았고 무남독녀 외동딸이라고 말했다.

"나는 전문대밖에 나오지 못했지만, 부모님의 재산이 많아서 나와 결혼하는 남자는 수머니가 두둑해질 게예요."

"나는 그런 거 신경 안 쓰거든." 그가 말했다. "부모님께 받을 게 없을뿐더러 벌어놓은 돈도 얼마 되지 않아서 결혼은 하세월 후에야 생각해야 할 문제야."

"무슨 말이에요?"

"그냥 그렇다는 거지. 결혼에 관심이 없다는 말이야."

"영근 씨!" 그녀가 말했다. "있는 그대로 받아들여요. 자기와 나, 함께 있으면 이렇게 좋은데."

그녀는 그와 술 마시다 말하지 않아야 할 내용을 꺼낸 적이 있었다. 술이 만든 취기 때문이었다. 그는 항상 상대방의 얘기에 감탄사를 곁들이며 공감하는 버릇이 있었고 그러다 보니 나온 결과였다. 손지애가 근무하는 주택회사에는 그녀 외에도 또 다른 여직원이 한 명, 부장이라는 40대 초반 남자 등 세 사람이 근무했다.

"부장, 그 새끼를 용서할 수 없어."

"이유가 뭐야?"

그녀가 구체적인 내용을 더는 말하지 않았지만, 박영근은 뭔가를 짐작하게 되었다. 그때는 그런 시절이었다. 몇몇 안 되는 인원의 중소기업에서 상사가 부하 여직원을 농락하는 일 말이다. 그녀는 뭔가 더 말할 수 있었지만 말하지 않았다. 자신이 원하지 않는 상상을 그가 할지도 모른다는 생각이 들어서였다.

언젠가 저녁에 회식이 있었고 부장이 그를 집까지 바래다준다며 도중에 호텔로 데려갔다. 그녀가 호텔 입구에서 망설이자 '괜찮아. 별일 없어'라고 말해서 따라 들어가야만 했다. 그곳 칵테일바에서 부장과 발렌타인 17년짜리 한 병을 나눠 마셨는데 어느 순간 그녀는 객실의 침대 위에 쓰러진 자신을 발견하고야 말았다. 그날 그녀는 옷매무새가 엉망인 채 기지개를 튼 듯한 고양이 자세를 취해야만 했다. 박영근의 세상과는 딴판이었다. 술을 마시면 박영근은 점잖고 다정하며 심지어 관대했다.

둘은 1년 반을 사귀었다. 생애 최고의 나날이었고 환희가 이어진 순간이었다. 그들은 같은 층에 근무했으므로 매일 복도에서 얼굴을 보았고 매주 비밀스럽게 술을 마셨다. 그녀 처지에서는 그가 결혼에 관해 애써 침묵하는 모습이 답답했다. 박영근은 자신이 다니는 직장에 관해 재밌게 얘기를 해주었다. 그녀는 그의 직장에 관해 거의 모든 것을 알았다. 야망에 불타는, 박영근의 직속 상사 황 과장과 육군 중령 출신의 지점장 강기철 부장, 죄다 전문대를 나온 총각 직원들, 서른이 훨씬 넘은 여직원 박혜순과 나이 어린 김정숙, 풍뚱한 윤진옥. 매일 복도에서 만나는 이들이었지만 박영근과 친해진 이후로는 그들이 새롭게 보였다.

언젠가 그녀는 복도에서 강기철 지점장을 만나 둘이서 엘리베이터를 탄 적이 있었다.

"매일 젊어지시는 것 같아요." 대담하게도 그녀는 남자를 자극하는 말을 건넸다. 사내가 쉰은 넘었을 나이였다.

"그래? 손 양은 올해 나이가 얼마고?" 그가 음흉한 눈빛으로 물었다. 지점장은 그녀가 옆 사무실 직원이고 딸보다 나이가 어린 점을 상기했다.

"스물다섯요."

"그렇나? 언제 나하고 데이트 한 번 할까?" 그는 자신의 말이 끝나자 눈치를 보며 웃었다.

"정말이에요?"

"그럼, 어때서." 그가 천연스레 말했다.

"설마."

그녀는 지점장과 서른세 살 노처녀 박혜순이 그렇고 그런 사이 같다는 소문을 박영근한테서 들은 적이 있었다. 어느 날 박영근은 황 과장과 점심을 먹고 사무실에 돌아오다 지점장이 길거리에 쓰러져 있는 장면을 멀리서 보앉다. 흰 와이셔츠에는 피가 묻어 있었다. 누군가에게 맞아서 쓰러진 거였는데 때린 청년이 태연히 사라지자 행인 두세 사람이 모여들어 그를 일으켜주었다.

"보지 마! 그냥 가자고." 황 과장이 박영근에게 말했다. 자존심 강한 상사의 성격을 알기 때문이었다.

"지점장님은 운이 좋아요." 박영근이 말했다. "어디 가서 과장님 같은 부하를 만나겠어요?" 박영근은 기골이 장대한, 군인 출신 지점장을 망설임 없이 때린 남자가 누군지 짐작할 수 있었다.

강기철은 쉰넷으로 정년을 앞두고 있었다. 그는 부장급이었지만 대도시를 총괄하는 점포장이란 이유로 칸막이가 아닌, 응접세트가 갖춰진 독방에서 임원처럼 근무했다. 전담 기사가 그가 외근할 때는 물론이고 출퇴근 때도 운전과 의전을 맡았다. 지점장은 술을 좋아하고 운동을 거의 안 했다. 그는 줄담배를 피우며 일했는데 귀가 밝아서 지점장실 밖에서 직원끼리 나누는 대화조차도 빠짐없이 엿듣곤 했다. 전날 술자리를 가진 총각 직원 몇이 지난 밤 술자리에서 일어난 여담을 나누면 "아침부터 무슨 짓거리들이야!"라며 고함을 치기 일쑤였다. 점포장에다 영업 본부장 직속의 고위 관리자라고는 하지만 사무실 직원 모두가 그를 싫어해서 심복心腹이 없는 독립군獨立群 형태의 스페셜리스트specialist였다.

키가 180cm고 몸무게가 90kg에 가까운, 그는 기골이 장대했고 공병부대의 영관급 장교 출신이라는 프라이드가 강했다. 그런데도 그는 자신에게 '갑'이 되는 아무에게나 굽실거림을 마다하지 않았다. 그는 세상살이에 모르는 게 없는 듯했다. 누군가를 향해 전화기를 붙잡고 떠들다가 담배를 피웠다. '카더라'라는 증권가 찌라시를 들먹이며 유명 여가수 아무개가 아무에게나 잘 대어준다는 소문을 사실처럼 떠들다, 나이 든 여배우 소식을 전하곤 했다. 그는 쓸데없는 방식으로 끝없이 자신의 존재를 알리려 했다. 해변에 자리한 전망 좋은 고급 아파트에 살았으며, 외식 때는 값비싼 한우韓牛나 자연산 고가 생선회만을 먹었다. 초급대학 다니는 딸을 미국에 유학 보낼 정도로 씀씀이가 헤펐다. 외형으로는 행복으로 가득했지만, 위험천만한 행복이었다. 이후에는 추락을 거듭했지만 사는 방식은 변하지 않아서 도시의 상위 1%만 산다는 아파트를 전세를 내 살았다. 어떻게 보면 그는 기형아 같은 존재였다.

3

박영근이 옆 사무실에서 근무하기에 손지애가 그를 만나기란 아주 편했다. 알려주지 않았는데 전화번호를 어떻게 알았는지 늦은 저녁, 퇴근 시간이 가까워지면 그의 책상에 놓인 전화기의 벨이 울렸다. 그녀를 만나면 그는 무척 즐거웠다. 스물다섯 살의 그녀는 생기와 관능미로 가득했으며 박영근을 바라보는 눈빛은 발랄함과 욕망으로 넘쳤다. 그는 숫기가 없어서 영업 업무를 버거워했다. 거래처에 갈 때마다 아무에게나 굽신거려야 했기 때문이다. 군대에서 기간병으로 복무하면서 수백 명의 방위병을 통솔하는 조교 업무를 했기에 R.O.T.C 장교 출신만큼이나 자존심이 강했다. 그는 한때 주류 신문사 기자나 문필가를 꿈꾸었기에 책상에 앉아 뭔가 기획하며 일하기를 원했다. 박영근이 원한 업무는 굴착기Excavator 따위를 팔러 다니는 일이 아니라 뭔가 크고 원대한 일이었다. 가진 게 없는 이들을 위해 세상을 바꾸는.

손지애는 평소 소주 한 병 정도 주량인 박영근보다 술을 더 마셨지만 맵고 짠 안주를 선호하는 취향은 서로가 비슷했다. 그때 그에게는 대학 때부터 사귄, 결혼을 약속한 후배가 있었다. 대략 결혼 날짜를 정한 후부터 관계가 시들해지기 시작했다. 의사들에 의하면 남녀가 서로 본능으로 끌리는 감정은 테스토스테론과 에스트로젠 때문으로, 사랑에 빠질 때는 도파민과 세로토닌이 분비된다고들 한다. 도파민은 뇌에 흥분 전달 역할을 하고 세로토닌은 사랑에 빠지는 데 가장 중요한 역할인 눈에 콩깍지를 씌우는 역할을 맡는다. 해당 단계를 넘어서는 시기에는 옥시토신과 바소토신이 분비된다는 학설도 있다. 해당 과정이 대략 18개월~24개월까지라고 하는 의학자가 있는가 하면 3년까지라고 수장하는 이도 있다. 그렇다면 남녀 간 사랑의 유효기간은 최장 3년일지도 몰랐다. 박영근이 대학 후배와 사귄 지는 4년이 넘어가고 있었다.

그는 군인 출신의 상사에게 실적 미달로 깨어지는 우울한 날마다 술 생각이 났고 손지애는 빠짐없이 술친구가 되어주었다. 그런데도 그에게는 철저한 원칙이 있었다. '건들지는 말자, 육체관계로 가면 위험하니까'라는. 반면, 박영근의 약혼녀는 임시직 교사로 사립중학교에서 일하고 있었으나 안정된 일자리인 공립학교에서 근무하는 게 급선무였다. 교원 시험에 합격한 후 밀린 순번이 그녀에게 올 때까지는 기다리는 인내심이 필수였다. 임시직에서 잘리지 않기 위해 서류 정리나 심부름 등 갖은 잡무를 밤늦게까지 하느라 박영근과 연락조차 버거운 상태였다.

파도와 바다. 그리고 눈이 멀도록 새하얀 모래. 박영근과 손지애는 주말이면 송정松亭 바닷가에 가곤 했다. 햇볕에 그을린 그녀의 다리와 우유처럼 하얀 발꿈치. 밝은 웃음소리. 그녀 덕분에 사는 게 즐거워진 기분이었고 심지어 신사다워졌다. 그리고 기분이 좋았다. 약혼녀에게 죄책감 같은 건 들지 않았다. 쇼펜하우어의 말처럼 인간은 천부적으로 창녀의 기질을 타고 태어났는지도 몰랐다. 그는 자신도 모르는 사이에 이기적인 사랑에 빠져들었다. 자신의 삶에 진정성이 없다는 사실을 느끼기도 했으나 그런 생각은 오래가지 않았다. 그저 그녀와 함께 있으면 좋았고, 언제 끝날지 모르는 행복이라고 단정했기에 전보다 더 행복하다고 느꼈다. 이토록 요염한 여자. 앤젤리나 졸리를 닮은 두꺼운 입술과 한 손아귀에 들어오다 넘치는 크기의 가슴과 굵은 유두, 도톰한 양쪽 귓불이 그를 향해 있었다. 마찬가지로 그녀도 그가 있어 행복했다. 그들은 해변에 있는 손지애의 선배 집에 머물곤 했다. 그는 일 층 문간방에서 자고 그녀는 위층에서 잤지만 한 지붕 아래였고 아침에 서로를 보며 웃었다.

"너희들, 언제 결혼할 거야?" 선배 부부가 물었다.

"무슨! 저 남자가 나와 결혼할 리 없어." 그녀가 잘라 말했다.

4

손지애와 만난 지 일 년 반이 된 때 박영근의 부모와 후배의 부모가 재촉하는 통에 결혼식 날짜가 잡혔다. 그런데도 전처럼 손지애에게서 연락이 오면 그들은 '소낙비'에서 소주를 마셨다. 취한 둘은 늘 하는 방식대로 술집 '소낙비' 앞 버스 정류장에서 헤어졌다.

결혼식 날짜가 보름 앞으로 다가오자 그는 뭔가 조처해야 할 필요가 있음을 느꼈다. 그날 박영근은 평소의 주량을 넘어 소주를 두 병까지 마셨고, 그의 중대 발표를 들은 손지애는 소주를 세 병이나 마셨다. 박영근이 그녀에게 예정된 결혼 일자를 통보했음은 물론이다. 긴가민가 의심하는 그녀에게 자기 회사 사무실의 여사원들에게 확인해도 좋다는 말도 했으니 모든 게 기정사실로 된 셈이었다. 전처럼 버스 정류장 앞에서 헤어지려는 찰나였다.

"나, 오늘 집에 들어가지 않을까 보다!" 손지애가 그의 옷자락을 잡으며 말했다.

"그건 안 돼. 네게 몹쓸 짓을 하고 싶지는 않아." 그가 말했다. "친구로서 만난 거지, 애초에 결혼 상대로 만난 건 아니잖아?"

만난 기간은 이 년에 가까웠으나 그들은 육체관계를 갖지 않았다. 그때의 박영근은 전통적인 삶이 어울리는 사람이었다. 그가 추구하는 열정에는 가족 공동체와 같은 유교적인 습관이 깃들어 있었다. 그날, 그가 그녀의 청을 거절한 데는 나름대로 이유가 있었다. 삼류소설이나 시시한 방화邦畫에 단골로 등장하는 장면 때문이었다. 결혼식이 열리는데 여자가 한 명 등장해서 '이 결혼식 무효야!' 하며 떠드는 통에 결혼식이 엉망진창이 되어버리는 모습 말이다. 그러나 그의 생각은 애초부터 망상에 불과했다. 후일, 같은 부서에 근무하는 선배에게 털어놓으니 그는 박장대소하며 말했다.

"너처럼 생각하기 쉽다. 하하, 그런데 그런 일은 영화나 소설에서나 일어나지 현실에서는 절대 일어나지 않아." 그가 계속해서 말했다. "모처럼 생긴 좋은 기회를 날려버리고 말았구나. 그런 경우를 두고 '줘도 못 먹는다'라는 표현을 쓰곤 한단다. 후배야."

박영근은 예정대로 결혼했고 그녀는 그를 회사 복도에서 만나더라도 더는 아는 체하지 않았다. 그것으로 끝이었다. 얼마 후 그녀는 아무렇지도 않게 다른 남자를 만났다. 경영학 교과서대로라면 박영근의 대체재 성격을 띤 상대였을 것이다. 뭔가 대단한 업무를 꿈꾸던 그는 회사가 속한 그룹 내 타업종의 회사로 직장을 옮겼고 그곳은 다른 지방이었다. 둘 사이는 완전히 끊어지고 말았다.

일 년이란 시간이 흘렀다.

이직한 직장으로 손지애가 그에게 전화를 걸었다.

"자기, 나 결혼하게 됐어."

"누구랑 결혼하는 거야?"

"그냥 그저 그런 남자야." 사이, 침묵이 흘렀다.

"전화번호는 어떻게 알았어?"

"당신이 근무하던 지점의 박혜순 언니에게 물었지. 같은 그룹의 회사끼리는 전산에서 전화번호가 공유된다고 그러더라고." 그가 침묵하는 사이 그녀가 말을 이었다. "영근 씨, 결혼식에 와주면 안 돼? 한때 나는 자기의 여자였잖아. 꽃다발을 들고 와서 축하해줘."

"제발 바보 같은 소리 좀 하지 마." 그가 말했다. "말도 안 되는 소리라는 걸 몰라?"

자신이 아무리 나쁜 놈이어도 그녀는 물론 결혼할 남자에게도 예의가 아니라는 사실은 분명했다. 그녀가 자신과 같은 나쁜 남자를 결혼식에 초대해야 할 중요한 인물로 생각한다니 난감했다. 다른 사람도 아니고 그녀에게 이중의 뻔뻔함을 선사해야 한다는 사실이 우스웠다.

"어쨌든 축하해. 하지만 내가 네 결혼식에 간다는 건 말이 안 돼. 더는 나쁜 인간이 되고 싶지 않은 마음도 이해해줘."

연속극 드라마가 끝날 때마다 예고되는 다음 회의 장면처럼 그녀는 결혼했다. 죽는 것만큼이나 간단했지만, 그걸로 끝이 아니었다. 영원히 사라질 것 같지 않았다. 그녀의 뇌리에 그는 남아 있었다. 그에게도 그랬다.

5

10년이라는 세월이 흘렀다.

IMF라는 미증유의 금융위기로 모두가 다니던 회사에서 쫓겨나 실직하는 시절이었다. 박영근이 옮긴 회사는 오광 자동차라는 완성차 메이커였다. 그는 열심히 일했으나 불운한 회사는 국가적인 금융 사태로 쓰러졌다. 할 일이 없어진 그는 1년 동안을 낭인으로 지내다 간신히 제2금융권 회사에 새 직장을 얻는 행운을 얻었다. 그가 옮긴 금융 회사의 전산망에는 천만 명에 가까운 고객 리스트가 담겨있었다. 손지애의 이름과 연락처도 있었다.

'애인'이라는 드라마가 폭풍처럼 나라를 삼키던 시절이었다. 사회적으로 안정되었으나 저마다의 고독을 안고 살아가는 30대 남녀가 겪는 사랑이라는 스토리로, 가정을 가진 그들의 만남과 헤어짐을 묘사한 내용이 중년에게 강편치처럼 다가온 때였다. 해당 드라마는 '아름다운 불륜'이라는 말을 유행하게 할 만큼 사회에 불륜 신드롬syndrome을 불러일으켰다.

쓰러진 자동차 회사에 다닐 때 박영근은 열 살 위의 임원과 동행하여 먼 지역까지 출장을 간 적이 있었다. 박영근의 잡학 다식을 유달리 아낀 상사였다. 그는 전자 회사의 일본 주재원으로 10년 동안 근무했는데 일본인보다 훨씬 일본어에 유창하다는 평을 듣는 이였다.

"박 과장, 월급쟁이라는 우리도 어떻게 보면 불쌍한 존재들이야. 텔레비전에 나오는 흔한 불륜도 한 번 해보지 못하고 말이야.”

3시간이나 되는 장거리를 운전하는 그에게 상사가 말했다. 임원이라는 회사 고위직의 입에서 나온 말이라고는 믿을 수 없는 내용이었다. 그가 계속해서 말했다.

“당신이나 나나 하루도 빠짐없이 새벽에 별을 보며 출근하고 또 별을 보며 밤늦게 퇴근하잖아?”

회사는 망했고 직원 모두는 갯벌의 썰물처럼 뿔뿔이 흩어졌지만 존경하는 상사의 푸념은 훈장처럼 그의 가슴에 붙어있었다. 그는 회사의 전산망에서 부당하게 구한 개인정보로 전화를 걸었고 그녀가 응답하여 둘은 다시 만나게 되었다.

*

그녀는 대규모 화학 공장이 위치한 바닷가 인근 동네에 살고 있었다. 사람들의 눈을 피해 그녀 부부가 사는 옆 동네, 한적한 해변 마을의 카페에서 그들은 조심스레 만났다.

“안녕.” 그녀가 쿨하게 말했다.

“오랜만이지.” 그가 대답했다. “잘 있었어? 아마 10년쯤 되었지?”

늦은 여름이었다. 그녀는 공들여 다린 흔적이 있는 잿빛 실크 블라우스와 샤넬 라인의 히프에 착 달라붙는 진홍색 스커트를 입고 나타났다. 언제나 그랬듯이 옷을 잘 입었다.

“어떻게 내 전화번호를 알았어?”

“이직한 회사의 고객 시스템에는 이름과 태어난 해 정도만 치면 동명이인이 여럿 나오더라.” 그가 말을 이었다. “그렇게 뒤지다 보면 현재 주소를 통해 원하는 사람을 느낌으로 찾을 수 있어.”

“그랬구나. 자기는 재주도 좋아.” 그녀가 말했다. “아이는 몇이야?”

"둘." 그가 대답하며 물었다. "그대는?"

"그렇구나. 나도 둘이야."

둘 다 사십 살이 되기 직전이었다. 지난번 봤을 때보다 남자의 얼굴은 퉁퉁해졌고, 얼굴에 살이 오른 상태였다. 그녀의 얼굴은 처녀 때 모습 그대로였다. 그는 몸을 뒤로 젖혔다. 재킷을 의자 등받이에 걸쳐놓고 청색 넥타이에 드레스 셔츠 소매를 걷어 올린 채였다. 카페 밖 주차장에 검은색 중형 승용차가 한 대 보였다.

"저게 자기 차야?" 그녀가 창밖을 보며 말했다. "외제 차처럼 보여."

"망한 자동차 회사가 내게 남겨준 유물이야. 회사의 총무과장으로 일했거든. 껍데기만 우리 회사에서 찍었고 나머지는 죄다 일본 부품이지."

"아, 멋지다. 자기는 그때보다 더 좋아 보여." 그녀가 눈을 크게 뜨며 말했다. "그때 자기가 다니던 회사 지점장 정도 되는 높은 사람이네?"

"그냥 불쌍한 월급쟁이일 뿐이야."

"차장 아니면 부장이겠네?" 그녀가 말을 계속했다. "이제 더 필요한 게 없을 정도로 안정돼 보여."

"필요한 게 없기는? 내겐 애인이 필요해."

그는 얼굴에 거의 철판을 깐 기분으로 말했다. 순간, 무슨 일이 일어나도 좋다는 심정이었다. 거의 죄책감까지 느꼈지만, 그녀가 무슨 말을 할까 기다렸다.

"응? 그게 나구나! 좋아." 예상과 달리 망설임 없이 그녀가 말했다. "당신을 자주 생각했어. 나도 자기가 필요해." 그녀가 습관처럼 눈을 흘기며 웃었다.

그녀의 눈은 여배우처럼 크고 우아했다. 시간이 흐르면 사람들의 모습은 언제나 기억과 다르지만, 그녀만은 예외였다. 오래전 그들이 근무하던 빌딩 근처의 지하철역에서 그녀가 걸어 나오는 모습이 떠올랐다. 그날따라 늦은 점심 후 계단을 걸어 나오다 그는 앞에서 걸어가는 그녀를 발견했다. 그녀만의 스타일을 고수하는, 히프에 달라붙는 스커트를 입어서 바람이 불자 양쪽으로 트인 치마 사이로 늘씬한 허벅지 일부가 드러났다. 그리고 그날 저녁, 술 마시며 함께 보낸 시간. 요염한 웃음, 박영근은 잠시 그때를 생각했다.

그녀는 건너편 가죽 의자에 앉아 바다를 보며 알 듯 모를 듯한 웃음을 지으며 말했다.

"바다가 나를 집어삼킬 듯한 이 동네는 경치가 정말 좋아."

카페 건물의 2층부터 12층까지는 호텔이었다. 그들이 들어간 호텔 방은 넓어서 전망은 바닷물이 덮칠 듯 눈앞으로 밀려드는 느낌을 주었다. 바다를 향한 창문이 네 개나 달려 있었다. 창에서 내려다보이는 주차장 옆 정원에는 잔디가, 뒤편에는 새로 지은 아파트 촌락이 보였다. 그들은 방으로 들어가자마자 서로를 안았다. 그녀의 머리 냄새를 맡으며 그가 말했다.

"향기는 그대로네? 코티 분 냄새 같은 거 말이야."

이어서 그는 입술을 찾았다. 사이, 박영근의 혀끝에서 그녀 귓불의 두툼한 살점이 느껴졌다. 이성 간의 사랑에 관여하는 심리를 흔히들 욕정이라 불렀다. 그가 그녀의 등을 쓸어내리며 블라우스 단추를 풀려고 할 때였다.

"잠깐만…." 그녀가 몸을 밀치며 말했다. "우리, 씻고 하자!"

그는 옷을 벗고 욕실에 가서 거울을 보며 샤워기를 틀었다. 한여름이 지나 미지근했지만 얼마간 찬 기운을 느끼게 만드는 물이 온몸으로 흩어졌다. 사이, 옷을 벗은 그녀가 욕실 문을 열고 들어왔다. 손지애가 그의 몸을 살피다가 그의 몸 중간에 돌출한 부분을 쥐며 말했다.

"주고 싶었어. 사실은 자기도 나를 원했잖아." 눈을 흘기며 그녀가 말했다. "그때 거절당하니 오기가 생기더라."

침대에 눕자 그는 피가 끓었다. 허리 아래 히프의 포동포동한 살집이 손바닥에 느껴졌다. 배꼽 아래의 두덩 부위에 희미한 융모가 보였다.

"언젠가 산부인과에 간 적이 있어." 그가 부위를 쓰다듬자 그녀가 말했다. "의사가 내 그걸 보더니 '남편이 좋아하시겠네요'라고 말하더라."

"그게 아니더라도 당신은 뜨거워." 그가 말했다. "마치 불에 덴 느낌이야."

"영근 씨, 당신은 감미로워. 현기증이 날 정도야."

"그런데, 이렇게……. 남편에게 죄스러운 마음은 없어?"

"죄스럽긴! 내가 이런다고 따지면 가만 안 있을 거야. 매일 밤 술에 취해 여자 냄새를 묻힌 채 집에 들어오거든." 그녀가 답했다. "제까짓 것이 무슨 자격으로 내게 그러겠어?"

보름이 지나 그들은 다시 그곳에서 만났다. 한 차례 격렬한 폭풍이 지나자 그는 하얀 시트가 깔린 침대에 누운 채 담배를 피웠다. 그녀는 담배를 빼앗아 재떨이에다 끈 후 아직 열기가 식지 않은 남자의 그것을, 입술은 물론, 치아와 혀를 사용하여 자극했다. 흥분을 참지 못한 그가 그녀를 거세게 안은 채 몸속으로 들어가자 그녀는 신음을 내었다. 확실한 건 아무것도 없었지만, 마음은 평온했다. 알 수 없는 운명의 손에 맡긴 채.

바깥에는 파도 소리와 함께 사람들의 아주 작은 말소리까지 들렸다. 이어서 자동차가 아스팔트 위로 미끄러지는 소쇄小瀾한 음향이 들렸다. 아래층의 레스토랑에서일까, 컵과 포크가 부딪치는 소리마저 귀에 들렸다. 생동하는 동물이 된 느낌이었다. 그가 극에 달하려는 낌새가 보이자 아래에서 재빨리 몸을 뺀 그녀는 그것을 쥐고 손을 피스톤 식으로 움직였다. 이번에는 그가 신음을 내었다.

한 시간도 채 지나지 않아 욕망은 다시 일어났고 이번에는 그녀가 후배위後背位 자세를 취했다. 매번 관계가 끝날 때마다 그녀는 침대 위에서 엎드린 채 습관처럼 먼바다를 바라보았다. 확실히 욕망은 죄책감과는 별개의 일인 듯했다. 그의 나쁜 짓을 신이 안다고 해도 그에게 벌주거나, 화났으니 피신 가는 것이 나을 거라고 판관判官[28]과 같은 재림한 예언자가 경고하지 않을 것 같았다. 어차피 지상에서 완전한 사람은 없으니까.

"당신이 너무 좋아. 너무 좋아서 그래," 그에게 안긴 채 그녀가 흐느끼며 말했다. "표현할 수 없을 정도로 너무……."

---

28) 판관이라는 호칭은 이스라엘 백성을 가나안 땅으로 이끌고 들어간 여호수아가 죽은 이후부터 이스라엘의 첫 임금인 사울이 통치를 시작하기 전까지 이스라엘을 이끈 주요 지도자들을 가리킨다.

모든 흐름은 하나의 패키지 같았다. 둘만이, 그것도 숨어서 만든 쇼 같은 사랑이 얼마간 길어진다고 해도 문제 되지 않으리라 그는 확신했다.

며칠 후 퇴근하는 그에게 전화가 왔다. 운전 중인 그는 차량에 장착된 스피커폰으로 전화를 받았다. 이런저런 얘기를 주고받는 도중 그녀는 짐승이 내는 듯한 격렬한 신음과 같은 소리를 내었다.

"아아, 아아……."

무슨 상황인지를 재빨리 알아차린 그는 듣고만 있었다. 갑자기 신호등이 빨간색으로 변하자 그는 재빨리 브레이크를 밟았다. 자동차는 멈추었는데, 물리학 법칙을 어긴 상태처럼 그는 여전히 공중에 떠 있었다. 모든 물체가 중력 법칙을 따르지만, 아인슈타인은 '중력은 사랑에 빠진 이들에겐 책임이 없다'라고 말한 적이 있었다.

"못 살겠어. 자기 목소리만 들어도 몸이 뜨거워져 견딜 수가 없어."

성숙한 욕망 같은 무엇이었는지도 모른다. 욕망이 깊어질 때 마음이 미끄러져 한 사람의 여러 단계가 나타났다. 그가 대답이 없자 그녀가 이어서 말했다.

"며칠 전 남편이 등산하다 정강이뼈가 부러져서 입원했어."

"아, 그랬구나." 그는 또다시 공감과 수용을 표시하는 대답을 했다. "많이 다쳤어?"

"두 달은 병원 생활을 해야 한다네?"

"두 달이나?"

"응. 아이들과 집에만 있어야 하는데 외롭네? 자기, 오늘 우리 집에 와서 자고 가." 그녀가 말을 이었다. "집에는 출장 간다고 둘러대고 차를 이쪽으로 돌려. 한 시간 반이면 되잖아?"

잠시 그의 머릿속에는 바둑 9단이 한 수를 놓을 때마다 190수 이상을 생각한다는 이른바 바둑의 후수後手와도 같은 계산이 돌았다. 그녀의 말대로 할 수도 있겠지만 나쁜 짓을 하면서도 지켜야 할 단계, 얼마간의 정도正道가 있어야만 한다는 생각이 들었다.

"이미 당신 남편에게 나쁜 놈이 되었지만, 최고 수준으로 나쁜 놈이곤 싶지 않아. 당신에게도 마찬가지고 말이야."

그는 룸미러에 비친 자기 모습을 들여다보았다. 마흔 하나. 늘 보는 장삼이사의 얼굴이었다. 그는 혼자서 심각한 표정을 지었다. 끝이 있기나 한 걸까. 그런데도 나쁘진 않았다. 운전해서 집으로 돌아가는 길, 나무들이 어둠 속에서 다가오다 줄지어 사라지곤 했다. 밝게 빛나는 헤드라이트 불빛 속에서 그가 사는 아파트 단지가 보였다.

6

오후였다. 서무여직원에게 고객을 만나러 간다고 말한 박영근은 회사 근처의 호텔에다 방을 빌렸고, 휴대전화기 문자로 손지애에게 호실을 알려주었다.

'먼저 가 있을 테니 노크만 하면 돼.'

남편은 이미 완치되었다고 며칠 전 그녀가 말했다. 그는 2시가 조금 안 돼서 사무실을 나와 역 앞 광장을 건넜다. 10분 거리였다. 인생에 확실한 것은 없었지만 욕망은 주체하기 어려웠다. 끝장 따위는 생기지 않았기에 자신을 알 수 없는 운명의 손에 맡겨둔 채였다. 앞에 고층도 아니고 저층도 아닌 적당한 크기의 B급 호텔이 서 있었다. 회전문을 밀치자 커다란 테이블 위에 꽃이 놓인 로비가 나타났고 옆쪽에 커피숍이 보였다. 사람들의 말소리가 들렸다. 카운터에 가서 방 열쇠를 받은 그는 엘리베이터를 타고 곧장 12층으로 올라갔다.

"점심을 걸렀더니 배가 고프네?"

"그게 무슨 말이야?" 그녀가 물었다. "밥 안 먹었어?"

"갑자기 회사의 바쁜 일이 생겨서 거르게 되었지."

"세상에나, 나를 만나는 날은 아주 든든하게 먹고 와야지!"

"아니야. 상관없어. 당신을 만난다면 며칠을 굶어도 괜찮아."

그는 그녀 등 뒤로 가서 블라우스와 검은색 블레이저를 풀었다. 아담한 젖가슴과 굵은 젖꼭지가 드러났다. 젖가슴에서 눈을 뗄 수가 없었다. 그녀가 고개를 숙이자 갸름한 목덜미가 드러났고 매끈한 등을 따라 진주처럼 살며시 튀어나온 등뼈의 흔적이 보였다. 그는 그곳에 키스했다. 그는 여자를 깨지기 쉬운 물건 다루듯 조심스럽게 만졌다. 그가 침대의 흰 시트를 젖히자 그녀의 몸이 옆으로 밀려났다. 삼켜버릴 듯 여러 차례 서로를 탐닉하다 그녀는 마지막에 가서 전기에 감전된 사람처럼 팔과 다리로 그를 조이듯 껴안으며 온몸을 부르르 떨었다. 그리곤 그들은 잠시나마 깊은 잠에 빠져들었다.

"자기야말로 건강 체질이야." 그녀가 말했다. "끼니를 건너뛰고도 잘하는 걸 보면."

"글쎄, 듣기엔 나쁘진 않네."

"정말 그래요. 그런데 다들 어떻게 됐어요?"

"누구?"

"강기철 지점장은요?" 그녀가 물었다.

"세상을 떠났지. 6~7년 전에."

"어머, 그랬구나."

"그때, 그러니까 약 10년 전에, 내가 다른 회사, 즉 중장비 회사에서 무역회사로 옮기려 시도할 때 그는 괘씸죄를 적용하여 내게 'E' 고과를 줬어. 그걸 받으면 우리 그룹에 속한 모든 회사에서 사회의 전과자前科者와 같은 취급을 받게 되지. 끝장인 거지. 그게 한번 달리면 진급이고 뭐고 포기해야 하는 건데, 다행히 나는 그걸 모르고 열심히 일했어. 다음 회사에서 나를 받아준 직속 부장이 '회사를 넘어오는 과정에서는 흔히 있는 일'이라고 대수롭지 않게 여겨주었지." 그가 계속해서 말했다. "어쨌든 그는 작심하고 내 인생을 망쳐놓으려는 작자였어. 그것도 몰랐던 나는, 그가 회사 그만두고 놀고 있을 때 어이없게도 아래도급 업체를 통해 일거리를 주곤 했지. 아이러니였지만 아주 좋아하더라고."

박영근의 얘기를 듣다 그녀는 한참을 가만히 있다가 조심스럽게 입을 열었다.

"있죠? 자기, 자기를 만날 때마다 부탁하고 싶었지만⋯." 그녀가 그의 눈치를 보면서 말했다. "당신이 어떻게 생각할지 몰라서⋯."

"무슨 얘긴데 그래?"

"자기가 내 전화번호를 안 것은 회사의 고객 명부 때문이라고 했잖아? 내가 어떤 사람의 주민등록번호를 알아야 해서 그래."

"이유가 뭐야?"

"내가 남의 주민등록번호를 사용해 포털사이트의 카페에 가입해서 활동했거든."

"타인의 명의로 활동했구나. 명의도용名義盜用." 그가 말했다. "그렇다면 슬그머니 거길 탈퇴하면 되잖아?"

"그러려면 여자의 주민등록번호를 알아야 하는데 적어둔 쪽지를 어쩌다 잃어버리고 말았어." 그녀가 계속해서 말했다. "당신 회사의 전산망에 내가 말하는 여자 이름과 출생 연도를 치면 대상자가 나올 거 아니야? 사는 곳은 대충 알거든. 그러면 주민등록번호를 알려줘. 탈퇴하게."

"그런데 그 여자는 누구야?" 그녀가 대답하지 않자 그가 재차 물었다. "누구냐니깐?"

"동창생이야. 여고 동창생."

"그 여자의 주민등록증 번호를 도용한 이유는 뭔데?"

"그냥 호기심이었어."

"그 이유 말고 다른 뭔가 있을 것 아냐?" 그는 그녀를 바라보았다. 갑자기 그녀의 낯선 행동이 예전에 자신이 알던 그녀가 아니었다.

"우리 반의 우등생, 모범생이었거든. 학창 시절에 걔가 나를 많이 무시했지. 복수하고 싶어서 그랬어."

"그게 언제 얘긴데 아직도 그런 감정이야? 세월이 지나면 자연스레 극복되지 않나?"

"더는 묻지 마! 그만한 사정이 있어."

갑자기 박영근은 머리가 아파져 왔다. 쉽게 생각하고 알려주는 건 어려운 일이 아니었다. 하지만 개인정보 유출에 관한 문제점이 언론에서 주목받은 시기여서. 행여 문제가 생기면 회사에서 목이 날아갈 수도 있는 사안이었다.

"당신이 내게 요청하는 사항은 당신에게 온당하지 않고 나에게도 적절하지 않아." 한참을 생각한 그가 말했다. "회사에 들어가서 가능한가를 살펴볼게."

"역시, 자기는 내 고민을 해결해 주는구나." 그녀가 말했다. "꼭 알려줘야 해!"

이후 박영근은 한 주일 동안 그녀에게 연락하지 않았다. 무슨 이유인지 회사 감사팀에서 직원들의 '은행연합회 전산망' 조회 이력을 점검한다는 소문이 돌았기 때문이다. 얼마간 시간이 지나서 그녀의 궁금증은 희석되어 같은 요청이 되풀이되지 않으면 가장 좋은 일이고 그게 불가능하다면 뭔가 분위기가 잠잠해질 때 해결책을 찾으면 되겠다고 생각했다.

사흘 후, 박영근이 사업 부문 책임자인 임원이 주관하는 지점장 회의에 참석하고 있을 때였다. 진동으로 설정해놓은 휴대전화기가 울렸다. 그날따라 분위기가 험악해서 회의 석상에서 전화를 받거나 전화를 받기 위해서 회의실 밖으로 나갈 수는 없는 노릇이었다. 인민재판을 연상시키는 회의가 계속되었는데 휴대전화기에서 여러 차례 진동이 끝난 후 문자가 들어왔다.

'왜 전화 안 받아?' 그녀가 보낸 문자였다.

'나, 지금 회의 중.' 그도 문자를 보냈다. 주위 사람의 시선을 의식하지 않을 수 없었다.

'일부러 피하는 거 알고 있어!' 그녀가 문자를 보냈다.

'회의 중인 거 알잖아? 회의 끝나고 연락하도록 하자.' 그가 답신을 보냈다. 이어서 그녀의 답장이 도착했다.

'너, 이럴 거야? 나쁜 자식!'

그녀가 보낸 마지막 문자였다. 하나의 가격加擊처럼 느닷없었다.

두 시간 후 회의가 끝났다. 임원은 그에게 실적을 나무랐고 임원의 참모 격인 간부는 이솝 우화에 등장하는 여우를 연상케 하는 첨언으로 은근슬쩍 그를 비난했다. 사무실로 돌아오는 길에 그는 여섯 번이나 전화했다. 그녀는 전화를 받지 않았다. 화가 날 때, 사람마다 풀리는 시간이 다른 법이다. 박영근은 얼마간의 시간을 갖고 다시 전화하면 그때는 그녀가 자신을 이해하기를 바라며 사흘을 보냈다.

사흘 후, 일과가 끝나고 부서원 무리를 앞세운 채 회식 자리로 향하면서였다. 그는 일행과 동떨어진 곳에서 휴대전화기를 들어 그녀에게 전화했다. 10초가량의 신호가 울린 후 "지금 거신 전화는 결번입니다. 다시 확인하고 걸어주시기 바랍니다."라는 전자음이 들려왔다. 횡단보도 중앙에서 신호등의 색깔이 바뀐 것처럼 그는 당황하기 시작했다. 그의 얼굴이 굳어져 갔다.

*

혼전에 만난 그들은 1년 동안 사귀다가 헤어졌다. 10년 후 둘은 다시 만나서 1년 반 동안 관계를 유지했다. 그는 걷다 말고 서서 휴대전화기를 든 자기 손을 내려다봤다. 그리곤 평정을 찾으려 애썼다. 그때는 그녀가 나를 용서했지만, 이제는 내가 그녀를 용서해야 하리라. 그게 전부였다. 과거 그녀는 그를 이해했고, 지금 그는 그녀를 이해한다. 두 사람은 언제나 서로에게 이해심이 많았다. 그들이 서로에게 보낸 문자가 담겨있는 휴대전화기, 그들이 섹스를 나눈 호텔과 모텔 그리고 야간의 주차장, 해변에서 바라다보던 그녀의 아파트 주변 풍경, 잘 뻗은 그녀의 다리, 그녀의 남편과 아이, 그들이

자주 가서 주인과도 친구가 되어버린 술집 등을 그는 기억해내었다.

　회식이 시작되었다. 얇게 절단된 고기가 불판에 구워지자 부하직원 여럿이 그에게 술잔을 올렸다. 그때마다 그는 즉시 잔을 돌려주지 못했다. 한 잔만 간신히 마신 그는 다섯 잔을 자신의 술상 머리에 놓아둔 채 오래된 모자이크 타일이 바닥에 깔린 식당 입구를 지나 밖으로 나갔다. 휴대전화기로 다시 전화를 걸었으나 "지금 거신 전화는 결번입니다. 다시 확인하고 걸어주시기 바랍니다."라는 알림음은 동일했다.

　밖은 어두워질 참이었다. 마지막 햇빛이 온통 유리창으로 도배한 서향西向 역사驛숨의 벽을 비추는 중이었다. 광장 호텔 위로 지는 해가 빛났다. 반사된 빛 때문에 역 앞의 광장은 대낮과 다름없었다. 지난 시절 손지애의 모습처럼 하이힐을 신은 젊은 여자들이 혼자서 혹은 여럿이 어울려서 길을 걷고 있었다. 이젠 두 번 다시 그녀를 만날 수 없을 것이다.

　그녀와 보낸 시간이 옛날 무성영화에 나오는, 세로 난 스크래치처럼 그의 동공 앞을 지나가고 있었다. 그들 존재가 만든 연극의 모든 장章은 끝났으며, 그들이 누린 이기적인 사랑도 마침표를 찍었다. 그들은 해변의 보행자였고, 두 사람이 나눈 모든 것은 썰물에 씻겨져 가는 포말처럼 허망하게 잊힐 예정이었다. 박영근은 자기 인생 한가운데 커다란 공간을 채운 그녀와의 사랑을 생각했고, 자신이 얼마나 일방적이며 부끄러움을 모르는 속물인지를 상기想起했다. 다시는 그런 사람을 만날 수 없으리라고 생각했다. 왜 그랬는지 알 수 없지만, 그는 길 위에서 눈물을 흘리고 말았다.

270

작가의 말

이제 짧고도 긴, 열 개의 이야기를 마무리할 때가 온 듯하다. 작은 내川가 모여서 강이 된다. 삶의 작은 조각들이 모여서 기억을 만들고 종국에는 기다란 이야기를 만들기도 한다. 인간은 삶의 주인공으로서 자율성과 자유를 유지하고 싶어 한다. 우리가 인간으로 살아가는 공간에서 가장 우선시해야 할 중요한 가치일 것이다.

허위의식 없는, 위선과 편견 없는, 자유로운 이야기를 스스로 쓰기를 나는 항상 갈망했다. 이야기는 항상 변화한다. 누구나 살아가는 동안 상상할 수 없는 어려움을 만날 수도 있다. 관심사와 욕구가 변할 수도 있다. 어느 작품에는 구성이 정돈한 이야기를 이어나가기가 어렵다는 생각이 들었다.

다양한 이야기의 마무리로 어떤 반전을 써야 할지도 생각을 했다. 삶이 때로 기만과 배신의 순간을 요구했다 할지라도, 그 순간을 바로 잡기 위한 참회와 성찰의 시간도 있었다는 이야기를 행간의 의미로 쓰고 싶었다. 세월 속의 삶이 때로는 허위와 굴종을 강요했다 할지라도, 구부러진 것들을 펴기 위해 노력했다고도. 남을 사랑하고 베풀고 함께 울어준 순간도 있었고, 반대로 배신당하고 상처받은 것 또한.

나는 이것이 바로 문학이라고 생각한다. 우리는 우리 자신의 이야기를 쓸 뿐 아니라, 어떤 커다란 '이야기의 틀' 속에서 개개인의 이야기를 쓰고 있다는 사실도 분명하다. 인간이 어딘가에 태어난다는 것은 이미 존재하는 어떤 큰 이야기의 틀 속에서 태어나는 일이기 때문이다. 문학이 존재하는 이유도 그러할 듯하다. 문학은 다른 어떤 이유에서보다도, 사람이 사람답게 생각하게 돕는다는 이유로 중요하다는 생각이다. 그러기에 대단치 않은 상상력과 잡다한 기억을 되살려, 가식없는 여러 이야기를 만들어 보았다.

만나지 못했고 직접 배울 수 없었지만, 책을 통해 문학을 작품으로 가르쳐 주신 여러 소설가 제위께 감사드린다. 소설가 김동인, 나도향, 김유정, 이병

주, 박완서, 최인호, 이문열, 황석영, 박영한, 마광수, 김훈…. 내겐 그야말로 피가 되고 살이 된 작품을 보여준 스승들이었다. 책으로만 대했고 한 번도 뵌 적 없지만, 이분들의 작품들이야말로 나의 표상이었음에 감사드린다. 언제나 변치 않는 자세로 내게 위로와 격려를 아끼지 않는 나의 오랜 글 친구 김샘, 신세림출판사 이혜숙 대표님, 작가 김노님 그리고 읽어주신 독자 여러분께도 감사드린다.

2022년 봄에

작품 해설

단편집 『세월』은 10편의 단편소설들로 구성된 소설집이다. 어쩌면 평범할 수 있는 일상의 경험으로 이루어진 이야기들은 작가의 기억에 남은, 세상에서 유일한 사건들이다. 하이데거는 언어를 인간이 그 속에 사는 집에 비유했다. 작가의 언어는 기억을 소재로 집을 이루고, 그 집에는 방마다 작가의 기억이 소통하며 방을 채워가고 있다.

아무리 평범하고 무탈한 삶을 살아온 이라고 해도, 고개를 돌리고 싶은 순간들이 있기 마련이다. 평범한 삶 속에 감춰진 상처들을 차분하게 감싸는, 작가의 단편들을 읽다 보면 언제 생겼는지도 알 수 없는 해묵은 상처들이 하나씩 치유되는 신비로운 경험을 하게 된다.

책에 수록된 열 편의 단편 중 여덟 편은 수십 년 전부터 수년 전에 이르기까지 과거의 사건을 회상하는 형태로 서술된다. 화해하지 못한 친구를 저세상으로 보낸 자책과 첫사랑의 희미한 기억을 「첫사랑」, 불륜과 사랑 그리고 이기심과 반성의 변주곡을 「화양연화」, 작은형의 어처구니없는 행동과 시대 및 가치의 변화에 내몰린 아버지를 「가족」, 서로서로 속였던 지난 세월을 「기망」, 아버지뻘 되는 환자와의 애틋한 만남을 「지금도 사랑 속에서」, 이웃에서 일어난 살인사건과 고모님에 대한 자신의 철없음을 「백자주병」, 돈 앞에서 우정이 존재하지 않는다는 사실을 「베짱이」, 권위주의 시대 때 군대 동료와의 이상한 인연들을 「세월」에서 '주인공' 또는 '나'가 복기한다.

그 외의 두 편에서는, 겉으로 보기에는 평이하게 사는 것처럼 보이지만 인간은 누구나 각각 말 못 할 상처를 보듬고 살고 있음을 「봄날은 간다」, 삶은 갇힌 일상의 순환이며, 일상은 강자의 욕망과 우연의 연장일 뿐임을 「아니다 그렇지 않다」가 하루 동안 일어난 일을 연극 대사처럼 진행한다. 작가는 일상 대부분에서 중요하다고 생각하는 인생의 가치들은 별것이 아니라는 식의 화두로 독자에게 던진다. 그리고 그 가치는 거머리같이 붙어 떨어지지 않는 가난, 가난을 짓누르는 빚, 삶을 피멍 들게 하는 가족 사이의 폭력, 자식의 변고 능 선택의 여지 없이 온전히 받아내야 했던 사건이자, 소망 없는 불행의 연속들에 관한 수많은 우리 모두의 자화상 같은 이야기이다.

각 단편의 소재가 되는 작가의 기억들은 누구에게나 일어날 수 있을 평범한 일상이지만 작중 인물의 상황에선 이해할 수 없거나 어쩔 수 없어 아픈 상처가 되고 말았던 조각들이다. 작품을 따라가다 보면 작가에게 '기억'이란 특별한 의미가 있다는 것을 알 수 있다. 작가에게 '기억한다'라는 일은 작품을 통해 일상의 상처와 그 흉터를 곱씹어 반추하는 행위이다. 이 기억들은 단순히 일회성으로 사라져 버리는 것이 아니라, 사건 당시와 현재라는 시간의 간격을 통해 회생하고 사건 자체와 거리감을 유지하도록 한다. 그래서 그 거리를 통해 성찰과 반성의 과정을 거쳐 작품 속에서 승화시킨다. 작가는 자신이 만들어가는 언어의 집에 일상과 삶의 기억을 하나하나 되살려내었다. 다시 사람에게로, 삶으로 되돌려 놓는 과정을 통해 나의 일상일 수도, 누구의 일상일 수도 있을 그 평범한 일상들을 따뜻한 시선으로 적고 있다.

작중인물들의 슬픔이나 눈물의 원인은 작품에서 보듯 철없는 미성숙, 몰염치, 심지어는 악마성에까지 이른다고 인정할 수밖에 없다. 하지만 독자는 그것과는 반대편에 있는 유약해 보이기도 하는, 선한 사람을 적시며 따뜻이 안아주는 이야기에 집중할 필요가 있다.

한편으로 작가의 이야기와 언어가 만들어가는 집은 한계가 뚜렷한 인간에 대한 비관과 절망을 나타내 보이기도 한다. 그러나 작가가 그것을 넘어서려 애쓰는 흔적이 역력하다. 익명으로 일생을 살다 떠나가는 '우리' 모두에게 하나하나 집을 지어주며, 그것을 통해 우리 각자의 삶이, 그 유일했던 사건들이 결코 익명이 아니라고 역설하는 것 같다.

위 소설들에서 인상적인 점 하나. 대부분 작중 화자의 현재가 상대적으로 배제되어 있다는 점이다. 보통 이런 식의 소설은 과거의 경험/사건이 현재의 자신에게 어떤 영향을 미쳤고, 그 결과 현재의 자신은 과거의 영향으로 이러

저러한 선택을 하게 된다는 식이다. 과거의 사건과 현재의 사건이 병렬로 배치되고, 과거의 극복 혹은 잔존이 소설의 주기제인 경우도 많다. 한데 『세월』에 담긴 단편 대부분은 그저 과거의 경험 혹은 사건을 복기하는 것에만 충실하다. 현재의 상태나 과거의 경험이 지금의 '나'에게 미친 영향들은 상대적으로(때론 절대적으로) 생략되거나 절제되어 있다. 그들은 그저 과거의 사건을, 상처를, 자신을, 꽤 시간이 지난 '나'의 상태에서 생생히 그리고 객관적으로 되살리는 데만 초점을 맞춘다.

이것이 주는 효과는 과거를 되살피는 작중 화자처럼 독자들은 자신의 삶 속 그늘을 추적하게 만든다는 점이다. 소설 속 사건과 상처에 비추어 비록 형태나 양상은 다를지라도 독자의 과거에 서늘하게 남아 있는 기억을 또렷이 되살리는 시도를 하게 되지 않을까 생각한다. 그리고 지금의 상태에서 객관적으로 나를 마주해 볼 것이다. 소설 속 내용 자체가 주는 여운이나 감동보다 중요한 것은 해당 단편을 매개로 열리는 독자 '나'의 이야기가 발생하기 때문이다. 하여, 소설들은 각각 짧은 분량이지만 이로 인하여 독자의 내면에서 만들어지는 이야기는 다양하기 짝이 없을 듯하다.

작품을 읽으면서, 위에서 언급한 '익명의 삶'에 의미와 가치를 새롭게 부여하며 그 집을 새로이 가꾸어갈 수 있는 작은 소망과 희망에 차게 되는 신비한 체험을 하게 되었다. 인상적인 구절을 작품마다 정리해 보았다.

●「첫사랑」
"여러분, 여자로서 가장 슬픈 경우란 무언지 알아요?" 다소 엉뚱한 질문에 몇몇 여학생이 귀를 쫑긋하며 시선을 그녀에게 돌렸다. "남자에게 잊힌 여자가 되는 경우겠지요." 수녀가 말을 이었다. "'죽은 여자보다 더 가엾은 여자가 잊혀진 여자'라는 시도 있어요." 그날 학생들의 토론 주제는 요한복음 4장에 등장하는 내용으로, 우물가에서 만난 외로운 사마리아 여인을 변하게 만든 예수 그리스도의 이웃 사랑에 관해서였다.

이야기는 과거의 경험 혹은 사건을 복기하는 데만 충실히 하고 있다. 박경리 작가가 말한 '청춘은 너무나 짧고 아름다웠다. 젊은 날에는 왜 그것이 보이지 않았을까'라는 말을 생각나게 만든다. 고등학교 시절에 만난 첫사랑의 남편을 중년 가까운 나이에 우연히 만나게 되었고 주인공은 그와 친한 사이가 된다. 그러나 둘의 관계는 오래가지 못한다. IMF 외환위기라는 세월이 만든 생채기 때문에 그들은 반목하게 된다. 주인공의 노력에도 불구하고 둘은 끝내 화해하지 못한다. 시간이 흘러 그가 불치병으로 죽고 난 후 첫사랑의 기억 속에 자신이 남아 있음을 알게 된 주인공은 회한에 빠져든다. 이 단편에서 작가는 그저 과거의 사건을, 상처를, 자신을, 꽤 시간이 지난 '나'의 상태에서 생생히 그리고 객관적으로 되살리는 데 초점을 맞출 뿐이다.

●「가족」

어떤 기억을 갖고 싶다고, 나는 생각했다. 아버지의 손을 잡고 들길을 거닌 어린 시절의 기억. 슬레이트집, (...) 허리를 굽혀 톱질하는 인자한 모습의 아버지, 대청마루에서 부추전을 굽는 어머니. 옛날의 집뿐이었다. 나머지는 그리 강렬하지 않았다. 지난 시절의 장면은 삶을 꼭 닮은 장황한 소설 같았다. 아무 생각 없이 지나가다 어느 날 아침 돌연 끝나버리는. 핏자국만 남기고.

아들 셋을 둔 부부와 권위주의 시대부터 현재로 이어져 온, 가족의 이야기다. 대학에 진학 못 한 작은형은 아버지는 물론 동생을 괴롭히면서 자신이 '가족을 위한 십자가'를 졌다고 주장한다. 작품에서 등장하는 아버지는 나의 아버지가 아니라 일반명사 '아버지'이다. 일반적으로 아버지의 생계 주도 능력은 비루할 가능성이 크다. 누가 그러라고 하지 않았지만, 자신의 능력보다 현실의 제약이 많으며 적당히 안주해야만 평화가 찾아오기 때문이다.

이 소설에도 무기력한 아버지가 등장한다. 그는 젊은 시절 부농의 아들이었고 한국전쟁 유공자였으나 좌익가정의 아내 탓인지 이후 변변찮은 인생을 꾸려간다. 심혈을 기울여 키운 큰아들은 '아버지가 알면 뭘 아느냐'고 대어놓고 면박 주기도 한다. 그는 자신이 키웠음에도 불구하고 자신을 무시하는 자식들에게 자신의 교육 수준이 낮다는 이유로 그들의 예의 없음에 침묵으로 일관한다. 주인공 '나'는 어린 시절 형들의 횡포를 보며 자란다. 주인공은 왜 그 시절의 형들을 회상하는가? 아버지를 보면서, "세상이 움직이는 방식에 뭔가 의미심장한 변화를 기대하게 될지도 모른다."라고 믿었기 때문이 아닐까?

이 작품은 유교 사회가 지탱해온 대가족제도가 완전히, 그리고 철저하게 허물어지는 과정을 담았다. 부모님은 가족이라는 단위를 건사하기 위해 재산 전부를 큰아들에게 물려주지만, 큰아들은 재산만 갖고 부모 부양을 외면해버린다. 이기주의가 만연하고 가족 구성이 완전히 핵가족화된 작금에서 큰형을 비난하는 게 과연 옳을까? 그때는 몰랐지만, 시간이 지나면 이해하는 일이 존재하는 법이다. 아니 어른이 되어서도 그동안 형성된 가치관 때문에 그러지 못할 수도 있겠지만.

●「봄날은 간다」

눈물이 흐르고 있었지만 맑은 얼굴이었다.(...) 나머지도 괜찮았다. 하지만 그녀가 말하는 게 사실이라면 어쩐다, 생각한 순간이었다. 자신의 경험과 의지가 인생을 살아가는 데 있어서 얼마나 중요한지 오랫동안 체험해왔지만, 그것만으로 만날 수 없는 세상의 풍경도 있다고 그는 혼자서 중얼거렸다.

삼십 대 후반의 세 남자가 주인공이다. 한 명은 갓 이혼했고 또 한 명은 오래전에 이혼했으며 나머지 한 명은 약혼녀가 교통사고로 불구가 되어있다. 세 명이 술을 마신 후 주고받는 대화 내용이 주된 줄거리다.

이들은 각지의 쓰라린 경험에도 불구하고 결혼을 향한 꿈을 버리지 않는다. 상대방이 그들에게 결혼이라는 현실의 꿈을 깨어버렸음에도 그들은 환상을 버리지 않는다. 별것도 아닌 게 인생이 아닌가? 그러나 세 남자를 좌절하게 만든 상대방(배우자)에게도 나름의 이유가 있다. 세상살이란 원래 그런 식이다. 경제적으로 빈한하지는 않으나 그들만큼 상대방에게도 결혼 관계를 지속하지 못할 이유가 도사리고 있다. 이런 현실은 가혹하고 냉정하다. 바늘구멍 하나도 허용하지 않는다.

● 「기망」

얘기를 듣다 나는 갑자기 귀가 멍해지는 느낌이었다. 그가 자신의 정체를 밝히지 않은 탓에 나는 그를 속였고, 30년이라는 기나긴 시간을 죄의식 속에서 살아야 했기 때문이다.

내가 그를 속여서 몇십 년 동안이나 괴로워했지만, 나중에 알게 된 사실로, 그도 나를 속였음을….

'나'를 포함한 동료들은 정의를 추구했고 거기서 일탈한 두 사람을 나는 경원해야만 했다. 그러나 나머지 일행 또한 기존의 불의에 저항하는 일과 자신의 영달을 위한 일을 별개로 삼으며 주인공을 놀라게 한다.

어쨌거나, 세월이 흐른 후 주인공과 동료들이 정의의 세력이라고 믿어온 이들이 밝힌, 그날의 진실 또한 사실이 아님이 밝혀진다(건국대 사건). 이 정도의 불편함도 없다면 인생은 너무나 평온하고 지루하지 않을까? 그러나 주인공처럼 현실에, 또는 자신이 행한 행동을 뒤돌아보며 고통스러워하는 이들이 있기에 세상은 조금씩 밝아지는 것은 아닐까?

● 「아니다 그렇지 않다」

길은 어두웠다. 그들은 선루프를 열며 밤길을 달렸다. 밤하늘에는 별이 빼곡했다. 별들이 차 안으로 쏟아져 내릴 것만 같았다. 가볍게 떠서, 마치 거품과 같이 잔뜩 무리를 지어 떠 있는 별들과 빛들은 무엇일까. 어쩔 수 없이 세계를 빠져나가야 했던 죽은 이들의 동정 어린 시선일까, 아니면 구조물과 같은 삶을 잠시나마 이탈한, 살아있는 우리들의 지치고 고단한 영혼일까, 뒷좌석에 앉아 담배를 피우며 효진은 생각했다.

유이치 부부가 사는 게스트하우스에는 짝을 잃은 금붕어 한 마리가 어항에서 오간다. 유이치는 객관적인 역사의식을 가진 진중한 사람일지도 모르나 원래 있어야 할 곳이 아닌 곳에서 죽고야 마는 금붕어를 보고도 아무런 감정이 없다.

깜깜한 밤, 아무것도 안 보이는 상태에서 발을 내딛기 위해서는 맹목에 가까운 믿음이 있어야 한다. 아마, 우리 삶을 건너뛰게 하는 것도 그런 맹목에 가까운 믿음 아닐까? 알고 보면 모두 불행을 친구 삼아 살고 있다. 주인공들은 행복하지도 딱히 불행하지도 않다. 효진은 지켜야 할 선을 알고, 그럭저럭 살아가며 울고 있을 뿐이다. 일종의 진행성 희망인데, 인생과 많이 닮았다. 작중에 등장하는 경음악, '백합'과도 닮았다. 아름답지만 허망하다.

● 「백자주병」

그때마다 운명이란 무엇인가 하는 문제와 백자주병을 생각했다. 인간의 운명은 우연과 우연의 모임이 만든 불가사의의 집합이며 그 점이 삶의 본질이라고 나는 믿게 되었다. 주변에 존재하는 흔한 사람이 살인마가 될 수 있고 생각 없이 행한 나의 행동이 어떤 사람에게는 치명타가 되어 그의 인생을 고통의 구덩이 속으로 빠뜨리게 할 수 있다는 사실도 그랬다. 찾아도 보이지 않던 백자주병처럼 나에게는 그저 흥밋거리로서 갖고 싶었던 그 무엇이 어떤 이에게는 삶의 중요한 존재가치였다. 그걸 늦게나마 깨닫게 된 점은 다행이었다.

분옥 고모님은 아버지의 먼 친척으로 아버지의 어린 시절을 돌보아준 은인이다. '백자주병'은 어린 시절, 주인공 집의 뒤칸 방에 생활한 분옥 고모님이 아끼는 술병이다. 어차피 우리가 모르는 타인은 오직 관념적 존재일 뿐, 우리가 조금이나마 알고 있다고 말하는 사람들은 거의 존재하지 않는 것이 현실 아닐까? 그저 그런 주변 인물이 있을 뿐이다. 아무튼, 그들 앞에서 나는 무용지물이다. 어린아이인 나는 터무니 없는 실수로 고모님과 부모님을 위기 속으로 몰아넣는다.

사건의 대척점에는 끔찍한 살인사건이 있다. 오랜 기간 지속하여온 공동체의 윤리는 경제성장과 비례하여 급속히 파괴되어 간다. 희망을 바라지만 아무런 진전이 없다가 오래된 군사 정권이 몰락하고 새로운 군사 정권이 수립되는 시대를 맞는다. 주인공은 희망을 버리지 않는다. 그래도 최고의 지성이 모였다는 대학에 가게 되면 뭔가 다를 것이라는 희망을 품게 되고, 희망 때문에 그는 더 고통받는다. 대학이란 그곳의 지성知性은 주인공이 자라난 판자촌의 그것과 다를 게 없다.

● 「베짱이」

그가 형편없는 악인으로 발전하는 장면을 목격하면서 나는 초조함을 뒤로하고 잠시 위로를 얻기도 했다. 어떤 참혹한 장면이 벌어지더라도 청년 시절 그가 보여주었던 맑은 모습 속에는 변할 수 없는 그만의 어질고 순수한 영혼이 남아 있으리라고 기대했기 때문이었다. 아무리 그래도 그렇지 불혹이 되기 전까지 그는 순수한 인간이었다. (...) "마지막 남은 내 마음을 전했으니. (...) 더는 미워하지 말아야지. 진실만으로 인생을 설명하기란 힘들잖아."

한여름에 흥청망청 놀다가 추운 겨울을 맞이하는 베짱이를 주인공의 동창과 비교한 작품이다. 한때 누구보다 선량하고 성실했던 남자는 세월이 주는 물신주의가 만든, 속물 중의 속물로 변해간다. 작가는 우리와 가까운 사람들의 이야기를 많이 쓴다. 아버지, 형, 고모, 이웃, 동료의 이야기이다. 주인공에게 갑작스러운 행운이 찾아올 때는 그는 친구의 행운을 자신의 불행으로 판단한지도 모른다. 그보다 어느 모로 보나 변변치 못하다고 여겨온 주인공이 자신보다 잘 되는 것을 돕고 싶지 않기 때문이다.

실은, 우리는 모두는 누군가를 향한 베짱이가 아닐까? 그런데도 작가는 주인공을 비난하지 않는다. 그를 뒤로하고 인파 속으로 사라져갈 뿐이다.

이것은 너무 평범한 결말이라 조금 시시해 보인다. 대신, 그러니까, 베짱이의 삶은 우리가 숨겨둔 삶의 속살일 것 같다. 그쯤 읽어야 이해가 생기는 듯하다.

●「지금도 사랑 속에서」

저녁, 낡은 식당에서, 비 오는 창가를 바라보며 흐린 형광등 불빛 아래에 앉아서 왼손으로 턱을 고인 채 먹고 마시며 그와 얘기를 했고, 행복했다. 나는 알고 있었다. 나는 사랑과 비슷한 감정에 빠져있었다. 반드시 애인이 아니더라도 느낄 수 있는 종류의. 순간, 나는 삶에서 바라는 어떤 것을 갖고 있었다. (...) 아무리 안정적으로 보이는 사람이라도 심각한 위기에서 그리 멀리 있지 않다는 사실이었다. (...) 한 인간이 태어나서 짧은 인생을 살다 죽을 때까지의 시간에도 누구에겐가 줄 수 있는 사랑이나 관심, 정열, 애정은 다른 모습으로 변할지라도 소멸하지 않고 그 질과 양은 정해져 있는 듯하다.

작품에서 눈여겨보아야 할 문장은 "이해되는 순간 뭔가를 놓친다"라는 말이다. 그러니까, 뭔가를 놓쳐버리거나 결국 부질없더라도, 지금, 이 순간의 의미를 이해하려고 애써야 한다. 질량이 불변한다는 사실이 그렇다. 현실은 흘러가고 사라지고, 그리고 다가오고 새롭게 만들어지지만 실상 변한 게 없다.

소설가가 죽었다는 소식을 전해 들은 주인공 '나'의 표정이 어땠는지 아무도 알지 못한다. 그러나 충격과 슬픔을 숨기지 못했다는 사실을 독자는 알고 있다. 우리는 뭔가 안다고 생각하는 순간, 정말 알아야 할 다른 것을 놓친다. 진실은 늘 우리가 움켜쥔 주먹 사이로 빠져나간다. 너 자신을 알라는 소크라테스 잠언의 다른 버전이거나. 성취는 일시적이므로 끊임없이 정진하라는 부처의 소설적 진술이다. 인생은 오묘하고 불가사의한 것이므로, 아는 체하지 말자. 질량 불변의 법칙은 계속되는 것이니까 그렇다.

●「세월」

내가 남을 용서한다는 것은 사랑의 행위인 것 같지만 실은 교만임이 분명하다. 내가 어떻게 남을 용서할 수가 있겠는가. 남이 나를 단죄할 수 없듯이 내가 남을 용서할 수도 없다. 사람은 모두 문명이 진보하면 할수록 점점 더 배우가 되어간다. 사랑은 남에 관한 호의, 정숙함과 공평무사의 가면을 쓰고 있는지도 모른다. 그러나 아무도 그런 사탕발림에 속아 넘어가지 않는다. 나는 이리저리 흩어지고 찢기어 갈피를 잡을 수 없었던 세월이 폭력과 그 고통 때문에 생성된 거라고 통속적으로 표현하고 싶어졌다.

한국의 남자들이 피할 수 없는, 군대에서 일어난 이야기들을 담고 있다. 지난 시절 주인공을 괴롭힌 군대 선임이 마지막 부분에서 불편한 존재로 등장하는 내용이 이채롭다. 또한, 기존의 통념처럼 성폭력이 남성이 가해자가 되어 이뤄진다는 통념을 깨는 일화들이 연달아 제시되는 점이 흥미롭다. 이 단편은 '발단 – 전개 – 위기 – 절정 – 결말' 식의 소설의 규범을 따르기보다는 주인공의 머릿속에 남아 있는 기억을 피카레스크Picaresque식으로 전개한다.

좋은 사람임에도 불구하고 타인에게 끊임없이 고통을 받아야 하는 사람이 존재하는 반면에, 이기적이고 타인에게 피해를 주어도 정해진 과정을 무사히 마무리하는 사람도 등장한다. 주인공이 살아온 세월은 법률과 도덕보다는 동물적인 힘과 지위가 앞선 세상이란 것을 알 수 있다.

아파트 경비원 최덕중은 과거 군대 생활을 했을 때의 상하 관계가 몇십 년 후에도 이어지지 못함을 자각하자 스스로 자기모순에 빠져 주인공의 현실 밖으로 사라진다.

●「화양연화」

그는 자기 인생 한가운데 거대한 공간을 채웠던 여자와의 사랑을 생각했고, 자신이 얼마나 이기적이며 부끄러움을 모르는 속물인지를 깨달았다. 다시는 그런 사람을 만날 수 없으리라고 생각했다. 이후, 실제로도 그랬다. 왜 그랬는지 알 수 없었지만, 그는 길 위에서 눈물을 흘리고 말았다.

아찔한 불륜을 소재로 한, 반전이 거듭되는 작품으로 소설집의 전체 분위기를 잘 보여준다. 혼전에 술친구로 지낸 유부남과 유부녀가 본격적인 불륜에 빠져든다. '내가 하면 로맨스요 남이 하면 불륜'이 아닌, '내가 해도 불륜이요 남이 해도 불륜'임을 둘은 잘 알고 있다. 우리 주변에는 이런 유혹들이 아주 많다. 사회는 이런 분위기를 조장하기도 한다. 사실은, 일상이 두 사람이 애정 행각을 벌이는 〈광장 호텔〉 같기도 하다. 적당히 조심해 살면 별일이 없지만, 불륜에 빠져들다 보면 예기치 않게 불행이 닥치기도 한다.

　예상하지 못했기에 그런 사건은 돌발적이고 무작위적이며 충격적이다. 여자는 남자에게 업무상의 비밀을 알려 달라고 요구한다. 알려주다 잘못되면 남자의 모가지가 날아갈 판이다. 그때서야 우리는 우리 삶을 지탱하는 장치에 얼마나 많은 부조화가 숨어있는지를 알게 된다. 소설 속의 주인공 두 사람은 남자가 이해할 수 없는 이유로 헤어지게 된다. 처음에는 여자가 이해 못 하는 이유로 그들이 헤어졌다. 그런데도 주인공 남자가 양심의 가책에 괴로워하는 모습이 한편으로는 매력적으로 다가온다.

♣

　가까이 지내던 지인의 죽음, 괴롭히던 이를 갑과 을의 관계에서 만난 사건, 오래된 우정의 종말, 역전된 인생의 진실, 전통적인 가족의 해체 등 견고한 일상에 바늘 하나만큼의 균열을 잡아내는 이야기 구성은 읽는 재미와 독자의 인생을 반추하게 만든다.

우리는 언어와 더불어 비로소 사유할 수 있다고 칼 야스퍼스는 말했다. 또 훔볼트는, 우리는 언어가 우리에게 보여주는 대로 현실을 인식한다고 설명했으며, 하이데거는 언어는 존재의 집이다, 언어의 주택 속에 인간이 산다라고 말했다. 어떤 말을 마음에 담고 사느냐에 따라 인생은 크게 달라진다. 반복적인 언어는 사람의 정신을 지배하고 그 정신은 결국 그 사람의 삶으로 표현될 것이다. 작품집을 읽으면서 과연 나는 얼마만큼 삶이라는 집 속에서 사는 진실에 다가가 존재하는지, 내가 삶의 진실이라고 생각하는 진실은, 아니

믿고 싶은 진실은 무엇이 진짜냐고 묻고 싶어졌다. 질량 불변의 법칙이 교차하는 고성된 세상살이의 여정 속에 그게 무슨 부질없는 질문일까에도.

이재영 - 문학평론가·독문학 박사